KB261505

레몽뚜 장의 상상발전소

레몽뚜 장의 상상발전소

김하서 장편소설

자음과모음

차례

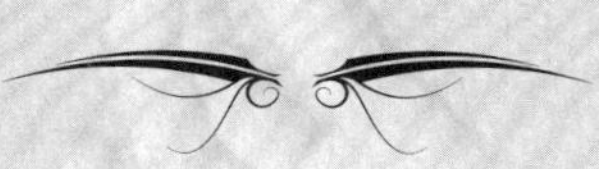

1장
•
9

2장
•
65

3장
•
121

4장
•
181

5장
•
239

작가의 말
•
298

'상상발전소',
상상하면
현실이 될 수 있습니다!

24시간 상담 환영,
연락처 031 944 XXXX

－미스터 레몽뚜 장

1장

그가 M시의 철도역에 발을 내딛은 순간, 음울한 미래 도시의 공항에 도착한 것처럼 차갑고 음산한 공기가 떠돌았다. 더러운 쥐들이나 바퀴벌레조차 눈에 띄지 않았다. 수상하고 미스터리한 역사를 통과하는 기분에 중대 임무를 띤 비밀 요원이라도 된 듯 우쭐해졌다. 살면서 비밀 하나쯤 없는 인간을 찾을 수 있을까. 마태수는 사람이 없어 냉랭한 역사를 나오며 M시에 온 이상 돌이킬 수 있는 것은 아무것도 없다고, 두려움이 끼어들 틈을 주지 않으려는 듯 걸음을 재촉했다. 비밀이라면 영원히 아무도 모를수록 좋다. 자신조차도. 그는 낯선 M시에서 위험하고 두려운 비밀을 만들 생각에 얼음 조각 하나가 등허리를 타고 미끄러지는 듯 서늘하고 짜릿한 기분을 느꼈다.

그가 아는 사람도 없는 M시에 찾아온 것은 일주일 전의 이상하고도 우연한 만남 때문이었다. 그날, 마태수는 영등포역 남자 화장실 왼쪽 맨 끝 칸에서 휴지를 움켜쥐고 종아리를 바들바들 떨며 오만상을 짓고 있었다. 누가 담뱃불만 한 작은 구멍으로 엿본다면 고뇌와 고통을 감당하고 있는 그의 모습에 측은하고 엄숙한 마음까지 들지 모른다. 누구도 온전히 고통을 대신해주거나 이해할 수 없는 절대 고독의 시간이었다. 마태수는 만성 과민성대장증후군을 앓고 있었다. 173센티미터에 65킬로그램의 왜소한 체격인 그의 대장은 겁이 많은 달팽이의 더듬이처럼 예민하고 자주 움츠러들었다.

삶에서 아주 작고 대수롭지 않은 자극이나 변화에도 그의 대장은 즉각 알아차리고 하루에도 여러 번 격렬하게 반응했다. 차가운 아이스크림, 매운 짬뽕, 갑작스럽게 잡힌 오후의 미팅, 등 뒤에서 들려오는 사장의 고함 소리, 그를 피하는 듯 받지 않는 전화들. 그때마다 마태수의 대장은 그를 대신해 모든 스트레스와 고통을 감당했다. 그가 과민성대장증후군을 앓고 있지 않았다면 연약한 그의 신경은 오래전에 스트레스를 견디지 못하고 미쳐버렸을 것이다. 그는 대장에게 미안하고 고마운 마음에 하루 두 번 캡슐 유산균과 사과 맛 불가리스를 복용하고 휴지를 분신처럼 지니는 것을 잊지 않았다.

그날 영등포역 매표소 앞에서 노선도를 보고 있던 마태수는 입을 살짝 벌린 채 손으로 한쪽 뺨에 난 털을 잡아 뜯었다. 그는 집중하거나 생각에 빠져 있을 때 한두 가닥 베어지지 않고 남은 털을 집요하게 잡아 뜯는 버릇이 있었다. 그럴 때 마태수는 엉뚱한 천재

물리학자처럼 자기 세계에 심취한 듯 심오한 표정을 지었다. 그는 보물 지도의 암호를 푸는 듯 노선도에 몰두하느라 누군가 가까이 다가와 그를 물끄러미 바라보는 것도 알아채지 못했다. 때문에 귓가에 미끈거리는 액체가 흘러들어오듯 생경한 목소리가 들려왔을 때 마태수는 소스라치게 놀랐다.

"천 원만 주세요."

허우대는 멀쩡해 보이는 뚱뚱한 체격의 남자가 흰색 와이셔츠 단추를 세 개쯤 풀고 질 좋은 쥐색 정장을 입고 있었다. 100킬로그램은 거뜬히 넘겠는데? 뚱뚱한 몸에 비해 작은 얼굴이 두부처럼 하얗게 부풀어 있고 입술이 새빨간 자두라도 베어 문 듯 붉다는 것을 빼고 이상한 점은 없었다. 다시 돌아보니 그 두 가지 때문에 남자는 약에 취한 듯 어딘가 부조화스럽고 몽롱하고 정신이 없어 보였다. 가장 거슬리는 것은 남자의 목소리였다. 미생물이 꾸물꾸물 움직이는 듯한 가성의 목소리는 마태수의 귓바퀴에 달라붙어 떨어지지 않았다.

"병원에 가야 되는데 차비가 없어요."

"네?"

마태수는 병원에 가기 위해 천 원만 달라는 남자가 눈앞에 있다는 사실을 믿을 수 없어 꿈을 꾸는 건가 머리를 흔들며 다시 그를 바라보았다. 남자가 숨을 쉴 때마다 몸에서는 땀 냄새도 스킨로션 냄새도 아닌 미묘한 약품 냄새가 풍겨왔다. 그것은 빨간 소독약인 머큐로크롬 냄새와 비슷했다. 그러자 남자가 병원에 가야 한다는 말과 차비 천 원이 없다는 말이 사실일지도 모른다는 생각이 머리를 스쳤다.

삶에는 우습고 기가 막히고 이상한 순간이 예고 없이 찾아오지 않던가. 마태수는 그런 순간이 덮쳐올 때면 눈앞이 하얘지며 공중으로 연기처럼 사라지고 싶었던 적이 있었다. 몇 달 전 그는 퇴근길에 스테이크가 너무 먹고 싶어서 친구도 동료도 없이 혼자 패밀리 레스토랑에 가서 라즈베리 소스에 찍어 먹는 갈릭 스테이크를 주문했다. 패밀리 레스토랑 종업원들은 귀엽고 깜찍한 에이프런을 허리에 두르고 그가 혼자 오거나 말거나 친절한 미소로 스테이크를 서빙해주었고 후식으로 커피까지 공짜로 주었다. 그는 스테이크를 배불리 먹고 공짜 커피까지 마시고 나서 계산대 앞에 섰을 때 지갑이 없다는 것을 알았다. 회사에 빠뜨리고 왔나? 길에서 잃어버린 걸까? 친절했던 종업원의 얼굴은 빳빳한 알루미늄처럼 굳어졌고 경멸 섞인 시선으로 그를 노려보았다. 분명히 주머니에 있었는데 스테이크를 먹고 나니 없어졌어요. 이상하네요. 어떡하죠? 그의 변명은 그가 들어도 정말 이상했다. 이상한 나라는 저 먼 곳이 아닌 그가 서 있는 패밀리 레스토랑이었고 그는 한순간에 이상한 사람이 되었다.

혼잡한 영등포 역사에 검은 정장을 입은 사람들은 위기 경보에 놀란 바퀴벌레 떼처럼 이리저리 빠르게 움직였다. 느긋하게 시간을 허비하고 있는 것은 마태수와 남자뿐이었다. 마태수는 얼마 전 패밀리 레스토랑에서의 일이 떠올라 얼굴이 두부처럼 하얀 남자에게 뜻밖의 동질감을 느꼈고 그를 위기에서 꺼내주고 싶은 마음에 지갑을 꺼냈다. 천 원짜리 몇 장과 만 원짜리 몇 장이 보였다. 잠시 망설이다 만 원짜리 한 장을 꺼내 남자의 손에 쥐여주었다.

만 원짜리가 그의 손을 떠나 남자의 손에 안착한 순간, 아주 잠깐 아깝다는 생각에 손끝이 떨렸지만 스스로의 과감함에 가슴 깊은 곳에서 통쾌함을 느꼈다. 갈 때 올 때 왕복 차비와 목이 말라 보이니 음료수라도 사 먹으라는 것이었다.

남자는 고맙다는 말 같은 건 하지 않았다. 마태수는 천 원을 달라고 했는데 만 원을 줘서 남자가 화가 난 것은 아닌가 하는 소심한 생각에 그의 표정을 살폈다. 남자는 만 원짜리를 휴지처럼 구겨 양복 주머니에 넣고는 아무것도 받지 않았다는 듯 이제 무엇을 해야 할지 모르는 사람처럼 아득한 표정을 지었다. 어느 병원에 가야 하는지도 까맣게 잊어버린 얼굴이었다.

마태수는 위기에 빠진 남자를 그곳에 두고 가는 게 그를 버리기라도 한 것처럼 죄책감이 들었지만 그보다 그에게서 벗어나고 싶은 강렬한 마음에 시달렸다. 잠시 후엔 남자드 가야 할 병원의 이름이 떠올라 역사를 떠날 수도 있었고 밤늦도록 아무것도 생각나지 않아 멍하니 역사에서 밤을 새울 수도 있었다. 마태수는 남자가 역사에서 밤새 동상으로 변하든 말든 더 이상 그의 삶에 개입하고 싶지 않았다. 아니 만 원을 주고 나자 남자가 왜 표를 끊어 역사를 떠나지 않는 건지 그의 다음 행동이 몹시 신경 쓰여 미칠 지경이었다. 병원에 간다는 건 천 원을 받아내기 위한 핑계였을까. 마태수가 자리를 떠나면 또 다른 사람에게 접근해 집을 잃어버린 아이같이 순진하고 절박한 얼굴로 병원에 간다고 차비 천 원을 달라고 하려는 게 아닐까. 남자가 하얗게 질린 얼굴로 멍청히 있는 건 만 원을 주고 곁에서 지켜보고 있는 자신 때문이 아닐까. 마태수는 이런저런 생각에 시달리며 그의 돈 만 원이 남자의 양복 주머니에 있다는 이유로 남자의 사소한 행동 하나하나에 집착했다.

"왜 병원에 안 가세요?"

끝내 마태수는 참지 못하고 만 원을 주었다는 이유만으로 남자에게 추궁하듯 묻고 말았다. 남자의 두부 같은 하얀 얼굴은 금방이라도 뭉개질 듯 붉게 달아올랐다. 그의 질문에 당황한 것처럼 보이지는 않았다.

"사실은 병원이 아니라 다른 곳에 갑니다."

마태수는 남자의 말과 눈빛이 진심처럼 느껴져 병원이 아니면 만 원을 돌려달라고 말하지 못했다. 같은 남자로서 그건 너무 치사한 일이었다. 그래도 속았다는 생각이 드는 건 어쩔 수 없어 목덜미까지 붉게 변하고 있는 남자를 마뜩잖게 바라보았다. 자기를 속인 창피함 때문일까. 왜 남자의 얼굴은 불덩이처럼 달아오르는 걸까. 남자는 참을 수 없다는 듯 밀가루 반죽처럼 허여멀건 두 손을 가운

데 그러쥐며 무언가에 도취된 듯 몸을 부들부들 떨었다.

"정말 끝내주는 곳이에요. 두려울 만큼."

그쯤에서 마태수는 만 원은 잊어버리고 자리를 떠났어야 했다. 그러나 뚱뚱한 체격에 고급 양복을 입은 사십 대 남자가 가성의 목소리로 멀쩡하게 천 원을 빌려 가려는 끝내주는 곳이 어딜까 하는 쓸데없는 호기심이 그를 자극했다. 저 체격 좋은 남자를 묘하게 흥분하게 하고 두려움에 떨게 하는 그런 곳이 있을까. 저 남자가 보여주는 흥분과 두려움은 추상적인 데서 기인한 게 아니라 동물적이고 즉물적이라는 것이 마태수의 발목을 붙잡았다. 두부 같은 남자의 얼굴이 불덩이처럼 새빨갛게 달아올라 터지기 직전, 보다 못한 마태수는 참지 못하고 물었다.

"거기가 대체 어딘데요?"

남자는 그 대답을 줄곧 기다렸다는 듯 능글맞게 웃더니 바지 주머니에서 명함처럼 보이는 종이 한 장을 내밀었다. 오랜 기다림 끝에 팔뚝만 한 백색 잉어라도 낚은 얼굴이었다. 그러곤 인사도 없이 급한 볼일이 생각난 듯 서둘러 사람들 틈으로 사라졌다. 마태수는 어리둥절한 채 검은 바탕에 붉은색 명조체로 씌어 있는 명함을 자세히 들여다보았다. 뒤늦게 남자가 정말 원한 것은 차비 천 원이 아니라 명함을 자신에게 건네주는 것이 아니었을까 하는 의심과 불길한 예감이 스쳐갔다.

'상상발전소', 상상하면 현실이 될 수 있습니다!
24시간 상담 환영, 연락처 031 944 XXXX

-미스터 레몽뚜 장

뭐? 상상발전소? 레몽뚜 장? 놀고들 있네. 여기가 끝내주는 곳이란 말인가. 마태수의 대장은 두부 남자를 향한 끓어오르는 분노와 속았다는 열패감에 융기들이 꼿꼿이 일어섰다. 남자의 얼굴을 사정없이 뭉개듯 명함을 손아귀에서 구겼다. 그는 더 참지 못하고 터질 것 같은 항문에 힘을 준 채 화장실로 직행했다.

지겨워. 이상하게 M시에는 올 때마다 비가 내렸다. 가뜩이나 우중충하고 보잘 것 없는 낡은 동네에 비까지 내리니 더 초라하고 을씨년스러웠다. 빗방울이 떨어지자 홍마리는 신경질적으로 하늘을 올려다보며 내레이터 모델 아르바이트를 해서 산 마크 제이콥스 핸드백을 재빨리 가슴으로 끌어당겼다. 그 바람에 미처 보지 못한 물웅덩이에 발을 잘못 디뎠고 스타킹에 흙탕물이 튀어 검은 얼룩이 생겼다. 비가 오는 날은 늘 일진이 사나웠다. 아니, 지긋지긋한 가난 때문에 일진이 사나운 것이다. 자신을 안전하게 데려다줄 고급 승용차가 있었다면 빗길에 흙탕물 따위는 애초부터 밟을 일이 없었을 것이다.

홍마리는 흙탕물이 아닌 레드카펫을 밟는 삶을 간절히 열망했

다. 흙탕물이 자기 삶을 더럽혀 망쳐버릴 수 없도록 안전하게 지켜
줄 돈과 사회적 지위와 화려한 삶을 꿈꾸었다. 비 올 때마다 무섭게
증식하는 곰팡이와 축축하고 냄새나는 이불이 깔린 음습한 지하방
을 벗어나 타워팰리스 124평짜리 펜트하우스에서 하늘과 구름과
별과 가까이 살고 싶었다. 홍마리는 스타가 돼서 빛나는 삶을 살 수
만 있다면 턱뼈를 깎고 코뼈를 세우고 눈꺼풀을 찢고 가슴에 실리
콘을 넣는 것쯤은 아무것도 아니었다. 그녀는 벌써 아홉 차례 성형
수술을 했지만 만족하지 못했다. 여러 번의 재수술로 눈과 코뼈와
입의 균형이 조금씩 틀어지고 웃을 땐 양쪽 볼의 근육이 당겨 아이
를 커다란 통에 삶아 먹는 마녀 같은 표정이 나왔다. 더한 것도 참
을 수 있어. 두고 봐. 별이 되면 지긋지긋한 지상으로 두 번 다시 내
려오지 않을 테니까. 그녀는 오디션이 있기 한 달 전부터 하루 세
끼 닭 가슴살과 오이만 먹고 여덟 시간씩 러닝머신 위에서 어지러
워 쓰러질 때까지 달리는 것을 멈추지 않았다.

　얼마 전 홍마리에게 별이 될 수 있는 첫번째 기회가 찾아왔고 그
녀는 그것을 놓치지 않고 붙잡았다. 흥행 영화감독 B의 영화에 조
연으로 캐스팅되는 행운을 잡은 것이다. 〈살인의 멜로디〉라는 스
릴러 영화였는데 극중에서 연쇄 살인마에게 첫번째로 희생되는 발
레리나 역할이었다. 조연이었지만 비중 있고 강렬한 캐릭터였다.
백조처럼 하얀 발레복을 입은 채 허공에 매달려 살해되는 여자였
다. 목이 졸려 살해되는 것인지 심장이 칼에 찔려 피투성이가 돼 살

해되는 것인지 잘 기억나지 않았다. 영화 중반에 죽어버리는 조연이었지만 골목에서 망치에 맞아 죽거나 차에 치여 동물처럼 의미 없이 죽는 것보다 섹시하고 아름다운 죽음이라고 생각했다. 발레복을 입고 허공에 매달려 죽는 여자라니, 뱀파이어에게 목이 물려 죽는 여자만큼이나 충격적이고 고혹적으로 비춰질 것이다. 사람들에게 홍마리라는 배우의 존재를 강렬하게 각인시킬 수 있는 절호의 기회가 틀림없었다.

이 행운이 정말 레몽뚜 장 덕분일까. 홍마리는 목덜미가 서늘해지는 것을 느끼곤 그럴 리 없다고 고개를 흔들었다. 그녀는 마흔여덟 번 배우 오디션에서 떨어졌다. 그리고 기적적으로 〈살인의 멜로디〉에 캐스팅되었다. 혹시 오디션장에서 벌어졌던 불미스런 일 때문일까. 홍마리는 바로 뒤 참가자 채수진을 떠올렸다. 긴 팔다리와 가녀린 몸매에 누가 봐도 한 마리 백조를 연상케 하는 신비로운 분위기의 여자……. 내가 정말 그녀의 배역을 빼앗은 걸까. 레몽뚜 장의 말대로 상상이 현실이 되었단 말인가.

오디션 당일 아침, 홍마리는 전날의 불면증 탓에 피부도 푸석푸석하고 컨디션이 좋지 않았다. 이유 없이 초조하고 짜증이 치밀고 식은땀이 나며 아랫배에 쥐어짜듯 얼얼한 통증이 일었다. 화장실에 가보니 생리가 시작되었다. 진통제 두 알을 삼키고 나자 오디션장까지 지하철을 타고 가 감독과 스태프 앞에서 연기를 하고 카메라를 향해 활짝 웃어 보여야 하는 일들이 까마득하고 귀찮았다. 그 순간 천장의 검은 곰팡이가 그녀의 운명을 비웃는 것을 보았다. 넌 결코 여기서 벗어날 수 없어. 안 돼, 이 진흙탕에서 벗어나야 돼. 홍마리는 진저리를 치며 거울을 노려보면서 소리쳤다. 그날 모든 조짐들은 홍마리가 오디션에서 떨어질 거라고 예고했다. 깨진 유리컵, 비뚤어진 아이라인, 올이 나간 스타킹, 떨어진 단추. 그녀는 마음을 다지듯 여전사 같은 검정 원피스를 골랐다. 그날 감독이 찾는 배우가 백조 이미지의 발레리나라는 것을 알지 못했다.

오디션장에는 서른 명 남짓의 배우 지망생들이 어둠 속 고양이들처럼 눈을 반짝이며 모여들었다. 그들은 어딘가 모르게 다들 히스테릭하고 불안정하고 위태로운 아름다움을 지니고 있었다. 홍마리는 바로 뒤 번호인 채수진이라는 여자가 유독 신경 쓰였다. 가녀린 몸매에 하얀 원피스를 입어 더욱 병약해 보이는 채수진은 머리를 단아하게 리본으로 묶었다. 그녀는 19세기 유화 속에서 걸어 나온 듯한 고혹적이고 묘한 분위기를 풍겼는데 그게 그녀를 특별한 존재로 돋보이게 했고 사람을 끌어당겼다. 채수진, 저 여자만 오디션장에서 사라져준다면 그녀가 별이 될 수 있는 기회를 놓치지 않을 것 같았다.

초조하고 긴장된 시간이 흘러 어느덧 홍마리의 순서가 되었다. 오디션장에는 감독과 스태프 등 세 사람의 심사위원이 앉아 있었다. 홍마리는 웃지 않으면 총을 맞아 죽을지도 모른다는 생각으로 입가에 경련이 일 정도로 미소를 지었다. 주어진 대본을 다 읽기도 전에 곱슬머리 감독이 한 손을 들어 그것을 중단시켰다. 감독은 독립운동 시절의 민족 투사를 연상케 하는 뿔테 안경을 쓰고 매서운 눈길로 홍마리를 오 초간 바라보았다. 그러더니 대뜸 이런 질문을 했다.

"클렌징 로션 있나?"

"네?"

"화장 좀 지워봐."

홍마리는 화장실에서 공들여 한 화장을 지우며 굴욕적이고 수치스러운 느낌을 지울 수 없었다. 옷을 벗어보라는 것도 아니고 이까짓 화장쯤이야 백번이라도 지울 수 있었다. 눈 밑의 시퍼런 다크서클, 병든 것 같은 피폐한 얼굴과 마주하며 이번에도 떨어지리라는 자포자기의 심정으로 오디션장으로 돌아갔다. 그때 홍마리는 복도에 초조하게 서 있는 채수진과 마주쳤다. 채수진은 핏기가 사라진 듯 안색이 창백했고 이마에 식은땀이 흘렀다. 그녀와 눈이 마주쳤을 때 채수진의 눈동자는 초점을 잃은 채 허공을 향해 반쯤 감겨 있었다. 어딘가 이상해 보였지만 그녀가 상관할 바가 아니었다. 홍마리가 오디션장으로 들어서는 순간, 등 뒤에서 무언가 무너지는 소리를 들었지만 돌아보지 않고 문을 닫았다.

"당신은 이제 상상의 세계의 문을 열었습니다."

레몽뚜 장의 목소리는 늘어난 테이프처럼 느릿느릿 홍마리의 몸을 휘감으며 들려왔다. 검정색 가죽 소파에 누워 있는 홍마리는 레몽뚜 장이 준 향기로운 차를 마시고 서서히 잠에 빠져들었다.

"홍마리 씨의 팔다리는 마리오네트처럼 끈에 묶여 있습니다. 누군가 저 위에서 당신을 조종하고 있어요. 안타깝게도 그를 볼 수 없습니다. 그를 보는 건 규칙을 어기는 행위입니다. 당신이 그를 볼 수 없어야만 그는 마음대로 당신을 조종할 수 있을 테니까요. 잔인하지만 그게 이 세계의 규칙입니다. 아, 당신 옆에 누군가 허공에 매달려 있는 게 보이는군요. 한 마리 백조처럼 우아하고 가녀린 여자네요. 그녀는 팔다리가 끈에 묶인 채 허공에 매달려 있습니다. 홍마리 씨 당신은 그녀를 몹시 부러운 눈길로 쳐다보는군요. 지상에 발을 딛고 있는 당신은 허공에 떠 있는 그녀가 미치도록 부러운 모양이네요. 당신은 그녀의 자리를 빼앗고 싶어집니다. 당신은 그녀 대신 허공에 떠 있을 수 있다면 무슨 일이든 할 각오가 되어 있습니다. 그녀에게 자신이 가진 무엇이든 줄 수 있다고 생각하는군요.

당신은 그녀에게 무엇을 줄 수 있을까요? 그녀는 고민하는 눈치네요. 그녀가 당신의 제안에 갈등하는 것 같군요. 아! 갑자기 그녀가 허공에서 추락합니다. 끈이 끊어진 것 같습니다. 그녀는 바닥에 쓰러져 일어나지 못하네요. 그런데 이게 웬일이죠? 그녀가 추락하자마자 당신 몸이 허공으로 떠오르네요. 마치 시소처럼, 그녀가 추락한 만큼 당신이 떠오릅니다. 당신은 바닥에 쓰러진 그녀를 보고 환하게 웃고 있네요. 당신은 행복한 얼굴입니다. 허공에 매달려 당신 옷이 서서히 붉게 물드는 것도 모르고, 그녀가 당신에게서 무엇을 빼앗아 간지도 모른 채……."

그날 채수진은 갑작스런 심장 발작과 호흡곤란으로 쓰러졌다. 채수진이 119 구급차에 실려 가는 동안 홍마리는 감독으로부터 발레리나 역의 캐스팅 제안을 받으며 악수를 나눴다. 그녀는 벅찬 순간, 자신에게 찾아온 뜻밖의 행운에 얼떨떨하면서도 복도에서 마주친 채수진의 흐릿한 눈빛을 떠올렸다. 채수진이라는 여자는 괜찮을까. 내가 그녀의 행운을 가로챈 건 아닐까. 아니, 가로채면 좀 어때, 내가 얼마나 꿈꿔오던 기회인데. 난 무슨 짓이든 할 수 있어. 그녀는 쓸데없는 죄책감을 떨쳐버렸다.

채수진은 세계 4대 무용 콩쿠르 중 하나인 베를린 국제무용콩쿠르에서 그랑프리를 받은 떠오르는 샛별이었다. 또 그녀는 삼 일에 한 번 네 시간씩 혈액투석을 해야 삶을 연장할 수 있는 만성 심부전증 환자였다. D여대 무용학과 2학년을 다니다 휴학한 뒤로 다시 발레 슈즈를 신을 수 없었다. 그녀는 단 한 번이라도 남은 인생에서 발레 슈즈를 신을 수만 있다면 무슨 짓이든 할 수 있을 것 같았다. 채수진은 연극영화과에 다니는 친구로부터 영화감독 B가 발레리나 역할을 할 신인 배우를 찾고 있다는 소문을 들었다. 발레 슈즈를 신고 다시 한 번 무대에서 날아오를 수 있다면 그것이 영화든 발레든 상관없었다. 오디션장에서 채수진은 누구에게도 발레리나 역할을 빼앗기지 않을 거라고 다짐했다. 거기서 그녀는 자신만큼이나 강렬하고 두려움 없는 열망의 눈빛을 보았다. 흑조 같은 검정 원피스를 입은 홍마리였다.

오디션 당일은 채수진이 혈액투석을 받아야 하는 날이었다. 하루쯤 늦어도 자신의 신장은 괜찮을 거라고 생각했다. 아니, 오디션을 보다가 쓰러지는 한이 있어도 꼭 다시 발레리나가 되고 싶었다. 채수진은 홍마리가 자신을 경계하고 있는 것을 느꼈다. 그러나 자신이 발레 슈즈를 신는다면 누구보다 우아한 한 마리의 백조가 되리라는 것을 알고 있었다. 초조하게 손톱을 물어뜯고 있는 홍마리가 원하는 건 백조가 아닌 다른 것이라는 생각이 들었다.

내가 원하는 것도 단 한 번 발레 슈즈를 신고 무대에 오른 뒤 나머지 길고 긴 삶을 무대 밖에서 혈액투석을 하며 보내는 것일까. 채수진은 자신이 진정 원하는 것을 알 수 없었다. 아니, 자신이 원하는 것이 너무도 분명하고 간절해서 말하기조차 두려웠다. 새로운 삶을 가져다줄 수 있는 건강하게 팔딱팔딱 뛰는 붉은 신장, 채수진의 욕망은 누구보다 즉물적이고 원초적이었다.

그것은 마셔서는 안 되는 금지된 술을 들이켠 듯 이상하고 어지럽고 불길했다. 채수진은 곁을 스쳐가며 홍마리와 눈이 마주쳤을 때 그런 낯설고 두려운 느낌을 받았다. 그 순간 아무 이야기도 나누지 않았지만 그녀의 모든 것을 이해하고 받아들인 것 같았다. 어쩌면 그녀가 원하는 것을 자신이 줄 수도 있다고 생각했다. 그러고 나면 자신이 그토록 열망하는 것을 홍마리가 가능하게 해줄지도 모른다는 강한 예감이 들었다. 찰나의 스침 속에, 채수진은 자신이 홍마리와 위험한 거래를 했다는 것을 알았다. 그것은 누구의 잘못인가. 비틀린 운명의 장난인가.

채수진은 구급차의 흔들리는 침대에 누워 멀어져가는 의식 속에 사이렌 소리를 들었다. 이대로 의식을 놓으면 다시 깨어나지 못해도 좋을 만큼 나른하고 편안한 잠 속으로 빠져들 것 같았다. 긴 잠에서 깨어나면 새로운 삶이 그녀를 기다리고 있을지도 몰랐다. 인공신장을 통해 자신의 혈액이 투석되는 길고 고통스런 시간들은 그만 끝내고 싶었다. 다시 태어나면 발레리나가 아닌 다른 삶을 살아갈 것이다. 네팔이나 몽골의 오지에서 아이들에게 한국어를 가르치거나 인도의 콜카타에 있는 마더 테레사 하우스에서 환자들을 돌보며 살고 싶었다. 채수진은 미소를 머금은 채 그대로 의식을 잃었다.

그날 오전, 홍마리의 오빠 홍준오는 교구에서 열리는 여름신앙학교에 봉사하기 위해 집을 나섰다. 홍준오는 가톨릭 신학대학원을 다니며 평생 사제의 길을 걷고자 뜻을 품었다. 배우가 되어 별처럼 빛나고 화려한 삶을 꿈꾸었던 홍마리와 달리 그는 영적인 삶과 하느님의 사랑을 실천하는 삶을 소망했다. 하느님이 주신 모든 것을 이웃과 기쁘게 나누고 언제든 부르실 때 하느님 품으로 돌아가는 것이 그의 신조였다. 그는 생명 나눔을 실천하기 위해 장기기증 서약서에 서명을 했다.

횡단보도 앞에서 신호가 바뀌어 길을 건너는 순간, 코너에서 우회전해서 튀어나온 승용차가 돌진하듯 홍준오의 몸을 들이받았다. 그는 공중에 2미터쯤 떠오른 순간까지 여름신앙학교에 가지 못하게 될까 봐 걱정했다. 승용차는 그를 치고 20미터쯤 더 달린 후에야 겨우 멈추었다. 이십 대의 남자 운전자는 친구들과 아침까지 술을 마신 뒤 차를 몰았다. 그의 혈중알코올농도는 면허취소의 수치인 0.184퍼센트였다. 홍준오는 하악골이 다 부서져 귀에서 피가 나오는 것도 모른 채 아스팔트에 누워 눈이 시리게 파란 하늘과 솜털 같은 구름이 흘러가는 것을 보았다. 그는 세상이 참 아름답다고 생각했다. 그의 전두엽 주변으로 피가 고이기 시작했고 난생처음 부드럽고 온화한 목소리가 자신을 감싸 안는 것을 느꼈다. 그는 자신에게 벌어진 끔찍한 일을 뒤늦게 깨달았지만 두렵거나 슬프지 않았다. 그럼에도 눈물이 흘러내렸다.

홍마리는 영화에 캐스팅된 기쁨을 누리기도 전에 오빠의 교통사고 소식을 듣고 충격을 받았다. 오빠는 자신과는 다른 사람이었다. 자신이 가진 모든 것을 나누었을 때 비로소 환하게 웃는 사람이었다. 무언가 잘못된 게 분명했다. 사고를 당한 건 오빠가 아니라 다른 사람일지도 몰랐다. 그녀가 병원에 도착했을 때 홍준오의 심장은 차갑게 멈춰 있었다. 그녀는 하얀 시트에 덮인 오빠의 얼굴을 확인했다. 잠든 것처럼 평화로워 보이는 오빠의 얼굴을 보며 그녀는 아연함에 치를 떨었다. 홍마리는 하얀 시트에 덮여 있는 사람이 오빠라는 사실을 믿을 수 없어 이마를 쓸어보았다. 그의 이마는 푸르스름하게 멍이 들어 있었다.

그때 푸른색 수술복을 입은 의사들이 들어와 신장 두 개, 폐 두 개, 심장, 간, 췌장, 장을 오빠의 몸으로부터 적출해 갈 거라고 설명했다. 누구든 이 몸에 칼을 대면 다 죽여버릴 거야! 홍마리는 정신을 잃은 사람처럼 오빠를 끌어안고 소리 질렀다. 그들은 전혀 동요하지 않는 차분한 얼굴로 익숙한 필체의 오빠의 서명이 있는 장기기증 서약서를 내밀었다. 홍마리는 누군가 심한 장난을 치고 있다고 생각하며 눈앞에 벌어진 현실에 비명을 질렀다. 그녀는 오빠의 신장이 몸에서 꺼내져 아이스박스에 담긴 채 푸른색 수술복을 입은 인턴이 들고 나가는 것을 보고 복도에서 까무러쳤다.

인턴은 같은 병원 5층까지 계단으로 단숨에 뛰어 올라갔다. 차가운 은빛의 또 다른 수술실 문이 열렸고 그는 에어 워셔로 전신 소독을 하고 수술방으로 들어갔다. 신장 도착했습니다. 마취과 과장은 수술대 위에 누워 있는 여자의 얼굴을 힐끗 보고 집도의를 향해 고개를 끄덕였다. 메스, 라는 말을 시작으로 의사의 손에 메스가 쥐여졌고 붉은 머큐로크롬을 바른 가슴 위에 칼날이 일직선을 그었다. 그 사이로 피가 금세 배어 나왔고 신장이식 수술이 시작되었다. 환자는 무의식 속에서 몽골이나 인도의 하늘을 떠올리며 편안한 얼굴로 누워 있었다. 그녀의 손목에 팔찌처럼 감겨 있는 밴드에 이름과 의료 기록 번호가 보였다.

채수진 DK891217-*******.

홍마리는 레몽뚜 장의 상상발전소를 처음 방문한 그날을 떠올렸다. 레몽뚜 장은 아직 상상의 세계에서 빠져나오지 못해 몽롱한 그녀를 보며 의미심장한 미소를 지었다.

"상상은 푸딩처럼 달콤하고 말랑하지만 실체는 모호하고 끔찍한 것이죠."

그녀는 자신의 상상으로 만들어진 기괴한 모양의 푸딩이 눈앞에 있는 것 같아 눈살을 찌푸렸다. 레몽뚜 장은 한쪽 입꼬리를 올리며 무언가 숨기고 있는 듯한 특유의 미소를 지었다.

"인생은 시소와 같아요. 당신이 추락한 만큼 반대편의 누군가는 떠오르죠. 당신이 눈물을 흘릴 때 상대는 웃습니다. 당신이 가장 행복하고 기뻐할 때가 바로 당신 앞에 누군가가 피눈물을 흘리고 있는 순간입니다. 잊지 말아요. 인생은 누구에게나 공평하고 잔인한 시소게임이라는 걸."

홍마리는 오빠의 건강한 신장이 채수진 몸속에 이식되었다는 사실을 꿈에도 알지 못했다. 그녀는 한번 맛본 달콤한 상상의 푸딩 맛을 떨쳐내기 힘들었다. 한 번만 더 맛보는 거야. 나중에 끔찍하게 추락해도 상관없어. 딱 한 입만 더.

추적추적 비가 오는 날, 홍마리가 스산한 M시에 온 것은 레몽뚜 장의 상상발전소에 다시 찾아가기 위해서였다. 기억이 맞는다면 다방, 이발소, 막창구이집, 호프집을 지나 오른쪽으로 꺾인 골목에 들어선다. 그곳에 검푸른 등껍질의 눈을 뜬 자라나 수십 개의 검은 발이 달린 지네를 술병에 진열한 수상쩍은 건강원이 나타날 것이다. 건강원을 지나 길 끝에 금방 허물어질 듯한 2층짜리 상가가 보였다. 홍마리는 자꾸 걸음을 멈추고 누가 자신을 알아볼까 봐 주변을 힐끗거렸다. M시에서 누구도 그녀를 아는 사람은 없었다. 문득 레몽뚜 장이 고양이 목을 비틀어 그 피를 유리잔에 따라 마시고 사체를 벽에 걸어놓고 이상한 주문을 외우는 미친 사이코가 아닐까 하는 의심에 휩싸였다. 홍마리는 그럴수록 손에 든 명함의 글귀를 뚫어지게 보았다. 상상하면 현실이 될 수 있습니다! 그 붉은 글자가 그녀의 두려운 가슴을 활활 타오르게 했다. 미치광이면 어때, 시궁창 같은 현실에서 꺼내주기만 한다면. 그녀는 상상발전소로 통하는 어둠 속 가파른 지하 계단을 또각또각 내려갔다.

영등포역에서 마태수에게 상상발전소 명함을 건네준 뚱뚱한 남자는 조였다. 그는 한때 잘나가는 게임 회사의 프로그래머였다. 초등학생부터 대학생까지 열광하는 좀비 시리즈가 그의 히트작이었다. 야경이 끝내주는 한강 전망의 45평 아파트도 소유하고 있었다. 그의 곁에는 때론 지나치게 차갑지만 미모의 치과 의사인 아내와 한글과 영어 동화를 혼자서도 잘 읽는 일곱 살짜리 딸이 있었다. 체중이 100킬로그램이 넘어 사십 대 초반인데도 당뇨와 지방간과 고

지혈증을 염려해야 한다는 것이 그의 삶에서 유일한 걱정거리였다. 조는 숨쉬기를 제외한 모든 육체적 활동을 거부했다. 오 분 이상 걷는 것을 극도로 싫어했으며 밥 먹고 잠자는 시간을 제외한 하루 열다섯 시간 이상을 컴퓨터 앞에서 생활했다. 점심도 직원들과 우르르 몰려 나가 청국장을 먹기보다 컴퓨터 앞에서 서브웨이 샌드위치와 콜라를 먹는 걸 더 좋아했다. 아내나 딸, 옆자리의 동료와 나누는 대화는 하루 다섯 마디를 넘지 않았다. 그의 뚱뚱한 몸은 좁은 듀오백 의자에 위태롭게 앉아 있지만 가볍고 자유로운 그의 영혼은 개발 중인 게임 속 세계에서 날아다녔다. 눈은 모니터에 고정된 채 입에선 시시때때로 씨발, 쉣 같은 욕이 튀어나왔다.

조가 마지막으로 개발했던 게임 〈BUTCHER〉는 그와 같은 나이의 사십 대 초반의 남자가 주인공이었다. 정육점을 운영하는 주인공은 돼지나 소 한 마리를 정확하게 부위별로 칼질하는 데 남다른 재주가 있었다. 어느 날 주인공은 교통사고를 당하고 며칠간 무의식의 코마 상태에 빠진다. 남자가 기적적으로 한 달 만에 다시 깨어났을 때 그는 무언가 자신의 몸이 달라졌다는 것을 깨닫는다. 그의 두 다리는 의족이었으며 심장을 비롯한 다른 장기들이 모두 기계로 바뀌어 있었다. 주인공은 과학자들에 의해 정부의 비밀 특수요원인 인조인간으로 재탄생한 것이다. 주인공은 슈퍼 히어로가 되어 사회의 온갖 검은 조직들과 싸우며 더 나아가 지구의 평화와 안위를 지켰다. 조는 전투 시에 주인공의 양손이 정육점의 사각 칼날로 바뀌어 적의 머리통을 베어내는 순간 가장 흥분했다.

그러나 조가 만든 게임은 출시하자마자 시장에서 철저하게 외면당했고 완벽히 망해버렸다. 여기가 미국인 줄 아나? 대한민국에선 슈퍼 히어로가 안 되는 거 아직도 몰랐어? 어리석긴. 게임 만든다고 게임만 보지 말고 자넨 이참에 현실을 좀 돌아볼 필요가 있어. 그리고 쉬는 김에 운동 좀 하고 살 좀 빼라고. 보는 사람까지 숨 막히게 뚱뚱해서 참. 회사에서는 조에게 휴직을 권했지만 잘린 것이나 다름없었다. 조는 정육점을 운영하던 평범한 남자가 하루아침에 슈퍼 히어로가 되는 판타지를 사람들이 제대로 이해하지 못한다고 생각했다. 그럴수록 조는 〈BUTCHER〉 게임에 더욱 매달렸다. 캐릭터를 좀 더 정교하게 하고 전투 장면을 실감나게 만든다면 사람들이 분명히 좋아할 거라고 믿었다. 게임을 포기하는 것은 자신을 포기하는 것이나 다름없었다. 조는 자기도 모르는 사이, 게임 속 정육점 남자 주인공에게 깊숙이 빠져들었다.

조는 아내에게 회사에서 잘린 일을 사실대로 털어놓지 못했다. 아내는 불편한 진실보다 편안한 위선과 적당한 거짓말이 결혼 생활을 지탱해준다고 믿는 여자였다. 아내가 그와 결혼한 것은 게임을 제외한 모든 것들에 대한 그의 무관심과 높은 연봉 때문이었다. 몇 달만 아내를 속이고 〈BUTCHER〉 게임을 다시 완성한다면 틀어진 그의 삶을 제자리로 돌려놓을 수 있었다. 아내도 결혼 생활을 유지하고 싶다면 그 혼자 모든 짐을 짊어지고 가야 한다고 생각할 것이다. 딸 미아는 아내를 닮아 아빠인 그에게조차 경계심이 많고 잘 웃지도 울지도 않았다. 집 안은 늘 조용하고 얇은 얼음막이 감싼 듯 긴장감이 감돌았다. 조에게 집은 손가락 하나 까닥할 힘이 남아 있지 않아도 남편과 아빠 역할을 묵묵히 수행해야 하는 일터의 연장과 다르지 않았다. 한강이 보이는 45평 아파트는 책상 앞 23인치 컴퓨터보다 숨이 막히고 답답했다. 조가 삶에서 유일하게 위안과 따듯함을 얻는 곳은 사각의 모니터 화면 속뿐이었다.

아침 일찍 평소와 다름없이 조는 선식을 우유에 타 먹고 휴고 보스 넥타이에 페레가모 셔츠를 입고 아내와 딸의 배웅을 받으며 집을 나왔다. 그러고는 노트북을 들고 하루 종일 PC방과 모텔 방을 전전했다. 담배를 피우지 않는 조의 폐는 PC방의 매캐한 연기로 매일 조금씩 새카맣게 타들어갔다. 맥도날드 햄버거와 컵라면으로 컴퓨터 앞에서 끼니를 때우며 콜레스테롤과 당 수치는 점점 올라갔다. 눈은 충혈된 채 동공은 풀려 흐릿해졌고 거무스름한 다크서클은 자꾸 넓어져 그가 만든 게임 속 좀비와 비슷해져갔다. 조의 영혼은 〈BUTCHER〉 게임 속 정육점 사내가 되어 매일 피를 튀기며 악당의 머리와 팔다리를 사정없이 잘라내느라 피폐해져갔다. 조는 가끔 자신의 손목에 손이 아닌 번뜩이는 정육점 칼날이 달려 있는 환각을 보았다.

"당신 요즘 회사에 무슨 문제 있어요?"

밤 열두시에 젖은 걸레처럼 들어온 조를 그의 아내는 의심스럽다는 눈빛으로 쏘아보았다.

"아니, 아무 문제 없어. 이번 게임은 정말 현실처럼 완벽해. 모두들 깜짝 놀라게 될 거야, 흐흐."

조는 혼자 즐거운 상상에 빠진 아이처럼 어깨를 들썩이며 히죽히죽 웃었다. 그의 아내는 조의 행동이 조금 이상하며 그가 눈에 띄게 수척해졌다는 것을 알고 있었지만 더 이상 신경 쓰지 않았다. 치과의 리모델링과 딸 미아의 영어 유치원 문제만으로도 머리가 지끈거렸다.

천장에 어린아이만 한 세 덩어리의 붉은 소고기가 갈고리에 주렁주렁 걸려 있는 정육점 안, 라디오에서는 베토벤의 〈월광소나타〉가 흘러나온다. 조는 휘파람을 불며 소고기 한 덩이를 도마에 내려놓고 능숙하게 등심, 갈빗살, 안심, 등갈비로 부위별로 잘라 나간다. 평화로운 오후의 시간, 고기를 썰던 조의 칼이 순간 멈춘다. 엄청난 굉음과 함께 정육점 유리문을 부수고 검정 승용차 한 대가 가게 안으로 무섭게 돌진한다. 조는 재빨리 몸을 던져 승용차를 피한다. 차에서 내린 검은 양복을 입은 네 사람은 조를 향해 무차별하게 총을 쏘기 시작한다.

조는 어느새 검정 가죽의 전투사 복장으로 갈아입었다. 100킬로그램의 비대한 살덩이가 아닌 근육질의 단단한 몸매의 조는 총알을 이리저리 피해 나간다. 양손에 달린 사각의 칼이 날아가 적의 손목과 무릎을 베어내고 부메랑처럼 조의 손목으로 돌아온다. 손목과 무릎이 잘린 적의 몸에서 피가 분수처럼 솟구치고 라디오에서 들려오는 〈월광소나타〉는 클라이맥스에 다다른다. 네 명의 적을 모두 쓰러뜨린 조는 가게 밖으로 유유히 걸어 나온다. 수십 명의 적들이 가게를 둘러싸고 조에게 일제히 총을 겨누고 있다. 조는 두려움 없는 얼굴로 적들을 향해 씩 웃어주며 무릎에서 칼날을 뽑아든다. 진짜 전투는 이제부터 시작이다.

어두침침하고 희뿌연 담배 연기로 가득한 PC방 안, 조는 게임 속 정육점 남자처럼 오른손을 수평으로 뻗으며 전투 자세를 취했다. 순간 테이블 위에 먹고 남은 컵라면이 쓰러지며 라면 국물과 건더기가 쏟아졌다.

"에이, 씨발, 튀었잖아!"

옆자리에 있던 중학생이 인상을 쓰며 조를 쏘아보았다. 조의 분노가 상승하며 오른손이 식칼로 변신한다. 얼굴이 하얗게 변한 중학생은 벌벌 떨며 뒷걸음질 친다. 서둘러 도망치는 중학생을 바라보는 조, 그의 눈에 동정심이나 측은함 따위는 찾아볼 수 없다. 분노를 잠재우는 가장 쉽고 간단한 방법이 머릿속에 입력된다. 제거하라. 조의 머릿속에는 오직 그 한 가지 생각만 깜빡거린다. 계단을 뛰어 올라가는 중학생의 등 뒤로 조의 손목에서 날아간 식칼이 꽂힌다. 중학생은 그대로 뒤로 나자빠진다. 미션 성공.

조의 상상이 흩어지며 멀쩡한 중학생이 옆으로 뻗어 있는 조의 팔을 밀쳐냈다.

"아, 진짜 짱 나게 뭘 꼬나봐? 빨리 안 치워?"

조는 얼른 시선을 피하며 주섬주섬 컵라면을 치웠다. 그러다 모니터 속 정육점 사내와 눈이 마주치고 그가 자신을 비웃고 있는 것을 보았다. 머저리 같은 녀석, 더 봐줄 수가 없군. 아내와 딸한테는 돈 버는 기계 취급에 무시당하고, 회사에서는 실컷 이용당하더니 잘리고, 갈 곳 없이 PC방이나 전전하더니 새파란 중학생까지 널 우습게 아는구나. 넌 개보다 쓸모없는 인생을 살았어. 네 곁엔 아무도 없어. 넌 기생충과 다를 바 없다. 네 삶은 이제 끝났어. 곧 말소될 폐차의 운명이지. 정말 가엽고 한심하기 짝이 없구나. 정육점 사내의 비웃음 소리가 귓가에 찢어지듯 울려왔다. 아니야. 그렇지 않아. 난 기생충이 아니야. 난 다시 달라질 수 있다구. 모든 걸 리셋하기만 하면 할 수 있어. 조는 웃고 있는 게임 속 사내를 향해 있는 힘껏 주먹을 날렸다. 순간 모니터가 퍽 터지며 전원이 꺼졌고 검은 연기가 피어올랐다. 주변에 있던 사람들이 웅성거리며 돌아보았고 그의 주먹에서는 피가 흘러내렸다. 그는 아무 아픔도 느끼지 못했다.

그때 어디선가 번쩍이는 검은색 바바리코트를 입은 젊은 남자가 조에게 다가와 귓가에 속삭였다. 음산하고도 차가운 목소리가 조의 뒷덜미를 휘감았다.

"어때, 사는 게 끔찍하지? 여길 벗어나 멋진 신세계로 당신을 데려다줄까?"

젊은 남자에게서는 취할 것 같은 독한 알코올 향기가 났다. 립글

로스를 바른 듯 촉촉하고 검푸른 입술이 살짝 올라가며 조를 향해 미소 지었다. 조는 어리둥절한 얼굴로 남자를 감탄하듯 바라보았다. 남자는 살아 있는 대리석 조각처럼 눈부신 선과 압도적인 검은 눈빛을 지니고 있었다. 그는 피투성이 조의 손에 검은색 명함을 쥐여주고 유유히 바람이 불듯 그곳을 떠났다. 즈는 방금 자신이 본 것이 유령이었는지 사람이었는지 홀린 듯한 얼굴로 명함에 찍힌 남자의 이름을 읊조렸다. 미스터 레몽뚜 장…… 상상발전소?

으리으리한 역사와 달리 M시는 삼십 년 전에 시간이 멈춰버린 과거의 도시 같았다. 만약 이 도시에 사는 사람들도 삼십 년 전 사람들이라면? 마태수는 상상만으로도 어깨가 움츠러들었다. 그는 늘 불길한 일을 상상하는 강박에 시달렸다. 자신이 아무렇게나 놓은 베란다의 화분이 바람에 떨어져 길 가던 사람의 머리에 맞아 뇌진탕으로 죽는 상상, 부식된 도시가스 관에서 가스가 조금씩 새어 나와 그가 잠든 채로 깨어나지 못하는 상상, 횡단보도 앞에 있는 두 살짜리 아이를 술이 안 깬 음주운전자가 트럭으로 치는 상상. 어느 날은 아침에 눈을 뜨자마자 불길한 상상으로 시작해 퇴근해 잠자리에 드는 순간까지 지겹게도 상상의 스위치가 꺼지지 않는 기계처럼 멈추지 않은 적도 있었다. 새벽에 윗집 부부의 고함 소리를 들으며 남편이 홧김에 아내를 찔러 죽이고 집에 불을 지를까 봐 아침까지 뜬눈으로 지새우기도 했다. 그는 불면증과 편두통에 시달려 아스피린을 습관처럼 먹었다. 아스피린을 먹으면서도 매일 아스피린을 먹다간 몸 어딘가에 상처가 나도 출혈이 멈추지 않을 거라는 상상을 하며 두려움에 떨었다. 불길한 상상은 무성생식을 하는 세포처럼 그의 의지와 상관없이 끝도 없이 머릿속에서 자가 분열을 했다.

마태수는 살이 덜렁거리는 우산을 쓰고 망설이듯 천천히 걸었다. 역에서 오른쪽 횡단보도를 건너 첫번째 골목을 지나치고 두번째 골목으로 들어서야 한다. 파란불로 바뀌었는데도 횡단보도에 그대로 있자 옆에 있던 군인들이 이상하게 쳐다보며 지나갔다. 약속 시간까지 아직 사십 분이나 남아 있었다. 지금이라도 돌아갈까? 마태수는 횡단보도에 서서 다리를 떨며 초조하게 주위를 두리번거렸다. 참을 수 없다는 듯 주머니에서 밀크캐러멜을 꺼내 입속에 넣고 격렬하게 쪽쪽 빨았다.

입안 가득 합성 착향료 캐러멜과 연유와 캐러멜 색소 맛이 뒤엉켜 복합된 강렬한 달콤함에 혀가 마비되었다. 캐러멜은 혀뿐만 아니라 그의 가슴속 두려움에도 끈적끈적하게 달라붙어 녹여냈다. 밀크캐러멜은 금성식품의 베스트셀러 상품이었고 그곳이 바로 마태수의 직장이었다. 이 정도 달아선 안 돼. 캐러멜은 사탕이 아니야. 이거 하나 넣으면 다른 생각은 얼씬도 못 하게 달아야 한다구. 그래야 한번 입에 대면 절대 멈출 수가 없지. 알아들었어? 그냥 웬만큼 달아선 안 되고 죽을 만큼 지독하게 달아야 한다구! 사장은 직원들 앞에서 캐러멜 봉지를 흔들며 소리쳤다. 마태수는 하루 일고여덟 통의 캐러멜을 빨아 먹었다. 어느 날은 그가 살아가는 것이 캐러멜을 먹어치우기 위해서라는 생각이 들 정도였다. 금성식품 사장의 말은 전적으로 옳았다. 그는 캐러멜 없이는 단 하루도 살 수 없었다.

마태수는 영등포역에서 만난 100킬로그램이 넘는 두부 남자가 준 명함을 왼쪽 주머니에서 꺼냈다. 지난 며칠간 지겹게 만지작대서 꼬깃꼬깃하게 닳아 있었다. 상상발전소? 대체 뭐 하는 곳일까. 중국집이나 족발집 광고지를 만드는 작은 광고 회사일지도 몰랐다. 그런데 다음 문구가 마태수의 가슴에 무섭게 실금을 새기며 번져나갔다. 상상하면 현실이 될 수 있습니다! 마태수는 무언가 떠올라 미간을 찌푸리며 뺨에 돋아난 털 한 가닥을 고집스럽게 잡아 뜯었다.

산토끼 토끼야 어디를 가느냐. 깡충깡충 뛰면서 어디를 가느냐.

모든 일은 눈처럼 하얀 토끼 두 마리에서 비롯되었다. 마태수의 지루하고 평온한 삶은 낡은 17평 아파트에 토끼 두 마리가 오고 나서부터 바빠졌다. 퇴근 후 동료들과 소주에 양곱창을 구워 먹으러 가지도, 주말에 극장에 가거나 친구들과 흑맥즈 내기 당구를 치러 가지도 않았다. 그는 서둘러 퇴근해 편의점에서 불고기 도시락을 사서 곧장 집으로 돌아왔다. 토끼들이 죽었을지 걱정되었기 때문이었다. 토끼들은 그를 보자마자 반갑다는 듯 두 귀를 쫑긋거리며 코를 킁킁거렸다. 그는 토끼들을 플라스틱 어항에서 꺼내 거실에 풀어주고 뛰어노는 것을 보며 흐뭇하게 도시락을 먹었다. 살인, 강간, 유괴 같은 뉴스가 흘러나오는 좁은 거실은 토끼들 때문에 네잎 클로버로 뒤덮인 푸른 초원이 된 것 같았다.

그는 흑맥주를 사러 마트에 갔다가 눈이 찢어지고 얼굴이 까만 초등학생 남자애 둘이 애완동물 코너에서 하는 얘기를 엿들었다. 두 남자애들은 플라스틱 어항 앞에서 심각한 얼굴로 하얀 토끼를 노려보며 재잘거렸다. 너, 토끼가 시계 보는 거 알아? 뻥까지 마. 미친 새끼 진짜야, 열두시 십이분만 볼 줄 알아. 어떻게 알아? 봤어? 응, 열두시 십이분 정각에 얘네들이 두 발로 서. 웃기시네. 두 발로 서서 춤춰. 뭐? 우헤헤, 존나 뻥까시네. 뻥 아냐, 병신 새끼가 알지도 못하면서. 탭댄스 같은 걸 막 추다가 바닥에 이상한 구멍 속으로 빨려들어가. 하하, 존나 웃겨. 뻥뻥뻥! 있잖아, 배스킨라빈스 아이스크림 중에 슈팅스타처럼 파랗고 빨갛고 하얀 물결이 막 회오리치는 구멍이야. 마태수는 초등학생들이 가고 난 뒤 사료를 오물거리며 먹고 있는 멍청하게 생긴 토끼들을 뚫어져라 바라보았다. 그리고 침을 뱉듯 조용히 중얼거렸다.

"뻥까지 마."

뒤돌아 서너 발짝을 걷다가 그는 다시 돌아섰다.

"아줌마, 토끼 두 마리만 주세요."

　그렇게 급작스럽게 토끼와의 동거가 시작되었다. 파마머리의 아줌마 마트 직원은 토끼를 건네며 토끼는 소음에 스트레스를 받으며 귀가 특히 예민하니 만지지 말라고 주의를 주었다. 마태수는 아줌마의 주의를 어기고 손가락으로 귀를 툭툭 건드리며 정말이야? 네가 정말 시계 볼 줄 알아? 하고 장난을 쳤다. 토끼들은 좁은 어항 안에서 깡충깡충 뛰며 그의 손가락을 피해 다녔다.

　두 마리 토끼는 마태수의 낯선 아파트에서 잘 놀고 잘 먹고 까만 똥도 잘 쌌다. 앵무새처럼 시끄럽게 지저귀지도 않았고 햄스터처럼 쥐 냄새를 풍기며 무섭게 번식하지도 않았다. 토끼들은 아주 조금 먹고 조금 싸고 없는 것처럼 조용히 움직였다. 다만 그다음, 그 다음 날 열두시 십이분 정각이 돼도 두 발로 서서 탭댄스를 추지 않았다. 아직 두 발로 서기엔 너무 어린가? 그것들은 태어난 지 삼 개월도 되지 않아 엄마 곁에서 떨어진 새끼들이었다. 인간도 일 년이 돼서야 겨우 걷지 않는가. 마태수는 토끼가 조금 더 커서 시계도 볼 수 있고 탭댄스를 추는 그날까지 인내심을 가지고 느긋하게 기다렸다.

　시간은 강물처럼 흘러 어느덧 토끼를 키운 지 삼 년이 되었다. 그것들은 처음 크기의 세 배가 넘게 자라 자이언트 토끼처럼 커져 버렸다. 마태수는 더 이상 그것들이 시계를 보든지 말든지, 서든지 말든지 관심을 갖지 않게 되었다. 그것들은 커졌다고 해서 갑자기 시끄러워지거나 무섭게 번식해서 마태수를 당황스럽고 피곤하게 만들지 않았다. 여전히 조금만 먹고 조금 싸고 집 안 곳곳을 조용히 깡충거리며 뛰어다녔다. 마태수는 한 번도 자신의 좁은 아파트에서 애완견보다 커져버린 토끼 두 마리를 키우게 되는 일을 상상해본 적이 없었지만 그것들은 생각처럼 쉽게 죽지 않았다.

어느 일월의 마지막 밤, 소주를 마시고 맥주를 마시고 또 와인까지 마셔 아스팔트가 흔들다리처럼 출렁이던 날 밤, 마태수는 겨우 택시를 타고 아파트로 돌아와 문을 열자마자 거실 바닥에 기절하듯 쓰러졌다. 무언가 따듯하고 축축한 혀가 그의 얼굴과 손을 핥았지만 깨어나지 못했다. 달빛이 비추던 어스름 속에서 그는 눈처럼 하얀 토끼털과 쫑긋거리던 귀와 새빨간 눈을 본 것도 같았지만 정신을 차릴 수 없었다.

꿈결인지 취기 속에서 마태수는 어디선가 들리는 오르골 멜로디를 들었다. 아니, 그의 집에는 태엽이 돌면서 저절로 음악이 흘러나오는 오르골 따위는 없었다. 그는 잠결에도 이상하다고 느꼈지만 윗집에서 들려오는 휴대전화 벨 소리일 거라고 대수롭지 않게 여겼다. 그런 것을 따지기에 그의 몸은 젖은 걸레처럼 너무 무거웠고 정신은 녹아 흐물흐물해진 치즈 같은 상태였다.

그때 오르골 소리 위로 〈톰과 제리〉를 더빙한 것 같은 귀엽고 가는 성우의 목소리가 들려왔다.

왜 토끼 눈이 새빨간지 아니? 울어서.

왜 토끼 눈이 새빨간지 아니? 잠을 안 자서.

왜 토끼 눈이 새빨간지 아니? 세상의 모든 악을 봐버려서.

누가 노래를 하지? 마태수는 너무 삶아 툭툭 끊어지는 하얀 국수 같은 흐리멍덩한 의식 속에 거실 한쪽에 자신이 키운, 아니 자기들끼리 커버린 눈부신 하얀 털의 토끼 두 마리가 달빛 아래 두 발로 서서 발을 움직이며 춤을 추는 것을 보았다. 마치 탭댄스를 추는 것처럼, 그것들은 신나게 발을 놀리며 노래를 하고 있었다. 맙소사! 그의 입에서 짧은 비명이 터져 나오며 술이 확 깨는 것 같았다. 그건 마태수가 정말 기막히고 깜짝 놀랐을 때 자기도 모르게 내뱉는 말이었다. 시계를 보니 열두시 십이분이었다. 토끼가 시계를 볼 줄 안다는 초등학생 남자애의 말이 사실이었다. 그는 일어나지도 못하고 바닥에 누운 채 고개만 들고 춤추는 토끼들을 넋을 잃고 바라보았다.

삼십 초쯤 지났을까. 마태수는 자신의 아파트 거실에 정말 배스킨라빈스 아이스크림을 연상케 하는 파랗고 빨갛고 하얀 회오리가 소용돌이치고 있는 것을 목격했다. 그는 순간 자신이 맥주와 소주와 와인을 섞어 마시고 완전히 취해 알코올성 환각에 빠진 것은 아닌가 의심했다. 그러는 사이, 토끼들은 갑자기 신나게 추던 탭댄스를 뚝 멈추더니 회오리 구멍 속으로 점프를 하듯 빨려들어가버리는 것이 아닌가. 그는 사라지는 토끼를 향해 자기도 모르게 손을 뻗었고 손끝에 토끼의 보드라운 털이 스치는가 싶더니 그의 몸도 회오리 구멍 저쪽에서 진공청소기로 빨아들이듯 한순간 빨려들어갔다. 마태수는 아이스크림 슈팅스타 같은 회오리를 지나 롤러코스터를 타는 듯한 어지러움 속에서 이건 상상의 연속이라고 중얼거렸다.

　토끼 두 마리는 어디로 사라졌는지 보이지 않았고 창문으로 나른하고 기분 좋은 봄바람이 불어와 머리카락을 날렸다. 마태수는 하늘색 승용차 운전석에 앉아 운전을 하고 있었다. 어디로 가고 있는 걸까. 물론 그는 알지 못했고 별로 궁금하지도 않았다. 외제 차인가 처음 몰아보는 차종인데 핸들링 감각이 부드럽다고만 생각했다. 그때 옆자리에 앉은 누군가 지루한 듯 늘어난 테이프처럼 아, 하고 하품을 했다. 그는 고개를 돌려보았다. 맙소사, 그의 전 여자친구 미영이 앉아 있었다. 깜짝 놀라 브레이크를 밟을 뻔했지만 빠르게 이성을 되찾았다. 왜 내 차에 타고 있냐고 화를 내려다 말았다. 하늘색 외제 차는 그의 차가 아니었기 때문이었다. 그럼 미영의 차인가. 물어볼까. 지금 중요한 건 누구의 차인지 따져보는 것이 아니었지만 마태수는 그것이 제일 궁금했다. 오랜만에 만났는데 인사라도 해야 하는 건 아닌가 하는 생각에 입을 열었는데 목소리가 떨렸다. 안녕, 전 여자친구. 미영은 아무 대꾸도 하지 않은 채 피곤한 얼굴로 앞만 노려보았고 차 안은 어색하고 기분 나쁜 침묵이 거미줄처럼 엉겨 붙었다.
　미영은 헤어지기 전과 똑같이 깨알 같은 주근깨가 얼굴에 뒤덮여 있었다. 160센티미터쯤 되는 삐쩍 마른 작은 체구에 참을성이 없고 새처럼 끊임없이 지저귀길 좋아하는 여자였다. 내비게이션을 만드는 작은 중소기업 경리로 일했는데 마태수는 그녀의 목소리가 고장 난 내비게이션에서 멈추지 않고 울리는 소음 같다고 생각했다. 바로 그때, 내비게이션에서 안내 방송이 튀어나왔다. 300미터 앞에서 좌회전입니다. 미영은 그제야 잠에서 깨어났다는 듯 하이 톤의 목소리로 물었다. 우리 언제 결혼할 거야? 과속방지턱이 있습니다. 25평 아파트 전세는 얻을 수 있어? 제한속도 80킬로미터 구간입니다. 신혼여행은 발리 풀 빌라로 가고 싶어.

마태수의 대답은 들을 필요도 없다는 듯 내비게이션과 미영이 번갈아 가며 경쟁하듯 그의 귓가에 재잘거렸다. 전방에 급커브 지역입니다. 미쳤어? 부모님을 어떻게 모시고 살아? 속도를 줄여주세요. 아이는 무조건 하나만 낳을 거야. 전방에 추락 위험 구간입니다. 내비게이션은 고장 난 게 틀림없었다. 미영도 고장 난 건가. 언제까지 애들이나 먹는 불량 식품 캐러멜 회사에 다닐 거야? 전방에 추락 위험 구간입니다. 벌써 나 서른인데 언제 데려갈래? 더 이상 길이 없습니다. 이번 봄엔 꼭 결혼하는 거지? 응? 응? 대답해봐. 삐삐삐삐삐. 마태수는 더 참지 못하고 주먹으로 내비게이션을 부숴버렸다. 그리고 미영의 따귀를 갈겼다. 아니, 미영의 따귀를 먼저 때리고 내비게이션을 부쉈나. 둘 다 기절한 듯 조용해졌고 마침내 차가 저절로 멈췄다. 마태수는 소음에 시달린 귀가 얼얼해 집게손가락으로 귀를 후볐다. 가까이서 파도 소리가 들려왔다. 저 앞에 시퍼런 바다가 출렁거렸고 차는 절벽 끝에 멈춰 서 있었다. 마태수는 이 절벽을 알고 있었다.

작년 봄, 개나리와 진달래는 잔인하게 피었지만 마태수와 미영은 결혼식을 올리지 못했다. 미영의 히스테리는 극에 달했고 살짝만 건드려도 3옥타브 소프라노로 비명을 질러댈 기세였다. 마태수는 미영을 달래기 위해 무리해서 2박 3일 제주도로 여행을 떠났다. 미영은 야자수가 멋지게 뻗은 제주공항을 보고 마음이 풀어진 듯 호들갑을 떨다가 렌터카가 마티즈인 것을 알고 금세 뾰로통해졌다. 특급 호텔이나 고급 리조트를 기대한 미영은 모텔과 다름없는 펜션을 보고 투덜거렸다. 미영은 제주를 돌아다니는 내내 에메랄드 빛 바다와 진귀한 현무암과 야생화가 핀 분화구를 보고도 즐거워하지 않았다. 그녀는 오직 특급 호텔과 고급 렌터카가 아닌 것에만 계속 불평을 늘어놓았다. 마태수는 불평에 하루 종일 시달린 귀에서 고름이 터진 듯 날카로운 통증을 느꼈다.

급기야 둘은 저녁 메뉴를 놓고 참았던 불만과 불평이 터져버렸다. 제주 향토 음식을 먹으려던 그와 특급 호텔 양식당 스테이크를 먹겠다는 미영은 서로에 대한 억눌린 감정을 퍼부었다. 모처럼의 여행을 망쳐놓았다는 실망감과 분노가 그들의 감정에 불을 붙였다. 미영은 좁은 펜션이 떠나갈 듯 울고불고 난리를 치다 마태수를 할퀼 듯 으르렁댔다. 나쁜 새끼. 너 만난 몇 년 동안 내 인생을 통째로 망쳤어. 너만 안 만났으면, 내 인생이 이렇게 거지같이 꼬이지 않았을 거야. 개 같은 새끼! 책임져! 빨리 내 인생 책임지란 말야! 그 순간, 무엇이든 찢어버릴 것 같은 미영의 날선 소리가 그의 시신경 어딘가를 끊어버리고야 말았다.

그날 밤, 마태수는 미영의 손목을 끌고 다짜고짜 밖으로 나왔다. 어둠 속에서 멀리 시커먼 바다가 무서운 기세로 출렁거렸다. 미영은 낯선 그의 모습에 겁에 질려 질질 끌려가며 안 가겠다고 버텼다. 펜션을 나와 어둠 속을 얼마쯤 끌고 갔을까. 주위에는 아무도 보이지 않았고 둘은 절벽에 위태롭게 서 있었다. 미영은 울며 손을 놓아달라고 애원했지만 그는 아무 말도 들리지 않았다. 이제 와서 돌이키기엔 너무 늦어버린 것이다. 왜 신경이 끊어질 때까지 그를 밀어붙였나. 벼랑까지 그를 밀어붙인 것은 다름 아닌 그녀가 아닌가. 제주의 어둠과 거센 바람과 무서운 파도가 그를 광기의 끝까지 몰고 갔다. 그는 미영을 보고도 아무 감정이 들지 않았다. 분노나 동정심이 사라진 상태, 그의 머릿속은 맑고 고요하고 명료했다. 잘 가라, 이년. 파도 소리가 모든 것을 삼켜버렸다. 그는 상쾌한 제주의 바람을 마음껏 쐬었다.

여기까지가 모두 그의 상상이었다. 현실에서 그는 미영의 손목을 붙들기만 했고 주저하며 아무것도 못 했다. 미영은 의아해하다가 짜증을 내며 그의 손을 뿌리쳤다. 그러곤 화가 난 듯 핸드백 하나만 들고 펜션을 나가버렸다. 서울로 돌아가려는 것일까. 미영이라면 그러고도 남을 것이다. 그는 텅 빈 펜션에서 혼자 소주 두 병을 마시고 밖으로 나왔다. 어느덧 절벽 앞이었고 어둠 속에서 무서운 파도 소리만 들렸다. 그는 비틀거리며 절벽 아래를 내려다보았다. 미영은 어디에도 없었다. 씨발, 갔단 말이지? 취기 속에서 화를 내보려 했지만 분노나 살의는 느껴지지 않았다. 파도 소리 말고는 아무 소리도 들리지 않던 고요한 밤, 그는 미영과 질척거리는 싸움 끝에 헤어졌다.

이 절벽에 다시 오게 될 줄이야. 차에서 내린 마태수는 묘한 흥분과 이상한 슬픔에 휩싸여 고개를 돌렸다. 따귀를 맞고 고개가 꺾인 듯 숙이고 있던 미영이 차 안에 보이지 않았다. 그때 절벽 아래서 〈톰과 제리〉 성우의 노랫소리가 들렸다.

산토끼 토끼야, 어디를 가느냐. 깡충깡충 뛰면서 어디를 가느냐.

마태수는 두개골이 깨질 것 같은 두통과 찝찝하고 불쾌한 기분에 절벽 끝으로 걸어가 밑을 내려다보았다. 그곳에 하얀 토끼 두 마리가 검은 바위에 올라가 두 발로 탭댄스를 추고 있었다. 아직 술이 깨지 않아 사물이 두 개로 보이면서 어지럼증을 느꼈다. 토끼들 옆에 무언가 움직이지 않는 희끄무레한 물체를 발견했다. 검은 화강암 위에 빨간색 원피스를 입은 여자가 기괴한 자세로 누워 있었다. 이마의 흐른 피, 나동그라진 검정 핸드백과 벗겨진 하얀 구두, 꺾인 팔꿈치와 무릎, 그가 알고 있는 미영이었다.

맙소사, 그럴 리가. 상상만 했을 뿐인데 미영은 절벽 아래 꼼짝 않고 죽어 있었다. 불같이 화를 내며 서울로 올라간 미영은 누구인가. 팔다리가 꺾인 채 끔찍한 모습으로 죽은 미영과 서울로 올라간 미영 중 누가 진짜 미영인가. 그는 공포에 휩싸여 뒷걸음질 치다 누군가 그의 팔을 꺾으며 손목에 차갑고 단단한 수갑을 채우는 것을 느꼈다. 돌아보자 경찰 모자와 경찰복을 입은 하얀 토끼 두 마리가 그를 강제로 끌고 가고 있었다. 난 죽이지 않았어! 난 상상만 했을 뿐이라고! 마태수는 토끼들과 끔찍한 두려움에서 벗어나려고 발버둥을 치며 소리 질렀다.

자신의 비명 소리를 듣고 깨어난 마태수는 아파트 거실 바닥에 쓰러져 있었다. 거실 어디에도 슈팅스타 같은 회오리 구멍은 보이지 않았다. 눈앞의 토끼 두 마리는 아무 일도 없었다는 듯 조용히 사료를 씹어 먹고 있었다. 그 태연하고 또렷한 소음이 소름 끼쳤다. 전 여자친구와 제주의 절벽과 그날 밤의 일을 모조리 알고 있는 토끼들이 무서웠다. 그는 집을 뒤져 적당한 크기의 하얀 자루를 찾아냈다. 지워지지 않는 유성 펜으로 예민한 토끼 귀에 1, 2라고 각각 숫자를 써넣었다. 혹시 재수가 없어 다시 만나건 알아보기 위해 표시를 해두려는 것이었다. 마태수는 귀를 잡아 토끼 1, 2를 하얀 자루에 넣고 끝을 동여맸다. 그는 그 새벽에 자전거를 타고 한강으로 가서 죄책감 없이 토끼들이 든 자루를 풍덩 빠뜨렸다. 토끼를 삼켜버린 물웅덩이를 보자 멀미와 공포에 다리가 후들거렸다, 멀리멀리 지옥 끝까지 흘러가버려. 다신 내 눈에 띄지 마. 자이언트 토끼들은 두 마리 몸무게를 합쳐 10킬로그램이 넘었다. 그의 두려움은 10킬로그램보다 무거웠다. 영원히 떠오르지 마. 부탁이야. 제발.

어느덧 마태수는 길고 긴 상념에서 벗어나 미로 같은 골목 끝에서 비를 맞고 있는 우중충한 2층 건물 앞에 서 있었다. 토끼 따윈 잊어버려. 검은 화강암 위에 누워 있던 미영의 하얀 허벅지도, 미역 줄기 같은 축축한 머리카락도, 슈팅스타 같은 어지러운 회오리 구멍도. 비밀이니까, 나만 잊으면 사라지는 거야. 그는 자꾸 몸이 젖은 것처럼 떨려왔다. 전 여자친구의 죽음은 추락사였다. 그는 아무 짓도 하지 않았다. 정말? 그는 상상발전소 앞에서 똥을 쌀 것 같은 얼굴로 지하 계단을 바라보았다. 저 계단을 내려가면 무슨 일이 벌어질지 그는 짐작도 할 수 없었다. 멍청하게 서서 왜 도망치지 않지? 아니, 지하 계단만 내려가면 모두가 행복해질지도 몰라. 그는 계단 끝에서 삐죽 나온 하얀 토끼의 귀를 본 것도 같았다. 저게, 1번이야, 2번이야? 마태수는 밀크캐러멜을 두어 개 입에 까 넣고 한 발 한 발 지하 계단을 내려갔다.

묘한 떨림 속에 상상발전소의 두터운 검은 문을 열어젖힌 것은 홍마리였다. 그곳은 초록빛 조명이 음산하고도 기묘하게 실내를 밝힌 채 텅 비어 있었다. 그녀는 유랑 극단의 배우 소품실이나 특이한 취향을 가진 수집가의 작업실에 들어선 것 같은 착각이 들었다. 중세 시대 귀족의 가발, 베네치아의 원색 가면, 무사의 갑옷, 박제된 족제비, 공룡의 알, 거미의 표본, 이집트의 파라오 조각상 등 진귀한 물건들이 가득 차 있었다. 그것들은 건드리면 인생을 송두리째 바꾸어놓을 것 같은 이상한 기운을 내뿜었다. 그녀는 정면에 보이는 유령의 집 커튼을 연상케 하는 검은색 공단 커튼을 쏘아보며 어깨를 떨었다. 저 커튼 너머에 레몽뚜 장이 있을까.

홍마리가 레몽뚜 장을 처음 만난 곳은 청담대교 다리 위에서였다. 마흔여덟번째 오디션에서 떨어진 날이었고 온종일 그녀의 위 속에는 토마토 한 개와 생수 500밀리리터가 들어왔을 뿐이었다. 12센티미터의 하이힐을 신은 발 뒤꿈치가 까져 피가 배어 나왔지만 아무 통증도 느끼지 못했다. 찬바람이 얼굴을 할퀴고 지나가자 그녀는 자신이 청담대교 위에 있다는 것을 깨달았다. 차들이 무서운 속도로 지나갔다. 낮에는 볼 수 없었던 도시의 불빛들이 검은 강물 위에서 아롱거렸다. 문득 강물 속으로 뛰어들고 싶은 충동이 그녀 안에서 불빛처럼 위험하게 반짝거렸다.

그녀는 일주일 전 이 다리 위에서 투신자살한 이십 대의 젊은이를 떠올렸다. 고시 준비생이었던 그는 뛰어내리기 전 낡은 나이키 운동화와 법률 책이 가득한 가방을 가지런히 내려놓고 강물에 몸을 던졌다. 그녀는 얼굴도 모르는 청년이 곁에 있는 듯한 오싹한 기분과 알 수 없는 동질감을 느꼈다. 어둠 속에서 손을 뻗어 청년의 싸늘한 손을 잡고 싶었다. 얼마나 절망하면 뛰어내릴 수 있지? 무섭지 않았어?

무섭지 않아. 차갑지도 않아. 아주 편안하고 자유로워지지. 바람 속에서 청년이 속삭이는 소리가 들리는 것 같았다. 가장 힘든 것은 끝까지 살아서 버티는 것인지도 몰랐다. 죽을 때까지 오디션만 보다 늙어버릴 것 같은 끔찍한 두려움이 엄습했다. 아무리 발버둥을 쳐도 너덜너덜한 삶에서 영원히 벗어나지 못할 것이다. 차라리 저 강물 속에서 편안히 가라앉아 쉬고 싶은 생각이 간절했다. 그녀는 하이힐을 벗고 난간에 올라갔다. 치마와 머리카락이 바람에 출렁이자 날 수 있을 것 같은 착각에 가슴이 떨렸다.

그때 누군가 그녀의 팔목을 거칠게 잡아당겼다. 그녀는 휘청거리며 난간에서 내려왔다. 검은색 바바리코트를 입은 처음 보는 남자였다. 남자의 머리카락과 눈동자는 까마귀처럼 푸르스름한 검은 빛이었고 얼굴은 막 차가운 땅속에서 빠져나온 듯 창백했다. 그는 한쪽 입꼬리를 살짝 올리며 비웃는 듯한 미소를 지었다.

"그러다 떨어지면 억울할 텐데."

홍마리는 자신의 행동이 유치한 장난으로 비춰져 순간 기분이 상했다.

"뭐 얼굴까지 빨개지고 그래? 정말 죽으려던 거 아니었잖아. 안 그래?"

언제 봤다고 다짜고짜 반말이지? 그녀는 건들거리는 듯한 남자의 태도가 거슬렸지만 진심을 들킨 듯 당황스러웠다. 남자의 말이 사실이 아닐까. 그녀는 오디션에 수십 번 떨어진 배우 지망생의 절망을 연기한 것뿐이라는 걸 팔을 잡아당긴 남자를 통해 깨달았다. 그녀는 자신의 마음을 꿰뚫고 있는 남자에게 어느새 호기심을 느끼고 있었다.

"저기, 죽기엔 달이 너무 밝잖아."

남자의 말대로 하늘에는 빵처럼 부풀고 환한 보름달이 떠 있었다. 토끼라도 살 것 같은 달을 넋을 잃고 바라보는데 그가 그녀의 손에 종이 한 장을 쥐여주더니 코트를 휘날리며 멀어져갔다. 그는 나쁜 애인처럼 뒤도 돌아보지 않고 손만 흔들었다.

"다음에 죽고 싶을 땐 추운데 여기 올라오지 말고 그리로 와."

레몽뚜 장? 홍마리는 그 이름을 보고 그날 밤에 뜬 차가운 보름달과 불빛이 흐르는 강물이 남자와 잘 어울린다고 생각했다. 남자는 어떻게 내가 다리 위에 있는 걸 알고 때맞춰 나타난 걸까. 상상발전소? 자살 방지 센터에서 나온 사람인가. 그녀는 오디션에 떨어진 것도 잊어버리고 남자의 정체에 대해 상상하고 있었다. 재즈 선율이 들려올 것 같던 그 밤, 홍마리는 다리 위에서 레몽뚜 장을 처음 만났다.

검은 커튼 너머에서 소리가 들리자 홍마리는 새처럼 어깨를 움찔거렸다. 남자 목소리 같았는데 레몽뚜 장의 목소리는 아니었다. 상상발전소에 나 말고 다른 누군가 찾아온 걸까. 이 비밀스런 장소를 누군가도 알고 있다는데 당황스럽고 놀랐다. 비 오는 날, 이런 지방 소도시 후미진 곳까지 찾아오는 사람이라면 삶의 막다른 진

창까지 가본 게 분명했다. 삶에서 더 이상 아무것도 기대할 수 없을 때 두렵고 위험한 폭발물에 손을 댈 용기가 생기는 것이다. 그것은 누구의 잘못일까.

커튼 사이로 남자 목소리가 점점 크게 들려왔다. 사정하거나 화를 내고 있는 것 같기도 했다. 레몽뚜 장의 목소리는 거의 들리지 않았다. 홍마리는 남자의 목소리가 커질 때마다 그가 당장 커튼을 젖히고 튀어나올까 봐 가슴이 두근거렸다. 남자의 말 중에 아내, 미아, 검은 양복 새끼들 같은 단어가 자주 들려왔다. 처음에는 화를 내며 소리 지르더니 이젠 훌쩍이는 소리가 새어 나왔다. 남자는 풍선이나 아이스크림을 빼앗긴 어린아이처럼 서럽고 구슬프게 울었다. 남자의 울음소리는 묘하게 그녀의 모성 본능을 자극했다. 홍마리는 커튼을 노려보며 울고 있는 남자의 등을 쓰다듬고 싶은 충동을 억눌렀다.

그때, 별안간 그릇이 깨지는 듯한 히스테릭한 남자의 웃음소리가 들려왔다. 저것은 레몽뚜 장의 웃음소리일까. 아니면 조금 전까지 울던 남자가 갑자기 웃음을 터트린 건가. 어느 쪽이든 그녀는 기분이 오싹해지며 두려워졌다. 어찌 되었든 저렇게 웃는 사람은 머리가 정상이 아닐지도 모른다. 저 안에는 정말 누군가 있는 걸까. 혹시 처음부터 줄곧 레몽뚜 장 혼자 있는 것은 아니었을까. 그녀는 레몽뚜 장의 정체에 대해 아는 것이 없었다. 정식 인가를 받은 심리 치료실이나 최면 치료실도 아닌 이곳의 정체도 모호하고 수상하긴

마찬가지였다. 벽에 걸린 박제된 족제비의 눈동자가 살아 움직이는 것처럼 그녀를 음흉하게 지켜보았다.

기척도 없이 커튼을 열고 한 남자가 나오다 홍마리와 눈이 마주쳤다. 조였다. 홍마리는 그대로 얼어붙었다. 그녀는 185센티미터는 넘어 보이는 키에 100킬로그램쯤 되는 남자의 피부가 아기 살결처럼 뽀얀 것에 놀랐고 오랫동안 감지 않은 머리카락과는 달리 쥐색 양복이 한눈에도 질이 좋은 명품이라는 것에 또 한 번 놀랐다. 조는 약에 취한 듯 몽롱한 얼굴로 홍마리를 보며 믿을 수 없다는 듯 눈을 껌뻑거렸다. 그녀는 커튼 안에서 화를 내다 울고 웃던 남자가 이자라는 걸 알고 경계심이 들었다. 조는 홍마리를 신기하다는 듯 뜯어보더니 자기가 꿈을 꾸는 것이 아니라는 것을 알고 화를 버럭 냈다.

"넌 누구야? 여긴 대체 어떻게 들어왔어?"

"저기 문 열려 있잖아요."

홍마리는 손가락으로 현관문을 가리키며 아무렇지 않게 대꾸했다. 조는 낭패라는 듯 얼굴이 구겨지더니 그녀를 잡상인 취급하며 내몰았다.

"여기 아무나 들어오는 데가 아니야. 얼른 나가."

그녀는 꼼짝하지 않고 속삭이듯 냉큼 대꾸했다.

"저 다 알고 왔어요."

조는 그녀의 말이 이해되지 않는 듯 왼쪽 눈썹을 실룩이며 인상을 썼다.

"뭐? 알긴 뭘 안다는 거야?"

그녀는 공모자의 눈빛으로 조에게 은밀한 미소를 지어 보였다.

"저도 다 안다구요. 여기가 뭐 하는 곳인지."

"쉿! 정말 귀찮게 하네."

조는 탄식하듯 욕을 내뱉더니 불안하게 눈동자를 굴려댔다.

"너 같은 애송이가 알긴 뭘 알아? 여긴 애들이 들락거리는 데가 아냐. 나 정말 피곤하니까 얼른 나가줘!"

홍마리는 애라는 말에 자기도 모르게 발끈하며 쏘아붙였다.

"아저씨가 뭔데 이래라 저래라야? 나 당신 말고 레몽뚜 장 만나러 왔거든요."

조는 눈이 휘둥그레져서 손으로 이마를 치며 놀란 표정을 지었다.

"레몽뚜 장? 그 이름을 네가 어떻게 알아?"

"만났으니까 알죠."

조는 떫은 감을 씹은 것 같은 떨떠름한 얼굴로 혼잣말을 하듯 중얼거렸다.

"만났어……? 그럼 이미 맛을 본 건가."

그녀는 꿈을 꾸는 듯한 들뜬 얼굴로 말했다

"굉장했어요. 나 끝까지 가볼 거예요. 내 삶 전부 바꿔버릴 거야."

"젠장, 이미 끝났군. 게임 오버야. 정말 쉣 같은 날이군!"

그때 현관문이 끼익, 소리를 내며 열리더니 푸르스름한 조명 아래 누군가 들어섰다. 왜소하고 마른 체격의 남자가 비에 젖은 옷을 손으로 툭툭 털고 있었다. 조는 정말 성가시다는 듯 소리를 질렀다.

"씨발, 또 누구야?"

귀를 쫑긋 세운 예민해 보이는 남자는 마태수였다. 그는 홍마리와 조를 보고 캐러멜이 잔뜩 든 입을 우물거리며 바보같이 웃어 보였다.

정말, 쉣 같은 날이야. 오늘따라 어떻게 알고 사람들이 꾸역꾸역 기어들어오는 걸까. 혹시 이들은 적이 보낸 스파이가 아닐까. 조는 현관에 들어서는 마태수를 금방 알아보지 못하고 그런 생각을 했다. 인상이 눈에 익다고 생각했지만 우윳빛 같은 뿌연 의식 속에 아무것도 떠오르지 않았다. 그러다 마태수가 입고 있는 낡은 검은색 정장이 눈에 들어왔다. 빛바랜 검은 정장 때문에 그의 삶은 초라하고 답답해 보였다. 순간 조의 머릿속에 그가 만든 게임 속 캐릭터인 검은 정장 남자들이 떠오르며 마태수와 겹쳐졌다. 혹시 마태수가 검은 정장 남자가 아닌지 의심스러웠다. 그가 양복 주머니에서 권총을 꺼내 겨눈다면 자기 손이 재빨리 작동해 칼로 변신할 수 있을지 초조했다. 조의 의식은 게임과 현실의 경계가 흐릿해져 자유롭게 넘나들었다.

조는 거리를 걷다가도 건물과 건물 사이에서 검은 정장 남자들이 훔쳐보고 있는 것을 느꼈다. 검은 정장 남자들은 바퀴벌레처럼 투명 더듬이로 교신하며 재빠르고 민첩하게 움직였다. 그들은 국제 정세, 유럽에서 활동하는 테러리스트, 북의 움직임, 정치권의 동향에 대해 촉각을 세웠고 조의 뒤를 그림자처럼 밟았다. 조는 검은 무리의 실체가 그들을 조종하는 보이지 않는 거물이라는 것을 알았다. 보이지 않는 거물은 언론이나 신문에서 자주 보는 친숙한 인물일 수도 있었다. 거물은 조의 특별한 능력이 마음에 들지 않았다. 특별한 것은 위험한 것이었다. 조를 제거하려는 이유도 그 때문이었다.

그는 아내와 미아가 감쪽같이 사라진 것도 검은 정장 남자들의 짓이라고 믿었다. PC방과 모텔 방을 전전하던 조가 이 주 만에 아파트에 가봤을 때 거짓말처럼 아무도 없었다. 아내가 자신을 버린 게 아니라 그들이 아내와 딸을 빼돌린 것이라고 생각하자 이내 평정심을 되찾았다. 이상한 것은 아내와 딸만 사라진 게 아니라 아무도 살지 않았던 집처럼 가구와 살림살이까지 깨끗이 치워져 있었다. 그는 텅 빈 집을 보고 충격을 받지 않았다. 아내의 많은 책들과 잡동사니로 숨 막혔던 거실, 혼자 잠들었던 서재의 소파, 자신이 들어갈 공간이 없었던 장난감으로 가득한 딸아이의 방이 휑하니 텅 비어 있었다. 그는 답답했던 가슴이 뚫린 듯 시원한 기분을 느꼈다. 그는 수사관처럼 차가운 눈길로 먼지가 뒹구는 썰렁한 거실과 방을 돌아다녔다. 동전이나 아이의 머리핀 같은 작은 것들도 남아 있지 않았다.

그에게 정말 아내와 딸아이가 존재했던 걸까. 모두 그의 조작된 기억이 아닐까. 그는 자신이 알고 있는 모든 것이 의심스럽기 시작했다. 이상하게 그의 기억 속엔 아내와 딸아기와 동물원이나 놀이동산에 놀러 가거나 패밀리 레스토랑에서 고깔모자를 쓰고 생일 축가를 불러본 기억이 없었다. 순간 조는 온몸이 얼어붙는 것 같은 한기를 느꼈다. 텅 빈 아파트가 미세하게 흔들리며 얼굴이 하얗게 질려갔다. 어쩌면 사라진 것은 아내와 딸이 아닐지도 모른다. 유령이 되어버린 것은 그 자신일 수 있었다. 그때 일사불란하게 아파트 계단을 올라오는 발걸음 소리가 들렸다. 직감적으로 그들이 검은 정장 남자들이라는 것을 알았다. 조는 아무도 기억하지 못하는 유령이 되어 쫓기듯 아파트를 빠져나왔다.

상상발전소에 모인 세 사람 사이에는 희귀한 무늬의 나비가 이리저리 어깨에 앉았다 날아다니는 것처럼 묘한 기류가 흘렀다. 마태수는 도도한 표정으로 앉아 있는 홍마리를 힐끗 쳐다보고는 조를 향해 눈을 반짝였다.

"아, 우리 또 만났네요?"

"날 알아?"

조는 마태수가 친한 척 다가오는 것이 불길하고 석연치 않았다.

"왜, 영등포역 기억 안 나세요?"

"무슨 말을 하는지 모르겠군. 난 영등포역에 간 적 없어."

마태수는 조의 얼굴 앞에 바짝 다가오더니 스스럼없이 어깨를 툭 치는 것이었다.

"에이, 맞는데. 나한테 차비 천 원만 달라고 했잖아요. 만 원이나 줬는데 까먹어요?"

조는 확신하는 듯 기분 나쁘게 웃는 마태수의 말에 얼굴이 뻣뻣하게 굳는 것을 느꼈다.

"착각했나 본데. 난 모르는 사람한테 차비 같은 거 빌리는 사람이 아냐."

그렇게 말하는 조의 목소리는 가늘게 떨렸다. 알았으니 그만 그 입 닥쳐라. 주먹 쥔 조의 손이 부들부들 떨렸다.

"왜 그날 병원 간다고……."

"씨발, 그 입 안 닥칠래?"

조는 눈앞에서 뿌연 아지랑이가 일렁이는 느낌이었다. 한마디만 더 하면 내 손이 네 목을 베어버릴 것이다. 마태수는 눈치 없이 나불대더니 조의 눈빛이 무섭게 변하는 것을 보고 입을 다물었다. 언제부턴가 조는 자신의 기억이 무섭게 자라는 넝쿨처럼 꼬이고 얽혀 있는 것을 깨달았다. 그는 낯선 곳에 아무 이유 없이 멍청히 서 있는 스스로를 발견했다. 때로는 건물 옥상에, 아무도 없는 지하 터널에, 노란 중앙선 한복판에 그는 멍하니 서 있었다. 그곳이 어디인지, 왜 그곳에 서 있는지 아무것도 모른 채 그는 정신을 차리고 깨어났다.

이자의 말대로 정말 영등포역에 서 있었을지도 모른다는 생각에 스스로가 섬뜩했다. 얼굴도 모르는 낯선 사람에게 차비 천 원을 빌렸다니, 그런 이상한 행동을 하고 다니고도 기억조차 하지 못하는 자신이 낯설고 무서웠다. 마태수는 억울하다는 얼굴로 무슨 말을 더 하고 싶어 했지만 분위기가 심상치 않은 것을 알고 입을 다물었다. 홍마리는 고개를 돌리고 있었지만 아까부터 그와 마태수의 대화를 엿듣고 있었다. 저 애송이 여자아이 앞에서 속옷 바람으로 서 있는 것처럼 수치심에 얼굴이 홧홧 달아올랐다.

팽팽한 공기 사이로 짜증 섞인 홍마리의 날카로운 목소리가 날아들었다.

"애들도 아니고 그만하죠."

조는 마태수가 그녀의 검은 스타킹을 훔쳐보는 것을 보고 속으로 재수 없는 자식이라고 생각했다. 마태수는 왜소한 체격과 어울리지 않게 능글맞게 웃더니 주머니에서 무언가를 꺼내 내밀었다.

"미인이 계신지도 모르고, 캐러멜 드실래요?"

"미친 새끼."

조는 낮게 중얼거렸고 아무도 캐러멜을 먹지 않자 그는 어깨를 으쓱해 보이며 자기가 캐러멜을 까먹었다.

"오늘 처음인데, 마태수예요. 서른세 살이구요."

잠시 어색한 공기가 흐르자 홍마리가 자기 차례라는 듯 고개를 까닥였다.

"홍마리예요. 스물두 살, 오늘 두번째 왔어요."

조는 이따위 멍청한 인사나 주고받는 것이 기가 막혀 비아냥거렸다.

"무슨 오리엔테이션 하냐?"

그러나 홍마리와 마태수가 빤히 바라보는 것은 더 견딜 수가 없었다. 왜 사람들은 처음 만나면 다시 만날 것도 아닌데 친한 척 인사를 할까. 사람들과 섞여 있으면 쓸데없고 귀찮고 성가신 일뿐이다. 조는 별수 없다는 듯 시선을 내리깔고 퉁명스럽게 내뱉었다.

"조야. 나이는 먹을 만큼 먹었고. 여긴 지겹게 드나들었어. 됐냐?"

그의 말이 끝나자마자 홍마리가 눈을 동그랗게 뜨고 지지 않고 물었다.

"먹을 만큼 먹은 게 얼마예요?"

조는 두 손 들었다는 듯 고개를 저었다.

"마흔넷 처먹었다."

그녀는 무슨 대단한 발견인 양 목소리를 높였다.

"스물둘, 서른셋, 마흔넷? 이거 뭐죠?"

"하, 정말. 이 땡, 삼 땡, 사 땡. 뭔가 도박판이 벌어지는 분위긴데요."

마태수도 뭐가 신나는 일인지 손뼉을 치며 맞장구를 쳤다.

조는 이제껏 상상발전소에 드나들면서 처음 두 사람과 마주쳤다는 것, 그 두 사람이 별로 마음에 들지 않는다는 점, 나이까지 스물둘, 서른셋, 마흔넷이라는 게 불운의 조짐 같아 기분 나빴다. 혹시

이들과 자신은 만나서는 안 되는 사람들이 아닐까. 누군가 우리 셋을 불러 모은 것일까. 조는 벽에 걸린 족제비 박제의 눈동자, 파라오의 눈동자, 베네치아 가면의 구멍 뚫린 눈동자가 쏘아보는 것을 느꼈다. 셋이란 숫자는 어쩐지 기분 나쁜 날카로움이 느껴진다. 그 순간 바람이라도 부는지 다른 방으로 통하는 검은 공단 커튼이 펄럭였다. 검은 커튼 사이로 레몽뚜 장이 소리도 없이 걸어 나왔다.

2장

반가워, 내 이름은 레몽뚜 장이야. 당신 그거 알고 있나? 사람이 매일매일 햄스터가 쳇바퀴 돌듯 지루하고 지긋지긋한 스물네 시간을 어떻게 견딜 수 있는지 말이야. 사람이 좁은 철망에 사는 한 주먹도 안 되는 냄새 나는 햄스터도 아닌데 말이지. 내가 알려줄까? 그건 말이야, 바로 인간이 상상하기 때문이야. 아, 그 바보같이 멍한 표정은 또 뭔가? 무슨 말인지 금방 감이 안 오나 보지? 아참, 당신 말이야. 매일 똑같은 시간에 일어나 똑같은 음식을 먹고 똑같은 사람을 만나고 똑같은 일을 하다가 똑같은 시간에 잠드니 뇌가 시멘트처럼 딱딱하게 굳어버린 게로군. 딱한 당신을 위해서 내가 알아듣기 쉽게 찬찬히 설명해주지. 당신 있잖아, 살면서 한순간이라도 이런 생각 한 번 안 해봤나? 그러니까 그게 어떤 거냐 하면 말이지…….

방금 자기한테 큰소리친 부장이 그대로 거품을 물고 심장마비로 숨이 끊어지는 상상, 새 외제 차 뽑았다고 자랑질 하는 동창 녀석이 그 차와 함께 강변북로에서 추락하는 상상, 복도에서 뛰지 말라고 소리치는 담임이 계단에 미끄러져 두개골이 박살 나는 상상, 자신을 차버린 애인이 늦은 밤 골목길에서 묻지 마 살인마를 만나 수십 차례 가슴과 배를 찔려 피투성이가 되는 상상, 자신에게 돈을 뜯어내고 괴롭히는 학교 날라리 새끼가 술 먹고 오토바이를 타다 사고가 나서 식물인간이 되는 상상…….

또 즐거운 상상이 뭐가 더 있을까? 술 취해 매일 행패 부리는 아버지를 야구방망이로 때려죽이는 상상? 자신에게 모든 희생을 강요하며 고막이 터질 듯 고집스럽게 우는 아이를 베란다 밖으로 집어 던지는 상상? 어느 순간부터 고액의 보험금으로밖에 보이지 않는 아내를 자살로 위장해 멋지게 계획 살인하는 상상…….. 아, 이것 봐, 당신…… 상상은 말이야, 이 세상에서 아무리 박멸을 해도 결코 사라지지 않는 바글거리는 바퀴벌레처럼 사람들의 머릿수만큼이나 무궁무진한 거야. 바퀴벌레 얘길 해서 그런가? 당신 왜 갑자기 안색이 좋지 않지? 히틀러도 아니면서 바퀴벌레 따위를 무서워하나? 아니면 나한테 속마음을 들키기라도 해서 가슴이 불에 덴 듯 뜨끔하기라도 한가?

세상에는 말이야, 상상 속에서 가능하지 않은 일이란 존재하지 않아. 정말 멋지지 않나? 이 지루하고 무능력하고 권태로운 인생 너머에 모든 악과 욕망으로 들끓는 또 다른 판타스틱한 세계가 존재한다면 말이지. 이제부터 내가 하는 말을 집중해서 잘 들어봐. 어쩌면 말이지, 진짜 인간들의 세계는 여기가 아니라 따로 있는 것은 아닐까. 혹시 살면서 말이야, 그런 생각 안 해봤나? 이 재미없기 짝이 없는 현실 세계가 정말 진짜일까 하는 의식 말이야. 뭐 하나 내 맘대로 할 수 없는 답답하고 무료하고 숨 막히는 현실을 단 한 번도 의심해본 적 없느냐고. 어쩌면 현실은 말이지, 살아 꿈틀대는 저 멋진 무한 상상의 세계를 감추려고 위장한 심심하고 단순한 시뮬레이션 게임은 아닐까.

그렇게 복잡한 얘기가 아닌데도 넋이 나간 얼굴이군. 그러니까 내 말은 말이야, 여기 이렇게 한심하고 무능력하게 하루하루 존재하는 당신은…… 어쩌면 진짜 당신이 아닐 수도 있다는 말이지. 어때, 소름끼치는 말 아닌가? 그럼 여기가 아니면 진짜 당신은 어디에 가 있는 거지? 이제 슬슬 잃어버린 당신 소재에 대해 궁금한 생각이 들기 시작하지 않나? 어디에 있는지도 모른 채 잃어버렸거나 감쪽같이 사라진 게 백 원짜리 동전이나 클립이 아니라 당신 자신이라면, 어때, 한번 찾아보고 싶다는 생각 안 드나? 아, 두려워할 거까진 없어. 당신 앞에 내가 있으니까. 아, 내 소개를 아직 안 했었나? 늘 이렇다니까. 봉쥬흐, 젼티 드 브 레콩트레! 난 레몽뚜 장이야. 이렇게 만나서 반가워. 오해할 건 없어. 프랑스 사람이나 혼혈인은 아니니까. 그냥 현실 세계 속 가짜의 나를 위한 또 다른 가짜 이름일 뿐이지. 자, 어때? 나와 함께 진짜 자신을 찾아 떠나보지 않겠어? 응?

한 여자아이가 있었어. 여자아이는 핏빛 같은 와인 빛깔의 머리카락을 지녔지. 아, 저 먼 드라큘라의 나라 루마니아인들처럼 유전적으로 붉은 머리카락을 타고난 건 아니야. 그냥 검은 머리카락에 염색을 한 것뿐이었지. 그래도 그 많은 색깔 중에 핏빛으로 물들일 용기를 갖는다는 건 아무나 마음먹었다고 행동으로 옮길 수 있는 게 아니지. 그렇지 않나? 게다가 그 애는, 겨우 열일곱 살이었어. ○○예술고등학교 1학년생이었지. 그 알겠다는 듯한 이상한 표정은 뭔가? 이제 고등학생밖에 안 된 게 벌써 머리카락에 물을 들이다니, 그 애를 한 번 만나보지도 않고 날라리나 문제 학생으로 단정하는 건가.

그럼 당신, 고등학교 때 얘기를 해볼까. 그때는 어땠었나? 학교에 맥주로 머리를 감아 노랗게 물들인 애들이 없었나? 귀를 네 개쯤 뚫어 귀고리를 줄줄이 하고 다니거나 혓바닥이나 배꼽에 피어싱을 하는 애들이 한 명도 없었어? 그 애들이 모두 문제를 일으키거나 날라리는 아니었지. 안 그런가? 그냥 다른 사람과 다른 자신을 조금 독특한 방식으로 자유롭게 표현하고 싶었던 것뿐이지. 고작 머리카락 좀 염색하는데 무슨 그렇게 위험하고 불손한 의미가 숨어 있겠나. 내 눈에는 말이지, 똑같은 감색 교복을 입은 귀밑 5센티미터의 단발머리 수백 명의 아이들이 더 기괴하고 두렵게 보여.

당신은 그 아이들이 하나가 아니라 취미, 성격, 미래가 철저히 다른 아이들이라는 걸 한눈에 알아볼 수 있겠어? 그 애들이 복제 인간이나 로봇이 아니라는 분명한 증거를 찾아낼 수 있겠느냐고. 나는 수백 명의 인간이 그런 똑같은 모습을 하고 있는 풍경이 정말 이상하고 슬퍼 보여. 흉측한 외계 괴물이 나오는 SF 영화보다 그 풍경이 내게는 더 징그럽고 괴기스러워.

그 애는 계집애들이 들고 다니는 마론 인형처럼 늘 똑같은 표정을 짓고 다녔어. 입꼬리를 핀으로 살짝 집어 올린 것처럼 웃고 있는 것 같으면서도 어쩐지 화가 난 것 같은 싸늘한 표정이었지. 수업 시간 선생님들은 그 애와 눈을 마주치는 것도 꺼려했어. 핏빛 머리카락에 차가운 표정을 짓고 인형처럼 앉아 있는 그 애가 왠지 모르게 기분 나쁘게 느껴졌던 거지. 눈을 마주치면 그 애 주위의 검고 불길한 기운이 자신에게 덮쳐올지 모른다는 불안감을 본능적으로 알았을 거야. 쉬는 시간, 점심시간, 서클 활동 시간 할 것 없이 그 애는 주변에 아무도 없이 혼자였지. 요즘 문제되는 왕따와는 좀 다른 분위기였어. 그 애를 장난감처럼 가지고 놀거나 무시하거나 따돌렸던 게 아니라 모두가 그 애를 조금씩 두려워하고 있었으니까. 아, 붉은 머리카락을 지닌 그 애의 이름은 고였어.

열일곱 열여덟 살짜리 또래 아이들의 특징이 뭔지 알아? 쓰레기 정크푸드 없이는 우울해서 하루도 견디지 못한다는 거야. 쉴 새 없이 그것들을 목구멍에 집어넣지 않으면 급격하게 변하는 감정을 스스로조차 컨트롤하지 못하지. 그 쓰레기 음식이 정말 성장에 필요하다고 생각하나? 과다한 호르몬 분비가 그 애들로 하여금 무언가 자극적인 것에 집착하게 만드는 것뿐이지. 영양가도 없는 빵, 스낵, 초콜릿, 떡볶이, 컵라면, 햄버거, 콜라를 끝도 없이 먹어대는 그 애들의 눈동자를 한번 들여다보라고. 무표정하고 허망한 텅 빈 동공을 보면 그들이 먹고 있는 게 음식이 아니라 주체할 수 없는 우울이 아닐까 하는 서글픈 생각이 들어. 방부제 덩어리와 합성 착색료와 트랜스 지방으로 범벅이 된 우울을 아이들은 자기 자신 속으로 꾸역꾸역 다시 밀어 넣고 있는 거지. 우울에게 통째로 잡아먹히지 않기 위해 그들 나름대로 안간힘을 쓰고 있는 거랄까.

당신, 늦은 밤 편의점이나 패스트푸드 가게 앞을 지나친 적 있나? 그 안에서 교복 입은 학생들이 라면이나 햄버거를 먹고 있는 지치고 어두운 얼굴과 마주친 적 없었어? 그들은 마치 무언가와 처절하게 싸우고 있는 것 같은 모습이지. 그 이상하고 비현실적인 풍경과 마주치면 나는 이 세상이 아닌 다른 낯선 곳에 홀로 떨어져 있는 것 같은 두려운 기분이 들어. 그런 기분 이해하나? 당신은 살면서 그런 이상하게 쓸쓸한 기분 느껴본 적 없었나…….

아이들이 고를 멀리하기 시작한 건 어쩌면 그날의 아주 작은 사건 때문이었을 거야. 처음에는 누구도 그녀의 이상한 식습관을 눈치채지 못했지. 고등학교 급식 시간과 백화점 식품 매장 마감 세일 삼십 분 중 어느 게 더 시끄럽고 정신없는지 알고 있나? 아이들이 어떻게 끊임없이 입속으로 카레라이스, 소시지, 콩나물무침 같은 걸 집어넣으면서도 같은 입으로 어젯밤 목을 맨 모델이나 연예인 스캔들에 대해 수다를 떨며 웃어댈 수 있는지 그 놀라운 감정 변화와 자유로운 멀티 능력에 대해 설명할 자신이 있나? 그 와중에도 오후에 있을 영어 시험을 걱정하다가 또 한 손으로는 부지런히 누군가에게 문자를 보내지. 대충 아무하고나 우르르 몰려 앉아 밥을 먹는 것 같아도 그들 그룹에는 복잡하고도 디묘한 관계가 거미줄처럼 어지럽게 형성되어 있는 거지.

붉은 머리카락을 지닌 고는 그들 중 어떤 그룹에도 속해 있지 않았어. 학기가 시작하고 몇 달이 지난 후에야 아이들은 뒤늦게 그 사실을 깨닫고 호들갑을 떨며 경악했지. 점심시간이 되면 사라지는 고에게 당연한 순서처럼 이상한 소문이 돌기 시작했어. 고는 어느새 아이들 사이에서 거식증, 섭식 장애, 더 나아가 인간의 피만 빨아먹는 흡혈귀가 되어 있었지. 붉은 머리카락에 혈관이 비치는 창백한 얼굴 때문에 흡혈귀라는 별명은 그녀에게 꽤 잘 어울렸어. 이봐, 당신 내 말 잘 듣고 있지? 그러니까 이런 거야. 똑같은 생각을 하고 똑같이 행동하는 게 룰이 된 거대한 세계에서 남들과 다르다는 게 뭔지 아나? 바로 스스로 에일리언이나 흡혈귀가 되는 삶을 사는 거야. 수많은 인간들 틈바구니에서 에일리언이나 흡혈귀가 돼서 외롭고도 두려운 존재로 남는 거지.

어느 날, 고와 같은 반 여자아이가 체해서 점심을 굶고 교실에 혼자 남은 일이 있었어. 여자아이는 귀에 MP3 이어폰을 꽂고 물끄러미 창밖을 내다보고 있었지. 그때 여자아이의 눈에 화단 근처에 있던 고가 포착된 거야. 여자아이는 무관심한 얼굴로 운동장 벤치나 나무를 바라보듯 고를 내려다보았어. 딱히 운동장에는 그녀의 시선을 끌 만한 게 아무것도 없었거든. 고는 생각에 잠긴 듯 멍하니 서 있는 게 전부였어. 지켜보고 있는 사람까지 하품이 날 정도로 아무 일도 일어나지 않는 한가로운 풍경이었어.

여자아이가 그만 자리로 돌아가려고 걸음을 옮기려는 찰나, 고의 손이 나뭇가지를 향해 조심스럽게 움직이는 것을 보았던 거야. 연분홍 꽃잎이 거의 떨어지고 초록 새싹이 삐죽삐죽 돋아난 을씨년스러운 벚나무였어. 고는 흰 뱀처럼 하얗고 가느다란 팔을 뻗어 아무렇지 않게 벚나무 나뭇잎을 하나 땄어. 이상할 게 없는 장면이었지만 여자아이는 한낮 운동장의 괴괴한 적막감에 자기도 모르게 침을 삼키고 숨죽였지. 바로 그때였을 거야. 고가 주위를 돌아보더니 손에 든 나뭇잎을 재빨리 새빨갛고 기다란 혓바닥으로 감싸 입속에 집어넣는 광경을 보고 말았어.

여자아이는 방금 자기가 본 것을 이해할 수 없어 창문 앞에서 눈썹을 찡그리며 얼어붙은 듯 꼼짝할 수 없었어. 지네 튀김을 씹어 먹는 중국인을 본 것보다 놀라고 멍한 표정이었지. 조금 전에 본 새빨갛고 기다란 건 뭐지? 여자아이가 그것의 정체를 알아내기도 전에 고의 입에선 또다시 눈 깜짝할 사이, 새빨갛고 기다란 것이 튀어나와 날파리를 잡아채듯 나뭇잎을 낚아채 입속으로 집어넣었어. 그것은 인간의 혀가 아닌 파충류의 혀처럼 끔찍하게 길었고 사냥에 가까운 민첩하고 다급한 몸짓이었지. 여자아이는 자신이 잘못 봤거나 점심을 굶어 현기증이 만들어낸 환각이라고 생각했어. 그러자 그녀를 비웃듯 잠시 후, 길고 징그러운 새빨간 혀가 날름거리며 또 한 장 나뭇잎을 말아 삼키고 또 한 장, 또 한 장, 또…… 새빨간 혓바닥은 벚나무 한 그루의 나뭇잎을 모조리 먹어치우고도 영원히 멈추지 않는 허기로 그녀를 향해 날름거릴 것만 같아 진저리가 쳐졌어.

여자아이는 충격에 휩싸여 몸을 벌벌 떨며 창문에서 도망치듯 떨어졌어. 그녀는 자신이 꿈을 꾸고 있는 거라면 비명을 지르며 깨어나고 싶었어. 알 수 없는 공포가 차가운 막이 되어 몸을 감싸는 섬뜩한 한기를 느꼈지. 그 차가움 속에 떠오른 한 가지 명징한 생각은 고가 파충류의 혓바닥을 가진 게 아니라 자신이 미쳐가고 있는지도 모른다는 것이었어. 여자아이는 고의 몸짓에서 느껴지던 절박함과 기괴하리만큼 민첩했던 낯선 동물 같은 몸짓을 머릿속에서 죽는 날까지 떨쳐낼 수 없을 것 같아 두려웠지.

오후 수업이 시작되고 교실에는 잔잔한 물결 같은 공기가 흘렀지. 나뭇잎을 파충류처럼 긴 혀로 뜯어 먹은 고와 그 광경을 지켜보던 여자아이도 평소와 다름없이 아무 일도 없었다는 듯 수업을 받았어. 하지만 여자아이는 불안한 마음에 대각선 앞자리에 앉은 고의 창백한 뺨과 푸른 혈관이 비치는 목덜미와 붉은 입술을 자꾸 흘끗거렸어. 혹시 고가 초록색 잎들을 책상 위에 울컥울컥 토해내고 초록물이 든 입술로 고개를 돌려 싸늘하게 바라볼 것 같아 두려웠지. 고의 가냘픈 목을 뚫고 새빨간 파충류의 혀가 무섭게 튀어나와 자신의 목을 휘감아 조이는 끔찍한 상상을 하기도 했어.

당신 말이야, 상상이란 균이 한번 머릿속에 잠입하면 어떻게 되는지 알고 있나? 그 어떤 곰팡이보다 무섭고 빠르게 영혼 전체로 전염병처럼 퍼져 나가지. 상상 속에서 빠져나갈 수도 상상을 멈출 수도 없게 되는 거야. 미치기 직전까지 머릿속은 검은 곰팡이 꽃으로 그득하게 뒤덮이고, 그 후에도 상상은 끝도 없이 영원히 번식을 멈추지 않아. 더 이상 내가 누구였는지도 모른 채, 내가 사라진 뒤에도 상상만 남아 고요하고 집요하게 바스락바스락 숨죽이며 기괴한 식물처럼 언제까지고 자라나는 거지.

잔잔하던 교실의 국어 시간은 어떻게 되었을까? 여자아이는 더는 견디지 못하고 히스테리 환자처럼 비명을 지르며 교실을 뛰쳐나갔어. 그리고 정신없이 뛰어가다 그만 계단에서 굴러떨어지고 말았어. 다행히 죽지 않고 갈비뼈 두 개와 무릎뼈가 부서졌지. 그 후로 여자아이는 병원에서 깁스를 한 채 한 달 넘게 누워 지내야 했어. 여자아이는 병원 벤치에 멍하니 앉아 햇볕을 쬐거나 텔레비전 오락 프로그램을 보며 웃기도 했어. 그렇게 그날 오후, 파충류의 새빨간 혀와 두려운 초록빛 기억으로부터 완전히 벗어나 편안해진 것처럼 보였지. 정말 그날 모든 일이 여자아이의 환각이었을까. 하하, 그건 당신 상상에 맡기지.

세상에는 남들이 먹지 않는 별의별 것을 먹는 사람들이 참 많이 있어. 못을 매일 빨아 먹어 잇새가 검게 변한 노인이 있는가 하면, 종이 분쇄기처럼 종이를 씹어 먹는 여자도 있고, 개미를 설탕처럼 손가락으로 찍어 먹거나 석유를 음료수 마시듯 아무렇지 않게 삼키는 사람도 텔레비전에 종종 등장하지. 뱀 껍질을 벗겨 먹거나 뜨거운 노루 피를 마시는 것도 흔한 세상에 순한 초식동물인 기린처럼 나뭇잎 몇 개쯤 따 먹는 게 이상한 일도 아니지 않나. 그래, 고는 그 또래의 아이들처럼 햄버거나 피자 같은 음식에 열광하지 않았어. 아니, 보통 사람이 매일 세끼를 먹어야 살 수 있는 밥을 먹지 않고도 살 수 있었어. 대신 그녀는 나뭇잎이나 풀을 조금씩 뜯어 먹었지. 사람들이 눈치채지 못하게, 나무나 풀의 성장에 해가 가지 않는 정도로 아주 조금씩만 뜯어 먹었어.

그녀가 태어나면서부터 아무 음식도 입에 넣지 않았던 것은 아니었어. 처음에는 그녀도 다른 사람들처럼 평범한 음식을 먹었지. 그날의 일이 일어나기 전까지 말이야. 그녀의 위 속은 벌써 육 개월째 초록 나뭇잎과 풀로만 채워졌어. 위내시경을 해보면 건강한 사람의 위는 연한 분홍빛을 띠잖아. 그런데 그녀의 위는 싱싱한 나무 열매처럼 선명한 초록색을 띠고 있을지도 모르지. 당신 이상하지 않아? 어떻게 육 개월 동안이나 그녀 곁의 가까운 사람들은 그녀가 음식을 먹지 않고 지내는데도 모를 수 있었을까.

고는 평범한 집의 하나뿐인 외동딸이었어. 아빠, 엄마는 자동차 대리점과 홈쇼핑 회사에서 각각 맞벌이를 했는데 밤 열시가 넘어서야 하루 종일 사람들에게 시달린 얼굴로 지쳐 집에 들어왔어. 고는 아빠, 엄마가 사람 비슷한 동물과는 더 이상 마주하고 싶어 하지 않는다는 것을 알았기 때문에 그들과 마주치는 것조차 미안했어. 그 집에서 식구들이 모여 앉아 저녁을 먹거나 텔레비전 앞에서 과일을 먹으며 웃는 광경은 일어나지 않았지. 대리석 식탁은 물이나 커피나 홍삼액을 마시는 용도로 쓰이는 게 전부였고 아침부터 밤까지 음식이 차려지는 일 없이 아무도 찾지 않는 묘비의 상석처럼 텅 비어 있었지. 주말에도 아빠, 엄마는 동창회다 회사 연수다 워크숍이다 결혼식이다 해서 평일보다 더 정신없는 나날을 보냈어. 무섭게 성장하는 나이의 고가 온종일 무엇을 먹고 또 얼마나 굶고 다니는지 관심을 갖기에 그들 부부의 삶은 숨 막힐 정도로 빡빡했지. 조금 더 여유롭고 편안한 삶을 위해서라면 현재를 희생하고 숨이 턱에 찰 때까지 뛰는 게 당연하다고 생각했으니까. 그래서 고가 아무도 모르게 육 개월이나 음식을 먹지 않고 나뭇잎과 풀만 먹고 지낸 게 가능했는지도 모르지.

육 개월 전 그날 아침, 고에게는 무슨 일이 있었던 걸까. 그날도 고는 혼자 아침을 먹기 위해 교복을 입고 식탁에 앉았어. 식탁 위에는 아침 일찍 엄마가 마신 커피 잔과 아빠가 마신 홍삼액을 따른 유리잔이 그들 대신 덩그러니 놓여 있었지. 고는 접시에 콘플레이크를 조금 쏟고 냉장고에서 흰 우유를 꺼내 부었어. 그때 문득 챙기지 않은 영어 문제집이 떠올라 방으로 들어갔지. 영어 문제집을 다시 챙겨 나온 것은 이 분도 안 된 짧은 시간이었어. 고는 식탁에 앉아 수저로 콘플레이크를 젓다가 비명을 지르며 자리에서 일어났어. 콘플레이크가 담겨 있는 접시 안의 우유 속에 개구리 한 마리가 둥둥 떠 있는 것을 본 거야. 콘플레이크 속에 개구리가 빠져 죽어 있다니. 고는 접시 속에서 순식간에 벌어진 일을 눈으로 보면서도 믿을 수 없었어. 통통한 뒷다리를 죽 뻗은 채 개구리는 하얀 배를 까뒤집고 우유 속에서 꼼짝도 하지 않았어.

이게 도대체 아파트 어디서 튀어나와 접시 속에 빠진 걸까. 누가 자신을 놀리려고 장난을 친 게 아닐까 의심했지만 집 안은 텅 비어 있었지. 고는 멀쩡한 천장과 부엌 주위를 수상쩍게 쳐다봤지만 개구리가 튀어나올 만한 곳은 눈에 띄지 않았어. 콘플레이크 접시 속에 빠진 개구리라니. 그건 누구의 장난이었을까. 삶이 그녀에게 장난을 친 것치고 너무 유치하다는 생각 안 드나. 결혼을 앞둔 신부가 위암 말기 선고를 받거나 미국으로 유학 간 아들이 학교에서 일어난 총기 사고의 희생자가 되어 시신으로 돌아오거나 가족 여행을 떠난 네 식구가 LPG 화물 트럭과 정면충돌해 일곱 살짜리 딸아이만 살고 모두 세상을 떠나는 등의 기막힌 사연을 들어본 적 있지?

삶이 우리에게 치는 장난은 보통 그렇게 가혹하고 잔인하지. 그럼 고의 평온한 삶에 느닷없이 나타난 개구리 한 마리는 뭘까? 그것이 그녀의 삶을 끔찍한 나락으로 몰고 갈 불운의 사자일지도 모른다는 생각 안 드나?

당신, 이제 슬슬 졸음이 물러가고 궁금증이 발동하는 모양이군. 자, 그럼 고는 개구리를 어떻게 했을까. 당신이라면, 아침 식탁에서 발견한 우유 속에 빠져 죽은 개구리를 어떻게 처리하겠나. 변기 속에 개구리를 빠뜨려 가차 없이 물을 내려버린다? 매사에 그런 식으로 문제를 너무 손쉽게 해결하는 것도 좋은 습관은 아니야. 아파트 화단 목련 나무 아래 정성스럽게 묻어준다? 키우던 새도 아닌데 쓸데없는 동정심을 베풀 필요가 있을까. 이봐, 고는 당신처럼 하루하루 늙어가는 세포가 아니라 열일곱 살 소녀라는 걸 기억하라고. 자신이 원한다면 머리카락쯤이야 와인 빛으로 아무렇지 않게 물들이고 다닐 수 있는 당돌함도 잊지 말고. 이제 감이 오나? 아직도 모르겠어? 고가 그 장난 같은 일을 어떻게 그녀의 방식대로 처리했는지 한번 볼까.

고는 비명을 지르고 나자 한순간 두려움이 사라졌다는 것을 알았지. 그녀는 하얀 우유 속에 둥둥 떠 있는 개구리가 혹시 움직이지 않을까 해서 한참 들여다봤어. 개구리는 우스운 포즈로 익사한 사체처럼 사지를 쭉 뻗고 퉁퉁 부풀어 오른 배를 부끄러운 줄도 모르고 까뒤집고 있었지. 고는 개구리가 무섭거나 징그럽지 않았어. 그녀는 개구리를 손가락으로 들어 애도하는 심정으로 손바닥에 올려놓았어. 젓가락이나 집게를 사용하는 것은 죽은 개구리에 대한 예의가 아니라고 생각했던 거야. 아무리 기다려도 슬픈 감정이나 동정심이 생기지 않아 당황스러웠어. 그녀는 손가락 끝으로 미끌미끌하고 젤리처럼 물렁물렁한 하얀 배를 살살 쓰다듬었지. 순간 자신도 알 수 없는 낯선 충동이 빠르게 전신을 훑고 지나가는 것을 느꼈어. 개구리의 죽음을 슬퍼할 수 없으니 대신 아침 식사를 망쳐버린 대가로 처벌하는 게 좋겠다고 생각한 거야.

이미 죽은 개구리를 어떻게 처벌하면 좋을까. 그녀의 머릿속 나사들은 분주하게 돌아가기 시작했어. 개구리를 처벌하는 게 아니라 이런 장난을 치고 숨어서 엿보고 있는 누군가에게 보여주고 싶었지. 개구리야 어차피 죽어서 고통을 느끼지 못할 테니까 죄책감 같은 건 가질 필요도 없었어. 잘 지켜봐, 네 장난의 도구가 어떻게 희생되는지를. 고는 좋은 생각이 떠올라 입가에 미소를 지으며 개구리 한쪽 다리를 집어 들었어. 그러고는 가스레인지 앞으로 다가가 개구리를 화구 위에 올려놓았어. 고는 아무 죄 없는 개구리를 마녀 사냥하는 심정으로 가스레인지에 불을 붙였어. 파랗고 붉은색이 어우러진 황홀한 불길이 개구리의 전신을 한순간에 집어삼켰어. 고는 한 번도 느껴보지 못한 짜릿한 쾌감과 두려움에 몸을 떨었지. 그녀의 동공은 불길에 휩싸여 잔인하게 익어가는 개구리의 잔영으로 흔들렸지.

한순간 그것은 개구리가 아니라 자궁 속에 있어야 할 작은 태아처럼 보였어. 고는 충격으로 사시나무처럼 몸을 부들부들 떨었어. 그럴 리가 없었어. 처음 우유 속에서 본 희끄무레한 물체는…… 손가락으로 집어 들어 손바닥에 올려놓은 작은 생물은…… 차갑고 부드럽고 매끄럽던 감촉은…… 그제야 그것은 개구리가 아니라 태아였는지도 모른다는 생각이 들었어.

다시 그 물체를 확인해보고 싶었지만 이미 불을 끄기에는 너무 늦어버렸지. 그것은 벌써 형체를 알아볼 수 없을 정도로 여기저기 터지고 까맣게 타들어갔어. 누린내와 고약한 냄새가 아무것도 돌이킬 수 없다는 듯 잔인하게 공중으로 피어올랐지. 고는 구역질을 하며 입을 틀어막은 채 화장실로 달려갔어. 희멀건 액체와 노란 위액까지 모두 토하면서도 떨리는 가슴을 진정시킬 수가 없었지.

이쯤에서 질문 하나 할까? 당신 말이야, 고가 본 게 뭐였다고 생각해? 그게 정말 개구리일까? 아니면 입 밖으로 꺼내기도 두렵지만…… 작은 태아였을까?

당신 얼굴이 금세 하얗게 질리는군. 실제로 눈앞에서 본 것도 아니고 얘기만 들었을 뿐인데도 속이 좋지 않은 모양이네. 아까 내가 했던 말 아직까지 기억하나? 삶은 보통 잔인한 장난을 즐긴다는 말 말이야. 자, 어느 평온한 날 당신의 아침 식탁을 떠올려보자고. 실내에는 모차르트의 〈클라리넷 5중주 가장조〉 같은 우아하고 발랄한 클래식이 울려 퍼지는 게 좋겠군. 당신은 상쾌하고도 가벼운 마음으로 식탁에 앉는 거지. 여느 날처럼 콘플레이크에 우유를 부은 접시를 끌어당겼어. 그때 당신 동공이 접시 속 한곳에 멈췄지. 그 안에서 희끄무레한 무언가를 발견한 거야. 두려워하지 말고 자세히 들여다봐. 그 안에서 튀어나온 게 개구리라면 좋겠나? 아니면 작은 태아가 좋을까? 당신이 만약 누군가에게 장난을 친다면 어느 게 더 끔찍할 거라고 생각하나? 하하, 이제 눈치를 챘나. 그래, 그러니까 이제 화장실로 달려갈 거 같은 그 구겨진 얼굴 좀 펴라고.

불에 탄 그것의 실체가 실제로 무엇이었는지 더 이상 고나 우리에게 중요한 문제가 아니란 걸 알겠나. 이제부터 중요한 건 상상이라고. 고가 우유 속에서 발견한 게 개구리라고 믿어버리면 그만인 거야. 실제 태아를 가스레인지에 태워버렸다고 해도 진실은 중요하지 않게 되는 거지. 문제는 그 반대의 경우야. 불에 타버린 건 시커먼 개구리의 재였을 뿐인데 가스레인지에 태운 게 태아라고 믿어버린 순간, 거기서부터 새로운 상상과 끝도 없는 이야기가 시작되는 거지. 당신도 한번 상상해보지. 이미 상상하기 시작했나? 어느 게 더 생생하고 현실보다 더 진짜처럼 느껴지지? 개구리였나? 아니면 태아였나…….

고가 왜 육 개월 동안이나 어떤 음식도 삼킬 수 없었는지 이제 이해가 가나. 당신이라면 우유 속에서 나온 태아의 사체를 가스레인지에서 태워버리고도 아무렇지 않게 피자나 떡볶이를 목구멍으로 삼킬 수 있겠어? 그게 개구리였다고 해도 고의 환상 속에선 처참히 타버린 태아가 계속해서 비명을 지르며 리플레이 되고 있는 거야. 그런 고에게 붉은 떡볶이와 인간의 장기를 연상시키는 페퍼로니와 연약한 피부 같은 하얀 치즈가 뭐처럼 보였겠나. 우리가 매일 먹는 쌀밥, 돼지고기 김치찌개, 순두부찌개, 제육볶음, 오징어볶음이 보는 시각에 따라 모양과 색깔이 얼마나 그로테스크하고 기괴한 형상인지 알고 있나. 절단된 단면과 선명한 빛깔의 음식들은 고에게 공포 그 자체로 다가왔지. 그녀는 다른 거식증 환자처럼 음식을 거부하거나 혐오한 게 아니었던 거야. 환상에서 비롯된 검은 곰팡이 꽃처럼 멈추지 않고 자라는 공포 때문에 음식으로부터 끝없이 도망치고 두려워했던 거지.

당신, 액자나 거울이나 시계 바로 밑에서 그것들이 떨어질까 봐 불안해하지 않고 아무렇지 않게 잠을 잘 수 있어? 핀과 못과 바늘, 심지어 볼펜 심처럼 뾰족한 것을 보면 가슴이 찔린 것처럼 통증이 느껴진 적 없었나? 어지럽게 문어발처럼 얽혀 있는 전선이나 잠가 놓지 않은 가스 밸브를 보면 전기 누전 사고나 가스폭발이 일어날 것처럼 숨쉬기가 힘들어지지 않나? 세상에는 환자라고까지 할 것 없이, 다양한 것에 크고 작은 강박을 가진 사람들이 많이 있지. 나만 해도 한 가지가 있어. 나는 지하철이나 버스를 탈 때 손잡이를 잡지 못해. 내 눈에 그 동그랗고 세모난 플라스틱들이 화장실 변기보다 불결하고 더러운 병균들로 득실거리는 병원체처럼 보여서 말이지. 그걸 맨손으로 잡는 순간, 작은 악마 새끼 같은 병균들이 손가락과 손톱 속으로 징그럽게 파고드는 상상이 돼서 온몸이 간지러워 도저히 견딜 수가 없어. 비웃겠지만, 그래, 난 버스나 지하철을 탈 때마다 손잡이를 못 잡아. 어쩔 수 없는 경우엔 티슈를 한 장 꺼내 손잡이 위를 감싸야만 그 위를 아주 조심스럽게 겨우 잡을 수 있지.

카페나 지하철, 혹은 식당에서 마주치는 사람들 중 한 명만 유심히 관찰해보라고. 십 분도 안 돼서 그가 무엇을 두려워하고 강박에 사로잡혀 있는지 금방 알게 될 테니까. 이렇게 따지고 보니 고가 음식을 삼키지 못하는 건 질병이 아니라 많고 많은 강박증 중에 하나일 뿐이지.

그런데 말이야. 강박이 계속되면 그다음엔 어떤 일이 일어나는지 알고 있나? 강박이 진짜 현실이 돼서 그들 눈앞에 나타나게 된다네. 칼에 찔릴 것을 두려워하는 사람이 자주 칼에 다치고, 벽에 걸린 액자가 떨어질지도 모른다는 강박에 사로잡힌 사람 위로 정말 거짓말처럼 액자가 떨어져 유리 조각에 상처를 입게 되는 거라고. 그럼 태아의 사체를 태운 강박을 가지고 있는 고에게는 그다음 어떤 일이 일어날 거라고 생각하나? 그래, 바로 그거야…… 당신이 지금 설마설마하며 상상하는 그것…… 말로는 도저히 설명할 수 없는 불가사의한 일이 바로 고에게 일어나버린 거야.

사람이 말이야, 음식을 먹고 소화를 시키고 배설을 하는 행위에 대해 한번 진지하게 생각해본 적 있나. 남들이 먹으니까 배가 고프지 않아도 하루 세끼 엄청난 양의 음식을 위 속에 밀어 넣고 소화를 시키느라 낑낑거리고 또다시 어마어마한 양의 배설물을 배출하기 위해 좁고 더러운 화장실에서 분투하는 귀찮고 고달픈 일련의 절차에 대해 말이야. 그것이 한 번도 정말 생존에 필요한 과정인지 의심해본 적 없었어? 어쩌면 인간의 몸은 처음부터 영양분을 흡수하기 위해 디자인된 게 아니라 배설을 위한 도구로 설계된 건 아닐까. 세상의 모든 음식은 인간의 몸을 통과해 분뇨가 되기를 기다리고 있으며 인간은 생존을 위해서가 아니라 배출을 위해 존재한다고 한번 생각해보자고. 당신은 음식을 섭취할 때의 즐거움과 배출할 때의 희열과 통쾌함 중 어떤 게 더 짜릿한가? 소변만 하더라도 하루만 배출하지 못해도 급성 신장염처럼 체내에 쌓이는 무시무시한 독소로 생명이 위태롭다는 거 알고 있나? 결국 음식은 인간의 길고 긴 내장을 타고 허무하게 우리를 통과해 나갈 뿐이지. 우리는 길고 외로운 터널과 같은 존재인 거지.

그날 이후 고의 길고 외로운 장기 속에는 물을 제외하고 어떤 음식도 들어오지 않았어. 처음 이삼 일간은 장기들도 당황해서 이리저리 꿈틀거리며 발버둥 쳤어. 그러나 이내 곧 평정심을 되찾았지. 그동안 맵고 짜고 기름지고 자극적인 것들에 시달리던 장기들은 오히려 텅 빈 상태가 주는 홀가분함과 편안함을 느꼈어. 그 텅 빈 공동(空洞)을 지나가는 것은 바람과 물과 공기뿐이었지. 그것으로 충분했어. 시간이 갈수록 고의 연한 핑크빛 장기들은 악기처럼 맑은 공기로 채워지고 있었어. 누군가 고의 배를 살며시 두드리면 안에서 맑은 북소리가 들렸을 거야. 고의 피부는 속이 훤히 비치는 물고기같이 맑고 투명해졌어. 공기로 가득 찬 인간, 멀리서 북풍이 불어오면 하늘로 멀리멀리 날아갈 것 같은 아이, 그게 바로 고였어.

인간이 정말 아무것도 먹지 않고 공기로만 살 수 있을까, 의심하는 눈치로군. 우주에는 우리가 알고 있는 아홉 개의 행성 말고도 일억 개가 넘는 알려지지 않은 행성들이 우주를 떠돈다는 걸 알고 있나. 영국의 중부 지방 노팅엄에 있는 왈라톤 성에는 지금도 유령이 수시로 나타나 사람들의 사진기에 종종 찍힌다네. 뉴욕의 한 공원 묘지에 묻힌 남자 이야기는 어떻고. 그는 묘지에 묻힌 지 하루 만에 관 뚜껑을 열고 나타나 사람들을 깜짝 놀라게 했지. 세상에는 말이야, 인간이 설명할 수 있는 일보다 설명할 수 없는 일들이 더 많이 일어나지. 그 설명할 수 없는 일들의 베일을 살며시 벗겨보면 말이야, 그 안에 우리가 몰랐던 굉장한 세계가 존재할지도 모르는 거 아닌가.

그럼, 그 바람이 많이 불던 날의 이야기를 해볼까. 그날 오후 학교가 끝난 후 고는 혼자 집이 아닌 반대 방향으로 걸어가고 있었어. 고는 가끔 자기도 모르게 낯선 길을 따라 걷는 묘한 버릇이 있었지. 무슨 골똘한 생각에 빠진 것도 아니었고 바람을 쐬고 싶어 무작정 걷는 것도 아니었어. 그냥 자신이 어디로 가고 있는지도 잊은 채 길을 따라 무작정 걷는 것 같았어. 무언가에 홀린 것 같은 멍한 표정이기도 했고 꿈을 꾸는 것 같은 나른한 얼굴이기도 했지. 그날도 고는 학교와 집으로부터 점점 멀어지고 있었어. 쏜살같이 그녀 앞으로 지나가는 피자 배달원 오토바이에 하마터면 치일 뻔했는데도 아무것도 깨닫지 못하고 계속 걷기만 했지. 피자 배달원은 그녀를 향해 몇 마디 욕을 내뱉더니 피자가 식을세라 다시 쌩하니 달려가더라고.

고는 어느새 처음 와보는 낯선 공원에 이르러서야 정신을 차리고 걸음을 멈추었어. 햇빛이 눈부신 오후였는데도 공원에는 사람들이 거의 없었어. 평일 오후, 사람들은 학교, 사무실, 은행, 경찰서, 지하철, 버스에서 바쁘게 시간에 쫓기고 있었겠지. 자신의 머리카락처럼 새하얀 털의 몰티즈를 데리고 있는 할머니와 환자복을 입고 휠체어에 앉아 있는 환자가 눈에 띄었어. 그들은 내리쬐는 햇빛뿐인 지루한 공원에 교복을 입은 고가 나타나자 무료한 얼굴로 그녀에게 시선을 고정했어. 고는 몰티즈가 분홍색 혀를 내놓고 헉헉거리는 것을 바라보다 집으로 돌아가기 위해 걸음을 옮겼어. 그때 잔잔하던 공원에 갑자기 바람이 불어오기 시작한 거야. 고는 젖혀지려는 어깨를 웅크리고 걸음을 멈추었어. 머리카락이 휘날리고 교복 재킷이 벗겨질 것 같은 거센 바람이었지. 바람은 잦아드는 것 같더니 더 세게 불어오기 시작했어. 그녀는 종아리가 흔들리고 허리가 휘청거리는 것 같았어. 그곳에 솜사탕을 파는 리어카가 있었다면 통째로 날아갈 것 같은 굉장한 바람이었지.

한순간 바람이 낚아챈 듯 어깨에 멘 고의 가방이 등 뒤로 날아가버렸어. 가방을 주우려고 등을 돌리는 순간, 그녀의 한 발이 공중에 붕 떠올랐어. 그리고 나머지 한 발마저 공중에 떠오르더니 몸이 한없이 하늘로 둥실둥실 떠오르는 것이었어. 그때까지도 바람은 계속 불고 있었지. 그녀는 애드벌룬처럼 점점 하늘 높이 날아가고 있었어. 그때 벤치에 있던 할머니와 휠체어에 앉아 있던 환자가 똑같이 입을 벌린 채 하늘에 떠오른 그녀를 손가락으로 가리켰어. 그 옆에 얌전히 있던 몰티즈도 그녀를 향해 컹컹 짖어대기 시작했지. 교복을 입은 고는 바람을 타고 하늘 더 높이 날아가고 있었지만 공원에는 그녀를 도와줄 사람도 그녀를 발견하고 소리쳐줄 사람도 보이지 않았어. 혹시 모르지. 독서실에서 공부하던 고시생이 잠깐 바람 쐬러 옥상에 올라왔다가 하늘을 올려다보고 바람에 날아가는 그녀를 보았을지도. 그럼 안경을 올리고 눈을 비비며 생각하겠지. 책을 너무 오래 봐서 헛것이 보이는 거라고.

어떤가, 공기 인간으로 살아가는 것도 정말 멋진 일이란 생각 안 들어? 복잡하게 막히는 도로에서 버스나 기차를 타고 여행을 떠날 필요도 없지. 언제든 바람이 불어올 때마다 높이 떠올라 이리저리 날아다니며 세상 곳곳을 떠다닌다고 상상해보라고. 달로 탐사를 떠나는 우주 비행사만큼이나 근사하지 않나?

평소보다 심상치 않은 바람이 불어오는 날은 말이지, 잠시 하던 일을 멈추고 창가로 가서 창밖을 내다봐. 흐린 하늘과 빌딩 사이로 커다란 인형이나 풍선처럼 떠다니는 교복 입은 여자아이가 보일지도 모르니까. 맞아, 붉은 머리카락을 지닌 하얀 얼굴의 여자아이. 하늘을 풍선처럼 떠다니는 한 소녀. 왜 놀란 얼굴이지? 고를 본 적이 있어? 그건 매일 똑같이 반복되는 일상의 지루함을 견디지 못한 당신의 상상일 뿐이었다고? 그럼 이건 어떤가? 콘플레이크 사건 이후 음식에 대한 공포에 시달리는 고가 텅 빈 자신의 위장을 상상하며 공기 인간이 되는 망상에 빠진 거라고 한다면? 과연 이 이야기는 누구의 상상일까? 고일까? 아니면 당신일까? 중요한 건 누구의 상상이냐가 아니야. 당신이 고를 알고 있다는 것, 그게 바로 우리들 이야기의 핵심인 거지.

당신, 그러니까 여기 오기 전까지 패밀리마트에서 아르바이트를 했었다고 했지? 매일 저녁 여덟시 무렵에 교복을 입은 고가 편의점 앞으로 지나가는 걸 봤다고 했어. 그녀는 몇 번 가게 안으로 들어와 생수, 스타킹, 생리대 같은 걸 사 갔고 말이지? 근데 말이야, 난 조금 이해가 안 가는데? 편의점에 하루 수십 명의 사람들이 들락거릴 텐데, 어떻게 그 많은 사람들 중 고를 기억할 수 있었지? 둘 사이에 무슨 기억할 만한 사건이 있었던 건가? 그래, 뭐가 떠오르나? 아주 사소한 거라도 괜찮으니까 얘길 해봐. 두 달 전, 아니 석 달 전의 일이었다는 말이지? 뭐 과거의 날짜가 중요한 건 아니니까 신경 쓰지 말고. 그래, 그날 당신과 고 사이에 무슨 일이 있었지……?

그날 편의점 안에는 캐서린 윌리엄스의 〈We Dug A Hole〉이 흘러나오고 있었고 당신은 멍하니 허공을 보며 음악을 듣고 있었어. 근데 잠깐 말을 끊어 미안한데, 캐서린 윌리엄스라는 가수가 있나? 난 처음 들어보는 이름이라서. 아, 영국 가수야? 난 캐서린이라는 이름을 들으면 에밀리 브론테의 『폭풍의 언덕』 여주인공이 제일 먼저 떠올라. 어떻게 그런 솔직하고 순수하고 신경증적인 여자가 있을까. 그 책 읽고 나서도 캐서린의 말투며 행동 하나하나가 내 여동생 같아서 그녀의 불행에 한동안 마음이 찜찜하더라고. 아니, 정말 여동생이 있는 건 아니고, 그냥 캐서린이 내 분신처럼 느껴졌다는 말이야. 당신은 소설이나 영화를 보면서 그런 자기 분신을 만난 것 같은 당혹감이나 섬뜩함을 한 번도 느껴본 적 없었나? 영화 〈다크 나이트〉? 아, 나도 그 영화, 극장에서 나초를 치즈에 찍어 먹으면서 혼자 낄낄대고 봤었지. 거기서 누가 당신 분신처럼 느껴졌다는 건가? 설마, 배트맨은 아니겠지? 누구? 조커? 조커라면 그 보라색 양복에 입술을 귀까지 찢어 올린 괴상한 화장을 한 남자 말인가? 그러니까 그 미치광이 살인 광대 조커가 당신 분신처럼 느껴졌다는 말이야?

당신 얼굴은 참 개미 한 마리 죽이지 못할 만큼 심약해 보이는데, 속마음은 좀 다른가 보군. 이래서 사람은 겉모습만 보고 알 수

없다는 말이 맞는군. 그래, 계속 얘기나 해보지. 그날 편의점 안에
는 캐서린 윌리엄스의 노랫소리가 울려 퍼지고…… 아르바이트생
인 당신은 멍하니 서 있고 가게 문을 열고 캐서린, 아니 고가 들어
섰겠군. 아니, 고가 들어오기 바로 전에 중학생처럼 보이는 남자아
이가 먼저 들어왔다고 했지? 그리고 잠시 후 뒤따라오듯 고가 들어
온 거군.

　당신은 카운터로 다가오는 남자아이를 바라보다 교복 입은 고가
과자와 라면과 빵 따위가 진열되어 있는 선반 쪽으로 걸어가는 것
을 곁눈질로 얼핏 보았지. 붉은 머리카락이 마치 시끄럽게 울어대
는 앵무새의 깃털 같다고 생각했어. 그때 남자아이가 짐짓 어른 목
소리를 흉내 내며 말보로 한 갑을 달라고 했어. 당신의 시선을 피하
는 남자아이를 보며 중학생이 틀림없다고 확신했지. 당신은 남자
아이를 위아래로 훑어보며 딱딱한 목소리로 신분증 좀 보여달라고
했어. 그러면서 여전히 붉은 머리 앵무새가 과자, 초콜릿, 사탕이
놓인 코너를 서성이는 것도 주시하고 있었어. 담배를 사러 온 미성
년과 요란한 컬러로 염색한 머리로 한참을 과자 코너를 얼쩡거리
는 여고생, 둘 다 편의점 아르바이트생이라면 주의해야 할 대상이
었지. 당신은 담배를 달라는 중학생보다 붉은 머리 여고생 쪽이 더
신경 쓰였어. 여고생이 가게를 떠나는 것과 동시에 초콜릿이나 양
주 미니어처가 감쪽같이 사라질지도 모르는 일이었으니까. 당신이
여고생 고를 바라보는 사이 남자아이는 인상을 찌푸리며 항의하듯

말했어.

"담배 하나 사는데 무슨 신분증이 필요해요?"

"너 중학생이지? 여긴 미성년자한테 담배 안 팔아."

남자아이는 불에 덴 듯 금방 빨갛게 달아오른 얼굴로 화를 내며 돌아섰어.

"에이, 씨발, 이런 좆같은 편의점이 다 있어? 편의점이 여기 하나뿐인가."

당신은 그 순간 선반 사이에 서 있던 붉은 머리 여고생이 주변을 돌아보며 몸을 살짝 앞쪽으로 숙이는 것을 보았어. 당신이 서 있던 카운터에서는 보이지 않았지만 여자아이의 손이 선반의 물건 중 하나를 옷깃 속에 숨긴 게 분명했어. 여자아이의 눈빛이 잠시 긴장으로 반짝거렸다는 게 증거 중 하나였지. 당신이 여자아이의 모습을 계속 좇는 동안 중학생은 유리문을 거칠게 열고 나가버렸어. 정말 기막힌 타이밍이었지. 혼자 가게에 들어오지 않고 누군가 아르바이트생의 신경을 붙잡아줄 사람의 뒤를 따라 들어온 것까지, 당신은 붉은 머리 여자아이가 한두 번 물건을 훔쳐본 솜씨가 아닐 거라고 단정했어. 상습적인 도벽이라는 말이 있지. 집안 형편이 어렵거나 그 물건이 절실하게 필요한 게 아니라 훔치는 행위 자체의 희열감에 중독된 사람들이 있어. 당신은 붉은 머리의 고가 그런 사람들 중 하나일 거라고 생각했어.

붉은 머리는 아무 일도 없었다는 듯 냉장고 앞으로 걸어가더니 문을 열고 생수 한 병을 꺼내 천천히 당신이 서 있는 카운터로 걸어왔어. 그녀가 다가올수록 당신 심장이 떨려왔어. 그녀는 생수병을 탁 소리 나게 계산대 위에 올려놓았지. 처음부터 생수 한 병을 사기 위해 편의점에 들어온 사람처럼 당당하고 차가운 얼굴이었어. 당신은 그녀가 입은 교복 재킷 안쪽을 투시하려는 사람처럼 노골적으로 그녀를 노려보았어. 가슴 언저리가 불룩 솟아오른 것이 그 안에 분명 편의점의 물건을 숨겨놓았을 거라고 생각했어. 그게 대체 뭘까. 초콜릿? 스타킹? 아니, 무언가 좀 더 작고 아담한, 그녀가 훔치고 싶어 안달이 난 그녀만의 어떤 것이 분명했어. 당신은 그녀 가슴 속에 숨긴 게 대체 어떤 물건인지 알고 싶어 미칠 것 같았지. 당신도 모르게 손을 뻗어 그녀의 재킷을 열어젖히고 가슴 속 안주머니를 확인하려는 충동을 억누르느라 두 손이 부들부들 떨릴 지경이었어.

"계산 안 하고 뭐 해요?"

짜증 섞인 그녀의 목소리에 당신은 비로소 정신을 차릴 수 있었어. 삑 소리와 함께 생수 바코드를 찍고 나서 당신 입에선 살짝 떨리는 듯한 목소리가 새어 나왔어.

"팔백 원입니다……."

천 원짜리 한 장을 받고 동전을 거슬러주면서도 당신 머릿속에는 온통 한 가지 생각뿐이었어. 당신은 이미 그녀가 훔친 물건을 빼앗아서 창피를 주고 싶지도 돈을 받아내고 싶지도 않았어. 단지 한

가지, 그녀가 가슴 속에 숨긴 물건의 정체만 알고 싶었어. 그것만 순순히 알려준다면 아무 일도 없었다는 듯 그녀를 그냥 보내줄 생각이었어. 반대로 말하면, 이대로 가슴 속에 숨긴 물건의 정체를 알지 못한 채 돌려보내면 당신은 스스로도 무슨 일을 저지를지 알 수 없었지. 그 순간 당신은 완전히 다른 사람이 된 듯한 이상하고 광포한 열기에 사로잡혀 있었던 거야.

두려워하지 말라고. 나도 그런 복잡하고 설명하기 힘든 감정에 대해 잘 알고 있어. 어쩔 수 없는 인간이기 때문에 살다 보면 종종 그런 이상한 감정에 사로잡히게 되는지도 모르지. 자신도 통제할 수 없는 분노와 광기는 한순간 예고도 없이 우리를 덮쳐오지. 갑자기 크리스털 유리컵을 깨끗한 바닥에 집어 던져 산산조각 내고 싶은 충동에 휩싸이거나, 아무 잘못 없는 애완용 토끼를 전자레인지에 넣고 돌리고 싶다거나, 마트에서 불친절한 계산원에게 살의를 느끼는 거지. 그런 생각을 하는 당신 머리가 이상한 게 아니니 걱정 말라고. 탓을 하자면 나나 당신이 모두 나약한 인간이기 때문이야. 인간이기 때문에 자기도 설명할 수 없는 그런 괴상하고도 무서운 감정에 속수무책으로 빠져드는 거라네.

"잠깐만요."

생수병을 들고 돌아서는 붉은 머리 고를 향해 당신 입은 당신 허락도 없이 그런 말을 내뱉고야 말았지. 당신 겨드랑이에서는 쉴 새 없이 땀이 흘러내렸어. 고는 무슨 일이냐는 듯 약간 멍하고 귀찮다는 표정으로 당신을 돌아봤어.

"왜요?"

당신이 아무 말도 하지 않고 식은땀을 흘리고 있자 그녀가 그렇게 되물었어. 당신은 놀랄 만큼 많은 땀을 흘리며 어색하게 말했어.

"교복 재킷 한 번만…… 벗어보면 안 돼요?"

잠시 편의점 안에는 냉장고 안처럼 싸늘한 냉기가 흘렀어. 그녀는 아무 말도 듣지 못했다는 듯 잠자코 눈을 내리깔고 있었지. 그러더니 피식 웃으며 당신을 경멸에 찬 눈길로 노려보았어. 그녀의 입에서는 노파 같은 마른 목소리가 튀어나왔어.

"미친 새끼."

그대로 유리문이 거칠게 열리며 그녀는 달아나듯 나가버렸어. 당신은 허탈감과 한꺼번에 풀리는 긴장감에 다리에 힘이 빠지는 것 같았어. 그러나 당신은 핏빛 같은 머리카락과 교복 위에 새겨진 이름과 어딘가 몽롱해 보이는 그녀의 눈빛을 기억하고 있었어. 당신은 알고 있었지. 당신만 잊지 않으면 언제고 다시 그녀를 만날 수 있으리라는 걸. 당신의 가슴은 막 태어난 어린 새의 심장처럼 기대감으로 희미하게 떨렸어. 그래, 그렇게 캐서린 윌리엄스의 〈We Dug A Hole〉이 울리는 편의점에서 당신과 고가 만나게 된 거였군. 아르바이트생과 물건을 훔쳐 달아난 여고생으로 말이야. 한 번도 들어본 적 없지만 왠지 나도 그 졸린 듯한 무한히 반복되는 캐서린의 노랫소리가 들리는 듯하는군. You said Clichés come from the truth……

　여기 사람들은 유령처럼 참 조용히 걸어 다니는군. 어때, 이제 요양원 생활에 적응이 좀 됐나. 이 요양원은 병원이 아니라 별장 같아서 마음이 참 편안해지는군. 저 푸른 숲과 무성한 나무들을 보니까 뉴질랜드의 퀸스타운이나 호주의 하버브리지가 생각나네. 그 두 곳이 무엇으로 유명한 곳인지 알고 있나? 사람들이 비행기를 타고 그 멀리까지 가서 무얼 하기 위해 안달을 하는지 아나? 발목에 끈을 묶고 200미터가 넘는 상공에서 거꾸로 추락하듯 뛰어내리는 거야. 경기도 깊은 산속에 이런 근사한 곳이 있는데 왜 굳이 비행기를 타고 그 멀리까지 가서 뛰어내리는지 알 수 없을 정도라니까. 당신, 번지점프에 대해 어떻게 생각하나? 아니, 번지점프를 해본 적이 있나? 그럼, 번지점프를 해보고 싶었던 적은 있었어? 고개를 심하게 가로젓는 걸 보니 고소공포증이 있나 보군. 그런데 말이야, 죽기 전에 꼭 해야 할 일 중에 번지점프가 들어간다는 거 알고 있어? 발목에 줄을 묶고 뛰어내린다? 목이 아닌 발목에 묶는 거만 달랐지 그 모습이 어째 교수형 방식과 비슷하지. 뛰어내리긴 하는데 안전 장치를 매달고 뛰어내린다…… 어째 그 방식이 우습다는 생각 안 드나?

　높은 곳에서 아래를 내려다보면 가장 먼저 드는 감정이 어떤 게 있을까. 바로 두려움이지. 그 두려움의 정체를 똑똑히 들여다보자고. 심장박동이 빨라지고 호흡이 가빠지고 심하면 현기증이 느껴지지. 그러나 당신은 두려움을 느끼면서도 빛나는 눈빛은 끝까지 저 아래를 향하고 있어. 당신은 무엇이 두려워 떨고 있는 걸까. 자신 내부의 깊은 욕망의 목소리에 귀를 기울여보라고. 왜 당신 몸은 흥분한 듯 심장박동이 빨라지고 호흡이 가빠지는 걸까.

당신의 욕망이 원하는 것은 어쩌면 저 아래로 뛰어내리고 싶은 게 아닐까. 눈 깜짝할 사이 이성의 통제를 벗어난 강렬하고 매혹적인 충동이 당신을 집어삼켜 아래로 뛰어내릴지도 모른다는 두려운 상상이 드는 건 아닐까. 인간의 원초적인 본능과 충동은 늘 이성의 지배에 억눌려 있어. 높은 곳에서 인간이 두려움을 느끼는 건, 원초적이고 은밀한 충동이 자신의 무의식을 뚫고 그 순간 괴물처럼 튀어나오기 때문인지도 모르지. 그래, 이제야 알겠나? 높은 곳에서 인간은 저 아래로 떨어질까 봐 두려운 게 아니라고. 뛰어내리고 싶은 은밀한 충동을 깨닫고 낯선 자신에게 당혹감과 두려움을 느끼는 거지.

짜릿한 감동을 주고 인간의 한계에 도전하는 게 번지점프라고? 하, 사람들이 정말 그 이유 때문에 번지점프를 한다고 생각하나? 솔직히 말해 짜릿한 감동이라기보다 무서운 희열을 선사하겠지. 인간의 한계는 다른 극기 훈련을 통해 더 잘 경험할 수 있고 말이야. 발목에 밧줄을 묶고 200미터 난간 끝에서 뛰어내리기 전, 사람들이 그 순간 간절하게 느껴보고 싶은 게 뭐라고 생각하지? 인생에서 자신이 이루고 싶은 꿈과 목표? 사랑하는 사람과의 영원한 맹

세? 가족의 그리운 얼굴? 사람들이 단지 그것을 위해 아찔한 높이에서 무모하게 뛰어내릴까? 그들이 200미터 높이의 상공에서 뛰어내릴 용기를 갖는 건, 육체로부터 자유로워지고 싶은 무서운 욕망, 스스로를 살해하고 싶은 은밀하고 강렬한 충동 때문은 아닐까……. 번지점프는 말이야, 합법적인 자기 살해의 충동을 해소하는 위험한 죽음의 연습 게임이야. 죽음은 누구도 대리 체험이나 연습을 해서는 안 되는 신성불가침의 영역인데도 불구하고 말이지.

방금 뭐라고 했나? 미안, 바람 소리 때문에 잘 듣지 못했어. 다시 한 번 말해주겠나? 응? 엄마……? 그래, 엄마 이야기를 하고 싶은 거로군. 그 이야기는 이미 의사를 만나서 들었지. 그래, 알아. 아이들한테 그런 장난을 치는 어른들이 많이 있었지. 당신이 네 살 때였다고 했지. 당신은 침대 이불 위에서 엄마와 장난감 자동차를 가지고 놀고 있었어. 네 살짜리 당신이 세상에서 가장 좋아하는 세 가지인 엄마, 자동차, 이불을 모두 가지고 있었으니 당신 입에선 웃음이 멈추지 않았어. 그런데 한순간 엄마가 눈을 감더니 한쪽으로 쓰러져 움직이지 않는 거야. 놀란 당신은 웃음을 멈추고 자동차를 팽개치고 엄마에게 다가갔어. 당신은 엄마에게 무슨 일이 생긴 건지 알 수 없어 커다란 눈만 껌벅거리며 주위를 두리번거렸어. 어린 당신이 할 수 있는 일이란 엄마를 계속 부르며 고사리 같은 손으로 엄마의 팔을 잡고 흔들고 엄마의 뺨을 쓰다듬는 것뿐이었어. 그래도 엄마는 당신 바람처럼 눈을 뜨거나 일어나지 않았지.

너무 어린 당신은 죽음의 의미를 몰랐지만 갑자기 찾아든 방 안의 고요가 무섭고 덜컥 겁이 났을 거야. 엄마가 잠을 자는 게 아니라는 것을 깨닫고 사이렌이 울리듯 울어 버렸지. 잠시 후, 엄마는 실눈을 뜨고 우는 당신을 바라보더니 목련꽃처럼 웃음을 터트렸지. 당신은 엄마가 눈을 뜨고 일어나 앞에서 웃고 있는 게 전혀 기쁘지 않았어. 대신 조금 전 자신을 당황스럽게 만들고 무섭게 한 엄마에게 미움과 증오심이 일었지. 당신은 그 미움과 증오를 어떻게 해야 할지 몰라 울어대기만 했어. 엄마는 뒤늦게 울음을 그치지 않는 당신을 달래느라 쩔쩔맸지. 그래, 어린아이들을 상대로 죽은 척하는 장난을 치는 건 아이에겐 위험하고 공포스러운 트라우마로 평생 남을지도 모르지.

그런데 삼 년 뒤 엄마가 췌장암으로 진짜 세상을 떠났을 때 당신은 놀라거나 슬퍼하지 않았다고 했나? 모두 엄마의 장난 때문이었다고? 호스피스 병동에서 삐쩍 마른 해골처럼 변해버린 엄마를 보고도 일곱 살짜리 당신은 무서워하지도 슬퍼하지도 않았어. 그러니까 그것이 모두 유년의 기억 탓이라고 말하고 싶은 건가. 성인이 된 당신이 지금까지도 죽음을 연습할 수 있다거나 게임을 하듯 즐기며 하찮게 생각하는 것까지……?

그래서 고등학교 1학년짜리인 고를 그렇게 잔인한 방식으로 살해했나?

왜 그렇게 놀라지?

설마 정말…… 그게 모두…… 당신 상상 속의 일이었다고 믿고 있나?

고와 당신이 마주쳤던 그날로 다시 돌아가보자고. 고가 정말 편의점에서 무언가를 훔쳤다고 확신하나? 모든 것은 전부 당신 착각이 만들어낸 상상이 아니었을까. 나도 당신도 심장과 가까이 있는 고의 재킷 안쪽 주머니 속에 무엇이 감춰져 있는지 알지 못하지. 텅 비어 있을 수도, 아니면 당신의 확신처럼 무언가 은밀하게 숨겨져 있을지도 모를 일이지. 자, 우리에게 중요한 건 더 이상 아무 의미 없는 진실 자체가 아니야. 우리가 냄새나는 썩은 양배추를 고양이의 시체라고 믿어버리면, 그게 곧 이 이야기의 진실이 되는 거라고. 너무 쉽고 간단하지 않나? 썩은 양배추 냄새보다 더 고약한 우리 삶처럼 말이야.

여기 지나오다 강당을 보니까 텔레비전이 있던데 혹시 어제 저녁 일곱시 뉴스 봤나? 서른여섯 살 먹은 아들이 육십 넘은 아버지를 과도로 한두 번도 아니고 수십 차례 찔러 살해했다는 뉴스였어. 보도국 기자가 잔인한 걸 즐기는지 싱크대 위에 놓인 과도가 모자이크 처리된 채 화면에 흘러나오더군. 그때가 마침 어느 가정에선 김치찌개를 끓여 저녁을 먹고 사과나 오렌지를 과도로 깎아 먹을 시간이더군. 아무렇지 않게 과일을 깎고 있던 아내나 딸이 뉴스에서 흘러나오는 그 장면을 보았다고 가정해보게. 기분이 어땠을 거라고 생각하나? 과도를 쥐고 있는 자신의 손을 보며 같은 인간으로서 섬뜩함과 두려움을 느꼈을까. 아니면 사이가 좋지 않은 남편과 아버지를 돌아보며 잠깐 동안 뉴스의 주인공이 되어 그를 무참히 찔러 죽이는 상상을 했을까.

왜 십 대도 아니고 서른여섯이나 먹은 아들이 자신에게 유전자를 물려준 아버지를 그토록 스펀지처럼 너덜너덜하게 만들어 잔인하게 살해한 거라고 생각하나? 친절하게도 뉴스 기자는 시청자들에게 이유까지 상세히 알려주더군. 아버지가 아들에게 욕을 한 것이 원인이었네. 하, 너무 명쾌하고 단순해서 차가운 얼음을 씹은 것처럼 머릿속이 쩡, 하고 울려오더군. 재산 문제나 결혼 반대 같은 상투적인 이유로 수십 차례 아버지를 찌른 아들이라면 마네킹처럼 진부하고 비현실적이었을 테지. 차라리 욕을 했다는 이유로 분노를 참지 못해 분이 풀릴 때까지 아버지의 가슴이며 배를 무참히 찔러댄 아들이 왠지 더 인간적이고 생동감 있게 느껴지지 않나.

그러면서 말이지, 수십 가지 호기심을 자극하는 뇌신경에 불이 깜박깜박 하나씩 켜지는 거야. 살인 사건이 일어난 그 시각, 왜 집 안에는 늙은 아버지와 서른이 넘은 아들 단둘만 있었을까. 나는 말이야, 갑자기 서른여섯 살 먹은 아들에게 급격한 호기심과 관심을 느꼈어. 출생부터 유년 시절을 거쳐 학창 시절까지 그의 상처, 절망, 직업뿐 아니라 서른여섯 해를 살아온 그의 모든 소소하고 잔인했을 역사가 궁금해서 미칠 지경이었어.

당신 말이야, 그의 삶이 우리와 비교할 수 없을 만큼 불행하고 비참한 시궁창이었을 거라고 짐작하나. 아니면 수천 명의 서른 살 먹은 남자들의 과거와 섞어놔도 똑같이 제조된 공산품처럼 구별해낼 수 없을 거라고 생각하나. 현재의 한 인간을 만드는 건 불우한 과거가 전부가 아니야. 만약 그렇게 된다면 불우한 유년 시절을 보낸 이들이 연쇄 살인마가 되기 쉽다고 오해할지 모르지. 인간은 단순하면서도 설명할 수 없는 묘한 인자들로 이루어진 아주 복잡한 존재지.

그 뉴스가 끝난 다음 이어진 뉴스가 뭐였는지 알아? 부모들의 무방비한 폭행에 노출된 아동 학대 피해 아이들 이야기였어. 부모를 살해한 아들을 욕할 겨를도 없이 자신의 피와 세포로 이루어진 분신 같은 연약한 존재를 끔찍하게 학대한 영상이 나오더군. 담뱃불로 지진 서너 살밖에 안 된 아이의 팔다리, 커다란 보랏빛으로 멍든 가슴과 배, 혁대로 맞은 것 같은 종아리와 발바닥의 핏빛 상처, 차마 눈 뜨고 계속 볼 수 없는 영상들이 눈앞에서 휙휙 지나갔지. 소아정신과 치료를 받고 있는 아홉 살짜리 여자아이 얼굴이 희뿌옇게 가려진 채 겁에 질린 목소리만 흘러나왔어. 밥을 천천히 먹어서…… 아빠가 화나서…… 냄비를 나한테 집어 던졌어요…… 가슴이…… 뜨거웠어요…….

여자아이의 가슴과 팔뚝에는 흉측한 생물 같은 지워지지 않는 붉은 흉터가 꿈틀대는 것 같았지. 여자아이는 징그러운 상처를 가슴에 품고 괴물로 자라나는 건 아닐까. 그 순간 안타깝고도 슬프지만 여자아이의 두려운 미래가 떠오르더군. 정말 아이러니하지 않나? 자식이 부모를 죽이고 부모는 자식을 학대하고, 피해자는 가해자가 되고 가해자는 피해자가 되고 그야말로 난장판, 피의 카니발 아닌가. 재밌는 건 말이지, 이제 누구도 피해자와 가해자를 구별해낼 수 없다는 거야. 여기 아빠, 엄마, 누나, 남동생으로 이루어진 4인 가족이 있다고 가정해봐. 자, 누가 누구를 먼저 폭행하고 누가 누구를 살해할지 당신은 짐작이나 할 수 있겠어?

암울한 뉴스 얘기는 그만두고 고의 얘기나 계속해보자고. 어때 그 후로 고를 다시 만날 수 있었나? 여학생에게 재킷을 벗어보라고 했으니 다시는 그 편의점에 가고 싶지 않았을 텐데. 내 예상이 맞았나 보군. 당신은 그날 이후 유리창 너머로 지나가는 사람들 속에서 붉은 머리 고를 찾기 시작했어. 넋을 놓고 창밖을 보는 당신에게 노골적으로 계산을 빨리 안 해준다고 불평하는 손님들이 늘었지. 왜 고는 그 앞을 지나다니지 않는 걸까. 어디가 아픈 걸까. 이사라도 간 걸까. 혹시 검은 컬러로 다시 머리카락을 염색해 당신이 한눈에 그녀를 알아보지 못한 건 아닐까. 기다림만큼 사람을 피폐하게 만드는 게 없지. 당신은 이제 그녀가 그날 무엇을 훔쳤는지 따위는 안중에도 없었어. 왜 기다리는지 모른 채 그녀에 대한 맹목적인 집착만 남아 있었지.

한 달 만에 고가 당신이 일하는 편의점에 기적처럼 다시 나타났어. 교복을 입은 모습이 전과 똑같았어. 고의 머리카락이 여전히 윤기 나는 붉은색인 것을 보자 당신은 기쁨의 눈물을 흘릴 것만 같았지. 붉은 머리카락이 그동안 고에게 아무 일도 일어나지 않았음을 증명해준다고 믿었던 거야. 고는 한 달 전보다 헬쑥해진 얼굴로 전처럼 과자와 라면 따위가 놓여 있는 진열대를 지나 천천히 걸어갔어. 당신은 아예 아무것도 보지 않기 위해 반대쪽으로 얼굴을 돌렸어. 이젠 그녀가 편의점에서 무엇을 훔쳐 달아나건 상관없었어. 이렇게 다시 매일 찾아와주기만 한다면 당신은 모든 것을 눈감아줄 작정이었지.

순간 얇은 비닐 혹은 곤충의 날개 같은 것이 바스락거리는 소리가 그녀 쪽에서 들려왔어. 당신은 아무것도 듣지 못한 듯 태연하게 창밖으로 시선을 돌리고 있었어. 여전히 그녀가 한 달 만에 선택한 물건이 궁금해 발바닥이 간지러운 것 같은 기분이었지만 애써 참았지. 잠시 후 그녀가 걸음을 옮기는 소리가 들리더니 냉장고 유리문이 열렸다 닫히는 소리가 들렸어. 이번에도 생수일까. 아님, 망고 주스? 그녀의 음료 취향을 상상하는 것만으로도 즐거웠어. 천천히 그녀가 카운터로 다가올수록 당신은 시선을 어디로 둬야 할지 몰라 허둥댔어. 카운터에 그녀의 하얀 손이 보이며 생수병이 탁, 소리 나게 놓여졌어. 그녀의 취향은 화려하고 다양한 로코코 양식보다 수직적이고 날카로운 고딕 양식일 거라는 생각을 했지.

당신은 생수병의 바코드를 찍으면서도 그녀의 가슴 쪽은 쳐다보지 않으려고 노력했어.

"팔백 원입니다……."

고는 천 원짜리 한 장을 내밀었고 당신은 그걸 받으려고 고개를 들다가 그녀와 눈이 마주쳤어. 당신은 심장이 쿵, 하고 내려앉는 것 같았지. 가까이 본 그녀는 다른 사람이 되어 있었어. 그녀의 혈색은 며칠간 잠을 못 잔 듯 창백했고 눈빛은 불안하고 어지럽게 흔들렸어. 당신은 그녀의 변화가 당황스럽고 내심 그 이유가 궁금해졌어.

"빨리 잔돈 줘요."

그녀의 목소리에선 쫓기는 사람처럼 불안과 다급함이 묻어났지. 당신은 서둘러 잔돈을 꺼내다가 얼핏 그녀의 아랫배에 시선이 머물렀어. 그곳은 밀가루 빵이 부풀어 오른 것같이 살짝 솟아올랐어. 당신은 화들짝 놀라 그만 손에 들고 있던 동전을 카운터에 떨어뜨리고 말았어. 흔히 말하는 똥배라고 보기에 튀어나온 모양은 기이하고 불길해 보였지. 왜 갑자기 아랫배가 불러온 것일까. 파리하고 창백한 얼굴과 대조되는 불룩 솟아오른 배 모양에 당신은 머릿속이 하얗게 지워지는 것 같았어. 고는 서둘러 카운터에 떨어진 동전을 집어 달아나듯 가게를 나가버렸어. 그럴 리 없다고 생각했지만 고에게 일어나지 말아야 할 어떤 일이 벌어지고 있는 건지도 몰랐어. 머릿속에선 검은 구름이 고의 가냘픈 몸을 휘어 감는 모습이 보이는 듯했어. 당신은 고개를 저으며 자신이 본 것을 부정했어. 그럴

리가 없어. 고에게 절대 그런 일이 일어나선 안 돼. 당신은 고를 저렇게 만든 누군가를 떠올리는 게 너무 고통스러워 참을 수 없었어. 그래서 모든 분노와 적의를 고의 불룩 튀어나온 배 속의 존재에게 쏟아부었던 거야.

당신은 배 속의 존재가 뭐라고 생각하지? 20센티미터쯤 되는 투명한 피부에 혈관이 비치는 태아일까? 그러니까 고등학생인 고가 임신했을 거라고 생각한단 말이지? 그런 이야기는 현실에서 너무 흔해빠져 더 이상 놀랄 것도 없는 얘기 아닌가. 그저께도 남녀 고등학생이 태아를 낳아 화단에 묻었다는 뉴스가 있었지. 화단이라니, 아이들 생각이 너무 깜찍하지 않나? 그 화단에 심겨 있는 꽃과 나무를 한번 떠올려보라고. 태아의 양분을 먹고 자란 꽃과 나무들이라니. 그것들이 앞으로 어떻게 기괴하게 변할지 상상이 되나? 아쉽지만 경찰에 붙잡히는 바람에 그로테스크한 풍경을 볼 수 없게 됐지만 말이야. 당신도 시소가 아니라 롤러코스터를 타는 정도의 짜릿한 상상력을 발휘해보라고. 내가 상상 속에서 일어나지 못할 일은 없다고 말하지 않았나. 어차피 상상인데 좀 더 끔찍하고 잔인한 이야기가 좋겠지. 그럼, 이번에는 내가 이야기를 계속 해볼까.

시작은 어느 날 아침 일어난 시트콤 같은 콘플레이크 사건에 불과했지. 하지만 하나의 사건은 도미노처럼 계속 다른 사건을 불러

일으켰어. 그 사건으로 인한 충격으로 음식을 먹지 못하게 된 고의 위장은 텅 비게 되고, 텅 빈 위장을 가지게 된 고는 바람이 심하게 불면 공기 인간처럼 하늘로 떠올랐지. 비극은 그쯤에서 멈추지 않았어. 상상의 균은 때로는 바이러스보다 더 지독해. 어미 거미의 몸을 깨끗이 파먹는 새끼 거미처럼 그 사람의 영혼을 모조리 파먹고야 말지.

그날은 수학 시간이었을 거야. 교실의 아이들은 숫자가 끊임없이 분해되고 다시 생성되는 것을 보며 현기증이 나는 멍한 얼굴로 앉아 있었어. 고도 나른한 얼굴로 초록색 칠판에 하얀색 숫자들이 번식하는 것을 바라보았지. 그때 배 안에서 무언가 말랑말랑한 것이 꿈틀거리며 미끄러져 지나가는 듯한 낯선 감각을 느꼈어. 간지러우면서도 징그러운 처음 느끼는 감각에 고의 팔에는 소름이 돋아났어. 머릿속에 갑자기 현란한 무늬의 뱀장어 한 마리가 떠오르며 겁이 덜컥 났지. 그녀는 손으로 아랫배를 만져보았어. 손에 닿는 아랫배의 형태에 충격을 받고 심장이 빠르게 뛰기 시작했어. 그녀가 몇 달간 먹은 것이라곤 물과 나뭇잎밖에 없는데 그녀의 배는 둥근 혹처럼 불룩 튀어나와 있었던 거야.

그녀는 자신이 잘못 느낀 거라고 생각을 고쳐먹었어. 그 순간 그녀의 생각을 비웃듯 또다시 배꼽 아래에서 긴 꼬리 같은 것이 팔랑거리며 지나갔어. 정체를 알 수 없는 그것은 그녀의 배 속에서 헤엄이라도 치는 모양이었어. 아까보다 선명하고 또렷한 느낌에 그녀는 머리카락이 쭈뼛쭈뼛 일어서는 것 같았지. 도대체 그녀의 배 속에서 무슨 일이 벌어지고 있는 것일까. 고는 두려움에 휩싸여 얼굴이 하얗게 질렸어. 자기도 모르게 육 개월 전 아침 식탁에서 본 우유 속에 빠져 죽은 하얀 개구리를 떠올리고 있었지. 그러자 가스레인지 불길 속에서 활활 타오르던 개구리 사체의 흉측한 형상과 역겨운 악취가 어디선가 풍기는 것 같아 구역질이 치밀었어. 배 속에서 꿈틀거리는 것의 정체가 자신이 끔찍한 방법으로 처형했던 개구리일지도 모른다고 생각하자 식은땀이 나며 턱이 덜덜 떨려왔지.

그것이 복수하기 위한 방법으로 그녀의 몸 안 은밀한 자궁 속을 선택한 거라면 어떤가. 그녀의 피와 양분을 빨아 먹고 통통하게 살이 올라 그녀의 몸과 영혼까지 모조리 파먹을 수도 있었지. 그녀의 생각이 무서운 속도로 거기까지 미치자 그대로 정신이 까무러칠 것 같았어. 고는 공포에 사로잡힌 얼굴로 불룩 솟아오른 아랫배를 감싸 쥐었어. 아냐, 이건 개구리가 아니야. 그럴 리가 없잖아. 사람의 몸속에 개구리라니. 그럼 개구리가 아니라련, 이건 대체 뭐지? 고의 충격과 두려움엔 아랑곳하지 않고 그것은 먼 우주를 헤엄치는 생물체처럼 꿀렁꿀렁 비밀스럽게 그녀 안에서 요동쳤어.

당신, 고가 미쳤다고 생각하나? 그녀가 거식증에 음식을 두려워하는 것도 모자라 배 속에 개구리가 들었다는 강상에 빠져 있다고 말이지. 그럼, 나의 먼 친척 중에 한 여자 이야기를 들려줄까. 그녀는 특이할 것 없는 외모와 조금 마른 체격에 사십 대 중반을 지나고 있는 평범한 주부였지. 제약 회사를 다니는 남편과 고등학생 아들도 그녀의 평탄한 삶에 영향을 주지 못할 정도로 평범했고 아무 문제도 일으키지 않았어. 일주일에 서너 번 마트와 집을 오가고 매일 저녁 김치찌개나 된장찌개를 끓이고 일일 연속극을 보며 소파에서 잠드는 게 그녀의 일상이었지. 그런데 어떻게 그런 기괴한 종양 덩어리 같은 망상이 그녀 삶에 끼어들게 되었을까.

그녀는 어느 날 손가락들이 떠드는 소리를 듣게 되었어. 열 개의 손가락은 쉴 새 없이 그녀에게 종알대기 시작했어. 그녀가 얼마나 어리석은 인생을 살았는지, 그녀의 인생에서 남은 건 아무것도 없으며, 보잘것없고 나이 든 존재가 되었는지, 그녀의 남편과 아들 또한 그녀를 믿거나 전혀 사랑하지 않으며, 그녀는 혼자이고, 세상에서 그녀를 이해하는 사람은 단 하나도 없다는 이야기를. 손가락들은 매일, 매 순간, 지치지 않고 똑같은 이야기를 무서운 돌림노래처럼 반복했어. 그녀는 언젠가 손가락들이 그만 입을 다물 거라고 믿고 고통스런 시간들을 견뎠어.

그녀의 바람과는 달리 나날이 손가락들은 더 사나워지고 끔찍한 이야기들을 떠들어댔어. 그녀는 곧 무서운 병에 걸려 고통스럽게 죽을 거라는, 그녀의 남편은 그녀를 경멸하며 죽기를 바라고 있다는, 아들은 그녀가 집에서 영원히 사라져주기를 바라며 그녀를 죽일 계획을 세우고 있다는 등, 밤이나 낮이나 귓가에 대고 그녀를 괴롭혔지. 그녀는 노이로제에 걸려 아무 일도 할 수 없었어. 손가락들이 떠드는 소리에 음식을 만들 수도, 청소나 빨래를 할 수도, 마트에 갈 수도 없는 지경이 되었어. 그녀는 밥을 먹지도 밤에 잠을 자지도 못했지. 남편과 아들은 처음엔 그녀를 걱정하는 듯하더니 나중엔 집안일을 내팽개친 그녀를 무심하고도 냉랭하게 대했지. 그녀는 남편과 아들에게 손가락들이 얘길 한다는 말을 솔직하게 할 수 없어 괴로웠어. 또 그들이 그 사실을 알고 자신이 미쳤다고 생각할까 봐 두려웠고, 정말 자신이 미쳐가는 건 아닐까 무서웠지. 그렇게 그녀 안에서 변종 종양은 매일 자라나며 그녀의 삶을 야금야금 파먹고 있었던 거야.

어느 날 그녀는 남편과 아들이 안방에서 비밀스럽게 나누는 대화를 엿듣고야 말았어.

"네 엄마가 요즘 정상이 아닌 거 같다."

"맞아요, 눈빛이 이상하고 무슨 얘길 해도 반응이 없어요."

"아무래도 네 엄마를 병원에 데려가야겠다."

"순순히 가려고 할까요?"

"안 되면 강제로라도 끌고 가야지."

그녀는 남편과 아들의 말에 충격을 받아 다리가 후들거렸어. 그들이 자신을 강제로 병원에 가두기 위해 공모하고 있다는 걸 깨달은 거지. 그녀는 그 순간, 손가락들의 말이 모두 사실일지도 모른다고 생각했어. 자신의 삶은 빈껍데기이고, 아무도 그녀를 사랑하지 않으며, 쓸쓸히 혼자 죽어갈 거라는.

그때였어. 손가락들이 일제히 그녀를 향해 외쳤어. 남편과 아들을 죽여버려! 안 그러면 그들이 너를 가둘 거야! 어서! 지금 당장! 칼을 찾아! 그래, 칼을 쥐고 찔러! 그녀는 그대로 손가락들의 응원을 받아 식칼을 쥐고 안방으로 달려갔어. 그러고는 뒤돌아 서 있는 남편의 등에 있는 힘껏 칼을 꽂았어. 순식간에 남편의 셔츠가 빨간 장미처럼 물들었고 그는 무릎을 꺾으며 앞으로 쓰러졌어. 아들은 겁에 질려 하얗게 변한 얼굴로 칼을 든 그녀와 쓰러져 피를 흘리는 아버지를 번갈아 쳐다보았지. 찔러! 찔러! 망설이지 말고 어서 죽여! 그러나 그녀는 도저히 아들에게는 칼을 댈 수 없었어. 쓰러져 있는 남편과 겁에 질린 아들을 두고 급히 할 일이 생각난 사람처럼 안방을 빠져나왔어.

그녀는 부엌으로 돌아와 도마 위에 자신의 왼손을 올려놓았어. 손가락들은 그녀가 무슨 짓을 하려는지 알고 겁에 질려 비명을 질러댔지. 이제 그만 모든 것으로부터 벗어나 조용히 쉬고 싶었어. 칼을 쥔 오른손을 높이 치켜들었지. 입술을 질끈 깨물고 왼손을 칼로 내리쳤어. 참 이상한 일이었지. 그 순간 주위가 새벽처럼 고요해졌어. 하나도 고통스럽지 않았지만 도마는 토마토 주스를 쏟은 것처럼 피로 범벅이 되었어. 그녀는 똑똑히 보았어. 자신의 손가락 두 개가 잘려 나간 것을. 그 잘려 나간 손가락 두 개가 애벌레처럼 도마 위에서 꿈틀꿈틀 움직이는 것을. 잠시 망설이다 손가락 두 개를 움켜쥐었어. 주위를 두리번거리다 냉동실 문을 열고 그것들을 집어넣었어. 더 이상 그녀의 귓가에는 아무 소리도 들리지 않았지. 그녀는 오랜만에 느껴보는 평화로움에 미끄러지듯 부엌 바닥에 주저앉았어. 그러고는 냉장고 문에 기대 모처럼 편안하고 깊은 잠에 빠져들었지.

당신, 얼빠진 얼굴이군. 그래, 지어낸 얘기가 아니라 내 먼 친척 이야기라고. 그녀는 그 뒤에 어떻게 되었을까? 남편은 정말 죽었냐고? 냉동실에 들어간 그녀의 손가락은? 글쎄, 거기서부턴 당신이 상상해보라고. 이 이야기에서 중요한 건 어디까지가 현실이고 어디서부터 상상이 시작되느냐가 아니란 걸 이해하겠나? 중요한 건 말이지. 이 모든 게 우리 삶에서 벌어질 수 있는 진짜 이야기라는 거야. 자기 손가락을 잘라 냉장고에 넣은 내 친척과 배 속에 개구리가 들어 있다고 믿는 여고생 고, 그들이 정말 미쳤고 우리는 정상이라고 생각하나?

바꿔서 말해볼까. 당신은 살면서 어느 날 갑자기, 손가락이 떠드는 소리를 듣지 못할 거라고 생각해? 당신 인생에서 결코 자신의 손가락을 자르는 일은 벌어지지 않을 거라고 확신할 수 있나? 어느 날부터 배 속에서 이상한 꿈틀거림을 느낀다면 그땐 어떻게 하겠나? 단순히 소화불량이라고 언제까지 스스로를 속일 수 있을 것 같은가. 그래, 모두의 인생에서 그런 이해할 수 없는 일은 언제든 벌어질 수 있는 거라고. 누구에게나 가능하지. 누구도 피해 갈 수 없는 잔인한 덫이 곳곳에 도사리고 있는 곳, 그게 바로 우리의 삶이 아닌가.

　이야기를 오래 하다 보니 시간이 얼마나 지난지도 모르겠군. 어두워지니까 하얀 자작나무 껍질이 더 도드라져 보이지 않나? 벌써 저녁때가 되었나, 아니면 깊은 숲 속이라 해가 나무 사이로 숨은 건가. 자, 이제 어두워졌으니 당신이 이야기할 차례인 거 같군. 우리에게 정해진 시간도 얼마 남지 않았네. 그래, 그날 이야기를 해봐. 당신이 편의점에서 뛰쳐나와 고를 쫓아간 그날 말이야. 그날 당신과 그녀 사이에 정말 무슨 일이 있었던 거지? 왜 그날 그녀를 그렇게 급하게 뒤쫓아 간 건가?

　아, 기억나나? 그날은 붉은색 원피스를 입은 기상 캐스터가 일기예보에서 나들이하기 좋은 날씨라고 했는데 갑자기 폭우가 쏟아졌지. 당신은 유리창 밖으로 하늘이 갑자기 어두워지며 비가 쏟아지고 사람들이 이리저리 뛰어가는 모습을 무심히 바라보았어. 빗방울이 유독 물질이라도 되는 듯 이리저리 허둥대는 사람들 모습이 나약하고 우스워 보였지. 두어 명쯤 편의점으로 들어와 캔 커피를 사며 비를 피하는 사람들도 있었어. 어두운 창밖을 바라보는 사람들의 얼굴은 재앙이라도 덮친 듯 불안하고 초조해 보였어. 비가 쉽게 그치지 않자 사람들은 비닐우산을 사거나 다시 빗속으로 뛰어들어갔지. 당신은 비를 좋아하지 않았지만 도시 전체를 감싸는 축축하고 무거운 공기에 기분이 좋아졌어. 태양이 보이지 않는 날, 당신 가슴은 언제나 들떠 있었으니까.

그때 편의점 유리문이 열리며 비에 젖은 누군가 들어왔어. 비에 흠뻑 젖은 붉은 머리의 고가 푸르스름한 입술을 떨며 눈앞에 서 있었어. 당신은 커다란 타월로 그녀의 몸을 감싸주고 싶었지만 그러지 못해 안절부절못했어. 고가 한 발짝 옮길 때마다 편의점 바닥에는 빗물이 뚝뚝 떨어졌어. 그녀는 무언가를 찾는 듯 편의점 안을 두리번거리다 진열대의 라면을 바닥에 떨어뜨렸지. 자신이 무엇을 찾고 있는지도 모르는 듯 눈빛이 불안해 보였어. 그녀는 쫓기는 사람처럼 두려운 얼굴이기도 했고, 식은땀을 흘리며 아파 보이는 것도 같았어. 당신은 참지 못하고 떨리는 목소리로 물었어.

"뭘 찾아요?"

그녀는 당신과 눈이 마주치자 시선을 피하며 낮게 신음 소리를 내뱉었어.

"진통제 팔아요?"

당신은 그녀가 고통을 참느라 얼굴을 찡그리며 입술을 깨무는 것을 보았어.

"진통제는 없는데."

그 순간 당신은 그녀가 거친 숨과 함께 짧은 신음을 내며 진열대 아래로 쭈그려 앉는 것을 보았어. 당신은 놀라서 급히 카운터를 나와 그녀에게 달려갔지. 그녀는 바닥에 주저앉아 몸을 웅크리며 어깨를 바들바들 떨었어.

"어디 아파요……?"

그렇게 물었지만 당신은 고의 몸에서 무슨 일이 벌어지고 있다는 것을 알아챘어. 검정색 노스페이스 점퍼 안에 그녀의 배는 눈에 띄게 불렀고 다리 사이에서 노란 물이 흘러나오고 있었으니까. 빗물과 식은땀이 뒤섞인 그녀의 얼굴은 하얗게 질렸고 풀린 듯한 동공은 천장을 향해 멍하니 뚫려 있었어.

"정신 차려요!"

당신이 외치는 소리에 정신을 차린 그녀는 진열대를 붙잡고 일어나려고 애썼어. 그 바람에 딸기잼과 과일 통조림 같은 것들이 우르르 바닥으로 떨어졌지. 그녀는 당신의 부축을 받고 겨우 바닥에서 일어났지만 여전히 정신이 없는 듯 몸을 잘 가누지 못했어. 당신은 걸음을 옮기는 그녀를 부축하며 119에 신고를 해야 할지, 병원에 데려가야 할지 몰라 허둥댔어.

"응급차를 부를까요?"

그 말 한마디에 고는 갑자기 정신이 돌아온 듯 화들짝 놀라며 당신 팔을 뿌리쳤어. 그리고 화가 난 듯 무섭게 쏘아보았지.

"쓸데없는 참견 하지 마."

고는 한 손으로 배를 끌어안은 채 비틀거리며 빗속으로 걸어 나갔어. 빗방울에 점점 시야에서 사라지는 고의 가녀린 뒷모습을 보며 당신은 까닭 모를 두려움과 불안에 몸을 떨었어. 먹빛 하늘 아래 어딘가를 향해 가는 비에 젖은 붉은 머리카락의 소녀, 그녀 안에 잉태된 알 수 없는 불길한 생명체, 그것은 당신이 이제껏 본 가장 소름끼치도록 무섭고 아름다운 장면이었어. 당신은 달리기를 하고 난 것처럼 심장이 두근거렸지. 삶이 얼마나 므섭고도 끔찍한지 당신은 그 끝을 보고 싶은 강렬한 유혹을 느꼈어. 그렇게 당신은 편의점을 뛰쳐나와 고의 뒤를 쫓아 빗속을 달려 나간 거야.

오후 네시가 넘은 시각이었는데, 세상은 지옥처럼 어두컴컴해졌어. 거리의 사람들은 온데간데없이 모습을 감추었지. 하늘이 진동하듯 부르르 떨리더니 한순간, 온 세상이 흔들리는 듯한 천둥이 울려 퍼졌어. 그 바람에 사거리의 신호등이 펵, 하고 터지더니 고장이 나 불이 나가버렸어. 차들은 클랙슨을 울리며 우왕좌왕 뒤엉키기 시작했어. 당신은 머리와 옷이 흠뻑 젖은 생쥐 꼴이 되었지만 개의치 않고 고의 뒤를 놓치지 않고 쫓아갔지. 고는 곱창구이, 나이트클럽, 호프집이 있는 건물로 숨어들듯 사라졌어. 금방 뒤따라간 당신은 빌딩의 어두운 복도에서 놓쳐버린 고의 흔적을 찾기 위해 두리번거렸어. 그때 희뿌연 불빛이 비치는 바닥에서 빗물과 뒤섞인 핏방울을 보고야 말았지. 핏방울을 따라간 길 끝에는 악취가 떠도는 여자 화장실이 나타났어. 더럽고 불결하고 지린내가 진동하는 화장실 어느 칸에 고가 숨어든 거야.

당신은 화장실 앞에서 극도의 불안과 혼란을 느끼며 들어가지 못하고 망설였어. 이대로 아무것도 못 본 척 편의점으로 돌아가면 당신 삶은 어제와 다름없이 평화롭게 흘러갈지도 몰랐지. 잘 알지도 못하는 여고생의 불행에 자신이 끼어들 필요가 없다는 생각이 들었어. 그 순간 당신 안에서 속삭이는 다른 목소리를 들었지. 저 안에서 무슨 일이 벌어지고 있는지 정말 알고 싶지 않아? 여고생이 잉태한 그것을 네 눈으로 직접 보고 싶지 않아? 어쩌면 저 안의 비명과 신음 소리와 고통은 여고생이 아니라 너를 위해 벌어지고 있는지도 모르잖아. 한 발짝만 선을 넘는 거야. 한번 문을 열어보는 거야. 그곳에 다른 놀랍고도 짜릿한 세상이 너를 기다리고 있을지도 모르니까.

당신은 두근거리는 가슴으로 화장실의 두터운 철문을 열었어. 푸르스름한 천장 불빛이 더러운 타일과 세면대를 음산하게 비추었어. 예민한 당신 코가 어디선가 나는 오줌 지린내가 뒤섞인 피비린내를 맡았어. 그곳엔 세 칸의 화장실이 보였어. 활짝 열려 있는 첫번째와 두번째 칸은 텅 빈 채 아무도 없었어. 마지막 칸에 다다르자 살짝 열려 있는 틈으로 불온한 공기와 뜨거운 열기가 당신에게까지 끼쳐 왔지. 그곳에서 당신은 믿을 수 없는 광경을 똑똑히 보았어. 붉은 머리카락의 고가 피부가 쭈글쭈글한 작은 생물의 목을 조르고 있는 광경을…… 당신은 좀 더 가까이 보기 위해 한 걸음 다가가 숨을 멈추었어.

하얀 태지와 핏물에 뒤덮인 그것은 태아도 개구리도 아닌 기괴한 형상을 하고 있었어. 에일리언 영화에 나오는 희뿌연 외계 생명체와 비슷한 것 같기도 했지. 한눈에도 징그럽고 혐오스러운 그것은 현실에선 존재하지 않을 것 같았어. 그것은 그녀의 손아귀에서 벗어나려고 이상한 소리를 내며 버둥거렸지. 고는 당신이 문 앞에 서 있는 것도 모른 채 생명체의 목을 조르는 데 열중하고 있었어. 잠시 후, 그것은 더 이상 움직이지 않았고 그녀는 눈물과 땀으로 뒤범벅된 얼굴로 당신을 올려다보았어. 그녀는 붉은 머리카락을 지니고 있었지만 고가 아니었어. 당신은 고개를 저으며 뒷걸음질 쳤어. 그녀를 잘 알고 있는 것 같기도, 처음 보는 사람 같기도 해서 머리가 어지러웠어. 고는 어디로 간 걸까. 이 여자아이는 누구일까. 저 생물체는 대체 뭘까.

주위가 놀이기구를 탄 것처럼 빙글빙글 돌고 구역질이 넘어오는 걸 느꼈어. 그때 당신 눈앞에 푸른빛을 띠는 하얗고 매끄러운 기다란 줄이 보였어. 그것이 기괴한 생명체와 그 생명체를 방금 죽인 여자아이의 몸과 연결되어 있다는 걸 알고 놀라움과 묘한 흥분에 사로잡혔어. 당신은 탯줄을 두 손으로 움켜쥐었어. 그리고 그것을 멍하니 앉아 있는 여자아이의 목에 감았어. 여자아이는 아무런 저항도 하지 않고 말간 눈으로 가만히 당신을 보고 있었지. 당신은 여자아이가 조금 전 낯선 생명의 목을 조르듯 탯줄로 여자아이의 목을 조르기 시작했어. 여자아이는 컥컥거리며 괴로워하면서도 당신 손길을 피하지 않았어. 여자아이의 몸이 떨리며 눈동자가 희멀겋게 변해갔지.

두 생명이 더러운 화장실에서 죽어가는 데 그리 오랜 시간이 걸리지 않았어. 여자아이의 입에서 혀가 빠져나오고 고개가 꺾이고 몸이 축 늘어지자 당신은 비로소 손을 놓았어. 탯줄은 그대로 여자아이의 목에 걸쳐두었지. 기괴하게 생긴 생명체를 화장실에서 가지고 나올까도 생각했지만 그냥 여자아이의 옆에 두기로 했지. 당신은 마지막으로 스스로를 정화시키듯 세면대에서 손을 씻으며 거울을 힐끗 보았어. 순간 거울 속에는 당신과 가장 닮은 한 남자가 서 있었어. 그는 발그레하게 상기된 얼굴로 눈에 광채를 띤 채 당신을 바라보았지. 이제껏 당신 안에 갇혀 있다가 막 태어난 듯 들뜬 얼굴이었어. 당신은 그대로 살인과 속죄와 정화가 일어난 더러운 화장실을 빠져나가 어두운 복도로 유유히 사라졌어.

당신은 어느 날 갑자기 알 수 없는 생명체를 잉태한 붉은 머리고를 찾기 위해 떠나는 여행자처럼 보였지. 세상에 붉은 머리카락을 지닌 여자아이야 넘쳐나지. 그 많은 여자아이들 중에 고를 찾기란 그리 어려운 일이 아닐 거야.

아, 당신 이름이 뭐라고 했었지? 레몽뚜 장? 정말 특이한 이름이군. 이제 떠날 시간이 다 되었네. 나도 그만 가봐야겠어. 조금 있으면 어둠 속 자작나무 숲에서 까마귀들이 슬프게 울어댈 시간이잖아. 삶은 감자와 초록색 완두콩과 살색 신경안정제 바리움이 지겹더라도 부디 이곳에서 잘 견디게. 그리고 언제 다시 만나자고. 아, 떠나기 전, 내 이름이 뭐냐고? 그건 아까 처음에 말해주지 않았었나? 그럼 바이 바이, 친구.

3장

마태수

그날 밤 홍마리, 조와 나, 세 사람은 예민한 쥐들처럼 비밀스럽게 레몽뚜 장의 상상발전소로 모여들었다. 서로에 대해 아는 것이 거의 없었지만 우리는 모두 레몽뚜 장을 만나러 왔다. 그 사실 하나만으로 서로를 잘 알고 있는 것 같은 묘한 유대감과 경계심을 동시에 느꼈다. 그날 밤 우리는 레몽뚜 장을 따라 '더비 카운티 메디컬센터'라는 낯선 곳을 방문했다. 그곳에서 이름도, 나이도, 모든 것이 안개 속에 희뿌옇게 가려진 여자를 만났다. 레몽뚜 장의 탁하고 메마른 목소리는 우리를 짙은 안개 속으로 더 깊이 끌고 들어갔다.

"여자의 이름은 리, 물론 가명입니다. 나이는 사십 대 전후로 추정되지만 이것도 정확하진 않습니다. 그러니까 현재로선 여자에 대해 밝혀진 게 아무것도 없습니다. 여자는 우리 네 사람 눈앞에 분명히 존재하지만 여자의 실체를 아는 사람은 아무도 없습니다……."

　서울은 밤이 되면 달라지는 도시였다. 낯선 네 사람이 같은 밤을 달리고 있었다. 넷을 태운 검은색 승용차는 한강을 끼고 남쪽으로 달렸다. 어둠 속에 드러난 한강은 맑은 물이 아닌 진득진득한 콜타르처럼 보였다. 나는 저 속에 뛰어내리느니 차라리 단단한 아스팔트에 머리를 찧는 게 나을 거라는 쓸데없는 생각을 했다. 운전을 하는 레몽뚜 장은 창문을 열어놓은 채 지구 끝을 향해 달려가기라도 하는 듯한 어두운 표정으로 담배 연기를 어둠 속에 내뱉었다. 그의 입에서 허공으로 흩어지는 희뿌연 연기는 몸속에 갇혀 있던 사나운 영혼처럼 보였다.

　그 옆에 거대하게 부푼 몸 때문에 자리가 비좁아 보이는 덩치는 조였다. 조는 유전자가 변형된 옥수수 사료를 먹고 자란 돼지처럼 안절부절못하며 불안해 보였다. 내 옆자리에 앉은 홍마리는 안 보는 척하며 담배를 피우는 레몽뚜 장의 옆모습을 흘끔댔다. 순수한 것보다 타락하고 위험한 것에 쉽게 빠져들 타입의 여자였다. 나는 사실, 승용차가 낯선 네 사람을 태우고 어디로 가고 있는지 알고 싶지도, 설레지도 않았다. 오늘 밤 나에게 일어날지 모를 엄청난 일들에 짜증 나고 모르는 이들과 얽히게 된 것이 귀찮을 따름이었다. 이렇게 모여 무슨 일을 벌인다 한들 이 세계에서 달라질 것은 아무것도 없었다.

"지금 대체 어디로 가는 거죠?"

홍마리는 검게 칠한 손톱을 맞부딪치며 참을성 없는 히스테릭한 목소리로 물었다. 어디로 가는지 알면 그녀는 가지 않을 것인가. 레몽뚜 장은 아직 불이 붙은 담배꽁초를 어둠 속으로 신경질적으로 튕겨 버리고 기분 나쁘게 웃었다.

"잃어버린 영혼을 찾으러."

"그럼 고스트 버스터즈?"

나는 허공에 대고 의미 없는 농담을 지껄이곤 바로 후회하며 입을 다물었다. 체중 때문에 힘겹게 숨을 내쉬던 앞자리의 조가 퉁명스럽게 대화에 끼어들었다.

"그 영화는 유령을 잡아들이는 거잖아. 우리랑 다르지."

홍마리는 깜짝 놀란 얼굴로 몸을 앞으로 숙이며 되물었다.

"유령요?"

조는 정말 성가시다는 듯 힘겹게 고개를 돌려 허공에 손을 휘저었다.

"같은 얘길 몇 번이나 해야 되지? 그건 영화 얘기고, 우리는 영혼을 찾으러 가는 거라잖아."

그러나 홍마리는 창밖 어둠을 멍하니 보며 이해가 안 간다는 듯 혼잣말처럼 중얼거렸다.

"영혼과 유령이…… 뭐가 다르죠?"

그 말에 차 안의 공기는 무겁게 내려앉았고 아무도 그녀의 물음
에 대답하지 않았다.

멀리 이 도시 최첨단 아파트인 73층짜리 타워펠리스 불빛이 기
형적으로 자란 거대한 물고기의 비늘처럼 징그럽게 번들거렸다.
레몽뚜 장이 차를 세운 곳은 타워펠리스에서 멀리 떨어져 있지 않
았지만 숲속에 들어온 듯 고요하고 한적했다. 서양식 주택 양식으
로 지어진 5층짜리 건물은 르네 마그리트의 그림 속 저택처럼 평
화롭지만 꿈속의 풍경같이 비현실적이었다. 레몽뚜 장은 말없이
차에서 내리더니 검은 바바리코트를 펄럭이며 건물을 향해 앞장
서 걸어갔다. 홍마리와 조는 주홍빛 가로등에 비친 건물을 바라보
며 유령과 영혼을 떠올리는지 긴장한 얼굴이었다. 나는 건물 앞 화
단의 하얀 간판에 ‘더비 카운티 메디컬센터’라고 쓰인 푸른색 글자
를 보았다. ‘메디컬센터’라는 단어에 건물은 한순간 백 년쯤 세월
이 흐른 것처럼 쇠락하고 을씨년스러워 보였다.

프런트에 있던 푸른색 유니폼을 입은 간호사 두 명이 수다를 떨
다가 우리를 보곤 무뚝뚝한 표정을 지었다. 둘 중 뚱뚱하고 빨간 립
스틱을 바른 간호사가 껌을 씹으며 레몽뚜 장을 보고 알은체했다.

“장, 오랜만에 들렀네. 오늘은 손님까지 모시고. 501호 VIP룸 맞지?”

레몽뚜 장은 그녀의 이어지는 물음에는 아무 대꾸도 않고 지나
가다 걸음을 멈추었다.

"좀 어때?"

"늘 살아 있는 송장이지. 말귀는 못 알아들어도 튜브로 음식을 주입하면 용케 알아채고 토한다니까. 귀신이야."

뚱뚱한 간호사는 자기가 한 말이 뭐가 우스운지 낄낄대며 웃었다. 주위를 공허하게 만드는 괴괴한 웃음이었다. 우리는 간호사들을 뒤로하고 '메디컬센터'라기보다 유럽의 고급 호텔과 어울리는 선명한 붉은빛의 카펫이 깔려 있는 계단을 올라갔다. 등 뒤에서 바짝 따라오던 홍마리는 무언가를 깨달은 듯 더듬거렸다.

"송장…… 귀신……? 그럼 유령?"

레몽뚜 장은 501호의 하얀색 문을 잠시 노려보더니 활짝 열어젖혔다. 우리 세 사람은 서로의 눈빛을 보며 망설이다 그를 따라 들어갔다. 그곳은 VIP룸이라더니 가운데 침대 하나와 붉은색 일인용 소파가 여러 개 둥글게 놓여 있을 뿐 휑뎅그렁했다. 침대에는 하얀색 환자복을 입은 중년 여자가 누워 있었다. 그녀는 낯선 방문객이 그녀의 공간에 침입한 것도 모른 채 잠이 든 듯 누워 있었다. 햇빛을 받으면 살갗이 타버리는 드라큘라의 피부처럼 얼굴은 핏기 하나 없이 창백했다. 이상하게 들리겠지만 여자는 침대에 누워 있는 것이 너무 편안해 보여 침대와 마치 하나가 된 것 같았다. 그 모습은 어느 괴팍한 설치미술가의 실험 작품처럼 기묘하고 인상적이었다.

나는 여자가 입고 있는 환자복 때문에 그녀가 이곳에 들어오기 전 어떤 사람이었으며 어떤 삶을 살고 어떤 일을 했는지 도무지 짐작하기 힘들었다. 여자의 나이도 처음엔 오십 대 중년 여성으로 보였는데 가까이 다가가 피부를 보니 사십 대나 삼십 대 후반의 젊은 여자일지도 모른다는 생각이 들었다. 여자의 몸은 막 성장이 끝난 160센티미터의 소녀처럼 팔과 어깨가 가냘프고 왜소했다. 갑자기 창밖에 검은 새처럼 보이는 형체가 지나간 것 같아 고개를 돌렸다. 그때 머릿속에 난데없이 여자가 사람이 아니라 우레탄이라는 플라스틱 재질로 만들어진 구체 관절 인형일지도 모른다는 어처구니없는 생각이 스쳤다.

레몽뚜 장, 나, 홍마리, 조가 여자를 포위하듯 침대 주위로 빙, 둘러섰다. 그러나 여자는 아무 미동도 하지 않았다. 레몽뚜 장은 상상발전소에서 처음 만난 우리가 그날 밤 더비 카운티 메디컬센터에 온 이유를 감정 없는 목소리로 말하기 시작했다.

"여자의 이름은 리, 물론 가명입니다. 나이는 사십 대 전후로 추정되지만 이것도 정확하진 않습니다. 그러니까 현재로선 여자에 대해 밝혀진 게 아무것도 없습니다. 여자는 우리 네 사람 눈앞에 분명히 존재하지만 여자의 실체를 아는 사람은 아무도 없습니다. 여자가 발견된 건 지금으로부터 육 개월 전, 오후 다섯시 삼십분경, 서울 난지한강공원에서였습니다. 마태수 씨, 여자가 지금 죽은 것처럼 보이나요? 아니 홍마리 씨, 여자는 지금 잠을 자는 것 같나요? 조 씨, 여자의 상태를 무의식의 코마 상태라고 하면 좋을까요? 모두 당황한 얼굴이군요. 다행히 여러분이 서 있는 이곳은 장례식장이 아니라 더비 카운티 메디컬센터라는 특수 치료 기관입니다. 여자는 보시다시피 죽은 것도, 뇌사 상태도 아니라는 거죠. 또 뇌파를 측정해본 결과 여자는 잠을 자는 수면 상태도 아닌 것으로 판명되었습니다.

자, 마태수 씨, 오른쪽에 여자의 가슴과 복잡하게 연결된 선과 심박 측정기가 보이죠? 저 숫자는 여자의 바이탈 사인인 혈압과 맥박을 보여줍니다. 여자의 수축기 혈압은 50밀리그램, 이완기 혈압은 44밀리그램, 맥박수는 45회입니다. 정상 혈압 수치인 120밀리그램에서 80밀리그램과 정상 맥박수인 분당 60에서 80회 사이에서 많이 이탈한 숫자들입니다. 혈압이 저 정도가 계속되면 생명이 위태로운 상황이 됩니다. 주변의 말소리가 들리지 않고 서서히 의식을 잃어가며 환각 상태에 빠지거나 섬망 상태가 되는 거죠. 그런데 놀라운 사실을 말씀드리면, 여자는 난지한강공원에서 처음 발견되었던 그 당시의 혈압이 육 개월째 계속 지속되고 있습니다. 보통 사람이라면 벌써 경고음을 내며 심박 측정기가 일직선을 그리고 심장이 멈췄을 겁니다. 뭐 운이 좋다면 기적적으로 다시 회복해 정상인의 수치로 올라왔을 수도 있겠죠.

그리고 여자의 맥박수인 45회는 몇 시간씩 쉬지 않고 달리는 마라토너의 평소 맥박수 40에서 50회와 비슷한 지경입니다. 홍마리 씨, 이렇게 편안하게 누워 있는 여자가 어떻게 매일 달리기로 단련된 마라토너의 맥박수와 같은 걸까요? 조 씨, 무언가 이상하지 않습니까? 여자는 이곳 침대에 잠을 자는 것처럼 누워 있는데 여자의 의식은 다른 어디를 헤매며 무엇을 하고 있는 걸까요? 며칠도 아니고 벌써 육 개월째 말입니다. 놀랍고 두려운 일 아닌가요?

여기 모인 세 분은 여자가 발견된 난지한강공원에 대해 잘 아시는지? 명색은 공원이지만 멀리서부터 그 근처를 지나기만 해도 쓰레기 썩는 고약한 악취가 풍기는 곳입니다. 여자를 처음 발견한 공원 관리자의 말에 따르면 여자는 흰색 원피스를 입은 채 강물에 하반신이 반쯤 잠긴 모습이었다고 합니다. 해가 서쪽으로 지기 시작해 강물이 주홍빛으로 서서히 물들고 있는 서정적이고 아름다운 풍경 속에 잘못 걸려든 익사체처럼 믿기 어렵고 충격적인 광경이었죠. 그는 당연히 여자가 죽었다고 생각했습니다. 지난 밤, 서울의 많은 다리 중 하나에서 뛰어내린 여자가 밤새 떠내려와 난지한강공원까지 다다른 것이라고 생각했던 겁니다. 이상한 것은 익사체치고 여자의 몸이 그다지 퉁퉁 부풀어 있지 않았다는 것이었죠. 그래서인지 공원 관리자는 강물에 반쯤 잠긴 여자의 모습이 꽤 섹시하다고 느꼈고 곧 시체에게서 성적 매력을 느끼는 자신에게 깜짝 놀라며 당황했다고 합니다.

그는 여자의 몸에서 시선을 피하며 서둘러 정신을 차리고 경찰서에 전화를 하려고 했습니다. 바로 그때 희미한 신음 소리가 들려왔습니다. 그는 고개를 돌려 여자를 내려다보았죠. 여자는 또 한 번 자신이 살아 있다는 것을 알리려는 듯 낮게 신음 소리를 내뱉었습니다. 그는 그 순간 여자의 가녀린 쇄골이 꿈틀거리는 것을 분명히 보았죠. 여자는 살아 있었습니다. 그는 서둘러 여자에게 달려가 여자를 강물 밖으로 끌어냈습니다. 여자의 살결에서 따듯한 체온이 그의 손을 타고 전신으로 퍼져 나갔습니다. 그는 경찰서가 아닌 119 구급대에 전화를 걸었습니다. 한강에서 분홍색 희귀 펭귄을 발견한 것처럼 공원 관리자의 목소리는 들떠 있었죠. 육 개월 전, 난지한강공원에 하얀 원피스를 입은 채 물고기처럼 떠내려온 여자, 그날 이후 줄곧 이렇게 의식을 잃은 채 아무것도 알려진 것이 없는 여자, 그 미스터리한 여자가 여러분 앞에 누워 있는 겁니다.

이제, 왜 우리가 이곳에 왔는지 짐작하십니까? 여러분은 이 신원 불명 여자의 영혼을 잡기 위해 초대된 것입니다. 여자의 몸은 눈앞에 누워 있지만 여자의 영혼은 우리가 알지 못하는 어딘가를 육 개월째 떠돌고 있습니다. 육체로부터 이탈한 영혼을 찾아 이곳으로 붙잡아 오는 것이 여러분이 해야 할 일입니다. 도대체 어디서, 어떻게, 정체를 모르는 여자의 영혼을 붙잡을 수 있을까요? 방법은 간단합니다. 바로 여러분의 상상 속에서 가능한 일입니다. 여러분의 영혼 또한 자유롭게 풀어주는 겁니다. 그럼, 당신의 영혼이 알아서 여자를 찾아 헤매기 시작할 겁니다. 이 세계를 벗어나 두렵고 신비롭고 환상적인 다른 세계로 떠나는 거죠.

벌써부터 가슴 떨리나요? 미스터리한 여자를 찾아 떠나는 미지의 세계로의 여행! 물론 여자의 영혼을 붙잡아 오는 한 분께는 특

별한 선물이 기다리고 있습니다. 돈이냐고요? 세상에 돈으로 이룰
수 없는 일들이 많이 있죠. 여러분이 나를 찾아온 위험하고 뜨거운
숨은 열망, 그 열망을 현실로 만들어드리겠습니다. 저 레몽뚜 장이
말입니다. 제가 손에 들고 있는 보랏빛 음료가 보이나요? 이건 복
잡하고 어지러운 마음을 진정시키는 놀라운 음료입니다. 모두 둥
글게 마련된 붉은색 소파에 앉을까요? 자, 돌아가면서 한 모금씩
마시는 겁니다. 누구부터 마실까요? 마태수 씨부터 마실까요? 한
모금이면 충분합니다. 그럼 곧 안개 같은 잠이 쏟아지며 편안하고
기분 좋은 릴렉스한 상태가 될 것입니다. 마태수 씨 준비됐나요?”

그날 밤 나는 레몽뚜 장이 건네준 보랏빛 음료를 마시고 둥글게
놓인 붉은색 소파에 앉아 있던 것까지 기억했다. 보랏빛 음료는 혀
뿐만 아니라 정신이 마비될 것처럼 지독하게 달았다. 그러나 다음
순간, 가위로 기억을 단숨에 잘라낸 듯 툭 끊어져 있었다. 병원의
공기와 걱정스럽게 나를 바라보던 홍마리와 조의 눈빛, 레몽뚜 장
의 희미한 웃음소리까지 모든 것을 한순간에 잃어버렸다. 내 몸이
있던 세계로부터 한순간 추방당한 듯 아무것도 인식하지 못했다.
이상한 것은 육체를 이탈한 순간에도 나는 분명히 존재하고 있
었다는 것이다. 그때 내가 느낀 감정은 두려움이나 공포가 아닌 한
없는 자유로움과 푸른 물 위에 고요히 떠 있는 것 같은 편안함이었
다. 내가 분명히 인식하고 있었던 그것을 영혼, 혹은 의식이라고 해

야 좋을지 알 수 없지만 드넓은 우주 어딘가를 유유히 유영하는 기분이었다. 꿈을 꾸는 것 같았다고 해야 할까? 아니, 모든 것이 흐릿하고 아련한 꿈결과는 달리 작은 솜털까지 분명히 느껴지는 현실 속에 존재하는 또 다른 세계에 도달한 것 같았다.

시간과 공간과 중력의 거대한 폭풍을 한순간 통과한 듯 무서운 완력을 느끼며 눈을 번쩍 떴다. 한 줄기 백색의 햇빛이 동공을 찌르듯 파고들어 눈을 찡그렸다. 다시 눈을 뜨자 낯선 풍경 속에 들어와 있었다. 떠다니는 공기가 푸른색이라 이상하게 생각했는데 공기가 아니라 물이었다. 나는 물속에 들어와 있었다. 신기하게 숨이 막히지도 몸이 떠오르지도 않아 자연스럽게 걸었다. 저 앞에 똑같이 하얀색 지붕과 붉은색 벽돌로 지어진 서양식 주택이 양쪽으로 데칼코마니처럼 줄지어 있는 게 보였다. 물속에 지어진 집이라니. 호기심을 가지고 천천히 그 집들을 향해 다가갔다. 허공으로 떠오르는 기포 소리만 들려올 뿐 주위는 적막했다.

서양식 주택에는 집집마다 칙칙한 검은색 커튼이 쳐져 있었다. 커튼 때문에 집 안을 들여다볼 수 없다는 게 아쉬웠다. 누군가 커튼 뒤에 숨어 나를 지켜보는 것 같은 기분 나쁜 시선이 느껴지기도 했다. 어느 집 앞에 탐스럽게 피어 있는 주황색 튤립을 보고 꺾고 싶은 충동에 나도 모르게 손을 뻗었다. 손이 닿기가 무섭게 튤립은 물속에 비친 그림자처럼 사라지고 말았다. 다음 집의 선명한 파란 대문에도 손을 뻗어보았다. 그것 역시 손끝이 닿자마자 형체가 사라지듯 흩어졌다. 이 집들은 모두 진짜가 아니라 물에 비친 가짜 형상일 뿐인가. 그럼 진짜는 어디에 있는 걸까. 그때 어느 집에서 희미한 웃음소리와 텔레비전 광고 소리가 들려와 뒤를 돌아보았다. 소리는 툭 끊어지고 서늘한 정적 속에 기포 소리만 들려왔다.

앞집과 뒷집이 구별되지 않는 서양식 주택 사이에서 남자의 고함 소리와 여자의 짧은 비명 소리가 연달아 들려왔다. 소리가 들려온 곳이 왼쪽이었는지 오른쪽이었는지 헷갈렸다. 어느 집에선가 검은 커튼이 펄럭이는 것을 본 것 같았다. 나는 똑같은 카드 사이에서 진짜를 찾아야 하는 게임에 빠진 것처럼 비명 소리가 들려온 집을 찾기 위해 매섭게 그것들을 쏘아보았다. 똑같은 집들은 진짜를 숨기기 위한 함정이며 비명 소리가 들려온 그곳이 진짜라는 것을 알았다.

내가 다가가자 똑같은 서양식 주택들 중 하나가 거대한 괴물처럼 살짝 움찔거렸다. 그 집은 다른 집들보다 선명했고 위험하고 수상한 기운이 뿜어져 나왔다. 파란색 대문은 내가 손을 대기도 전에 낯선 방문객을 환영하듯 소리도 없이 저절로 열렸다. 바닥에 박힌 돌계단을 하나하나 밟으며 붉은 현관문을 향해 자석처럼 이끌려갔다. 문 앞에서 나는 두드릴 것인지 그냥 돌아가는 게 좋을지 망설이며 갈등했다. 그 순간, 난데없이 검은색 코트 자락을 펄럭이며 등 뒤에 레몽뚜 장이 서 있는 것이었다.

"마태수, 대체 뭘 망설이지?"

내가 대답도 못 하고 있는 사이 그는 내 등을 야멸치게 붉은 문 속으로 밀어버렸다. 나는 말랑말랑한 젤리를 통과하듯 문을 열지도 않고 투명 인간처럼 붉은 문을 통과했다. 의도하지 않게 침입자가 되자 야릇한 흥분과 두려움에 어깨를 움츠렸다. 집에 누군가 있다면 내가 집 안으로 뛰어든 소리를 들었을 것이다. 이대로 도망친다면 문밖에서 지키고 있는 레몽뚜 장이 나를 비웃을 것이다. 나는 조금 더 대담하게 집 안으로 걸어 들어갔다.

벽난로, 소파, 응접 테이블, 장식장으로 채워진 거실을 살펴보며 집주인의 취향이 결벽증이 있을 정도로 깔끔하다는 것을 알았다. 한쪽 벽에 줄을 맞춰 똑바로 걸려 있는 하얀색 액자들을 보면서 기가 질렸다. 집주인에 대한 호기심을 참지 못하고 사진을 하나하나 들여다보았다. 액자 속에는 노부부와 젊은 연인과 대학 학사모를 쓴 남자와 결혼사진과 막 태어난 갓난아이 사진이 섞여 있었다. 사진 속 인물들은 시간의 무게만 조금 다를 뿐 닮은 얼굴이었다. 모두 죽은 사람들처럼 굳은 표정이어서 집주인의 정체를 추리하기 힘들었다. 밖에서 들었던 남자의 고함 소리와 여자의 비명 소리를 떠올리며 집주인들은 사진 속에 없는 다른 사람들일지 모른다는 추측을 했다. 무언가 못마땅한 듯 굳은 얼굴로 찍힌 결혼사진 속 남자가 왠지 친숙하게 느껴졌지만 내가 그를 알고 있을 리가 없었다. 히스테릭한 고함 소리와 짧은 비명 소리는 이 집 어디에서 들려온 걸까. 비명 소리는 사라지고 이상하리만치 고요한 적막에 싸여 있는 집, 나는 무슨 일이 이미 벌어졌다는 것을 불길한 공기로 느꼈다.

그쯤에서 그만 주인에게 들키지 않고 집 밖으로 나가는 편이 좋을 것이다. 그러나 집 안으로 더 깊이 들어가고 싶은 강렬하고 위험한 욕망을 이겨내기 힘들었다. 아니, 나는 사진 속 남자를 직접 만나고 싶은 참을 수 없는 유혹을 느꼈다. 남자는 이 집 어딘가에 아직 숨어 있는지도 모른다. 나는 부엌 쪽에서 식욕을 돋우는 음식 냄새와 매캐한 연기 냄새가 나는 것을 알고 그쪽으로 향했다.

가스레인지에 올려놓은 팬 위에서 하얀 연기가 피어오르며 스테이크용 소고기가 시커멓게 타들어갔다. 그 옆에는 소고기, 토마토, 감자, 파프리카, 브로콜리가 들어간 수프가 보글보글 끓어 넘쳤다. 나도 모르게 입안에 침이 감도는 것을 느끼며 서둘러 가스레인지의 불을 껐다. 조금 전까지 맛있는 스테이크를 굽고 수프를 끓이다 말고 여자는 어디로 급히 사라진 걸까. 나는 부엌 식탁에 어지럽게 흐트러져 있는 음식 재료와 소스 병들과 뚜껑이 열려 있는 포도주를 보며 천천히 두려운 걸음을 옮겼다.

그때 등 뒤에서 누군가의 인기척이 느껴져 돌아보았다.

"쳇, 이게 찌개야, 국이야? 맛도 더럽게 없게 끓였군. 무슨 찌개에 토마토가 들어가?"

난데없이 돼지같이 살찐 조가 그곳에 서서 국자로 수프를 떠먹으며 투덜거리고 있는 것이었다. 나는 상상발전소에서 만난 조를 이 집에서 다시 만난 게 어이가 없고 기분 나빴다.

"당신이 여기 어떻게 들어왔어요? 그리고 주인 허락 없이 맘대로 손을 대면 어떡합니까? 그건 찌개가 아니라 수프예요. 러시안 수프."

"난 또 기막힌 게 있나 해서 당신 상상 속에 따라 들어와봤지. 근데 진부하기 짝이 없군. 찌갠지 수픈지 이따위 맛없는 꿀꿀이죽이나 끓이고 있는 꼴이라니. 이래서야 레몽뚜 장이 말한 여자를 찾을 수 있겠어?"

"뭐라고요? 꿀꿀이죽?"

발끈하며 조에게 소리친 순간, 나는 타일 바닥에서 미끈거리는 액체를 밟고 뒤로 넘어질 뻔했다. 내가 밟은 시럽 같은 붉은 액체가 피라는 것을 알고 놀라 뒷걸음질 쳤다. 꽃잎처럼 떨어져 있는 핏자국을 따라 냉장고 앞으로 걸어갔다. 그곳에는 여자가 냉장고 문을 열어놓은 채 차가운 부엌 바닥에 등을 보이며 쓰러져 있었다. 여자는 냉장고에서 우유나 샐러리 따위를 꺼내려던 것뿐이었다. 나는 비명을 질렀던 여자가 이 집의 여주인이라는 것을 알았다. 여자 주변에는 포도주 한 병을 쏟은 것처럼 많은 양의 피가 흥건하게 고여 부엌 타일을 타고 내 쪽으로 빠르게 흘러왔다. 한눈에도 가슴과 등 여기저기를 사정없이 찔렸다는 것을 알았다. 범인은 처음부터 여자를 죽이려던 게 아니었다. 범인은 그저 여자에게 자신의 극심한 분노와 불안을 쏟아냈을 뿐이었다. 나는 여자 허리 근처에서 칼이 아닌 피 묻은 와인 오프너를 발견했다.

여자는 죽은 것처럼 보였다. 아니, 저 몰골이라면 죽는 편이 더 나았다. 저토록 끔찍하게 와인 오프너에 여기저기 찔리고도 아직까지 숨이 붙어 있다면, 나라도 여자의 고통을 끊어주고 싶었다. 저렇게까지 너덜너덜하게 찔러야 했을까. 여자는 동정심을 느끼기조차 힘들 정도로 끔찍하게 훼손되었다. 와인 오프너 손잡이에는 여자를 찌른 누군가의 광기가 핏자국이 된 채 말라붙어 있었다. 문득 내가 그를 알고 있을지도 모른다는 불안감에 숨이 막혀왔다. 그때 흥미롭다는 듯한 조의 목소리가 들려왔다.

"세상에, 파티를 해도 남아돌겠군. 이 집 주인 키친 알코올릭 환자가 분명해."

조가 열어젖힌 싱크대 안에는 수십 병의 포도주가 핏빛 욕망을 숨긴 채 가득 쌓여 있었다. 조의 말대로 술을 숨겨놓고 마시는 아내를 남편이 무참히 와인 오프너로 살해한 것일까. 나는 식탁 위에 누군가 반쯤 마신, 뚜껑이 열려 있는 포도주를 수상하게 바라보았다. 누가 저 포도주를 마신 걸까.

그때 거실에서 인기척이 들려왔다. 나는 도망치지 않고 그자의 얼굴을 똑똑히 보기 위해 거실로 뛰어 나갔다. 한 남자가 욕실에서 막 나오다 나를 보고 얼어붙은 얼굴로 서 있었다. 그는 세수를 하고 팔뚝을 씻고 나온 듯 얼굴과 손에서 물이 뚝뚝 떨어졌다. 그의 팔뚝에 난 상처에서 피가 계속 흘러내리는 것을 보았다. 와인 오프너에 찔린 상처가 분명했다. 얼굴에서 흘러내리고 있는 물기 때문에 그는 울고 있는 것처럼 보였다. 아니, 진짜 울고 있는 것인지도 몰랐다. 그는 자신의 집에 침입한 나를 보고 혼란스럽고 절망적이고 당황한 얼굴이었다. 슬픔과 두려움에 질린 눈빛이 흔들렸다. 저 눈빛은 술에 취한 알코올의존증 환자의 것일까. 나는 그를 알고 있었지만 그는 나를 알아보지 못했다. 사진 속에서만 봤던 젊은 그는 내 아버지였다.

그는 이미 벌어진 잔인한 현실과 그 앞에 서 있는 나를 부정하듯 얼굴을 일그러뜨렸다.

"당신 누군데 남의 집에 함부로 들어왔어?"

"저 태수예요, 아버지."

그는 놀라움과 충격에 울음을 터뜨릴 것 같은 얼굴로 목소리가 갈라져 나왔다.

"아냐…… 내 아들은 이제 백일도 안 됐어……. 이건 악몽이야……."

"누가 엄마를 저렇게 만들었어요?"

그는 요람에 누워 있는 어린 나에게 테러리즘과 토네이도와 살인에 대한 신문 기사를 담담한 목소리로 읽어주곤 했는데 지금은 몹시 당황하고 패닉에 빠진 모습이었다.

"아니, 그건 사고였어. 또 포도주를 마시는 네 엄마를 말린 것뿐인데 그 여자가 나에게 달려들어 와인 오프너로 팔뚝을 찔렀어. 난 와인 오프너를 빼앗으려고 몸싸움을 하다가 잘못해서 네 엄마 가슴을 찌르고…… 제정신이 아닌 네 엄마가 또 나에게 달려들고, 네 엄마는 알코올의존증 환자란다……."

그는 탄식하듯 더 이상 말끝을 맺지 못했다. 그때 부엌에서 검은 색 원피스를 입은 홍마리가 파티라도 즐기는 듯 손에 와인글라스를 들고 걸어 나왔다. 그녀는 와인을 한 모금 마시더니 나를 조롱하듯 비웃었다.

"마태수 씨, 이게 상상이에요? 누가 당신 구질구질한 과거 얘기가 듣고 싶대요?"

어느 틈에 조도 부엌에서 걸어 나와 홍마리 옆에서 기분 나쁘게 웃어댔다. 그는 손에 들고 있는 것을 장난처럼 눈앞에서 흔들어 보였다.

"그래도 이 와인 오프너는 재밌었어. 이제 흉기로 부엌칼은 좀 지겹잖아."

갑자기 내 아버지는 이 상황을 견디기 힘들다는 듯 짐승 같은 비명을 지르며 나를 밀치고 집을 뛰쳐나갔다. 그는 내 상상 속에서 도망쳐 어디로 가려는 것일까. 밖으로 나가봐야 똑같은 수십 개의 붉은색 서양식 주택 사이에서 헤어나지 못할 것이다. 그는 또 다른 서양식 주택에 들어가도 나를 만나게 될 것이다. 그리고 부엌 바닥에 쓰러져 있는 피 묻은 엄마의 시체를 보게 될 것이다. 아무리 악몽에서 깨어나려고 발버둥 쳐도 내 상상에 갇힌 그는 영원히 이곳에서 벗어날 수 없을 것이다.

순간 누군가 2층으로 통하는 계단을 뛰어올라가는 소리를 들었다. 희끄무레한 그것은 하얀 원피스를 입은 여자였다. 조가 소리쳤다.

"멍청히 서서 뭐 해? 얼른 뛰어가 저 여자 잡지 않고!"

나는 여자를 쫓아 계단을 뛰어올라갔다. 2층에 올라갔을 때 여자는 모습을 감추었다. 그때 살짝 열린 방문 틈에서 아이 울음소리가 새어 나왔다. 소리를 따라 휘청거리며 걸음을 옮겼다. 문을 열자 하얀 원피스를 입은 그 여자가 태연히 요람을 바라보며 꼼짝 않고 서 있었다. 더비 카운티 메디컬센터에 누워 있던 여자가 틀림없었다. 여자는 내 코앞에 있었다. 몇 발짝만 다가가 손을 뻗으면 잡을 수도 있었다. 그제야 여자의 하얀 원피스 여기저기에 피가 튀고 여자의 손이 피에 젖어 있는 것을 보았다. 피투성이가 왼 채 부엌 바닥에서 차갑게 식어가는 엄마의 주검은 여자의 짓이란 말인가. 여자의 정체는 무엇인데 내 상상 속에서 살인을 저지르고 다니는 걸까.

나는 여자를 잡아 추궁하고 싶은 마음에 다급히 손을 뻗었다. 그때 여자는 요람에 누워 있는 아이를 피 묻은 손으로 들어 올렸다. 아이의 하얀 내복은 여자의 손에 묻은 피로 더럽혀졌다. 아이는 허공에서 다리를 버둥거리며 갑자기 자지러지게 울음을 터트렸다. 저 아이가 바로 나인가. 여자는 아이를 어쩔 셈인가. 가슴이 옥죄어들며 머리가 깨질 듯 아파왔다.

그 순간 여자는 천천히 나를 향해 고개를 돌렸다. 여자의 왼쪽 눈 밑에는 잘라낸 손톱 같은 상처가 나 있었다. 나는 엉뚱하게 그것이 초승달 같다고 생각했다. 여자는 싸늘한 눈빛으로 나를 보며 무슨 말인가를 속삭였다.

나를 잡으려면 더 끔찍하고 기괴한 상상을 해봐…… 내가 이 아이를 어떻게 할까…….

나는 여자와 아이가 빙글빙글 도는 것 같은 어지럼증을 느끼며 순간, 정신을 잃었다.

홍마리

어둠 속에서 새끼 고양이가 우는 것 같은 가녀린 바람 소리가 들려왔다. 검은 나뭇잎들은 자기들끼리 비밀스런 수다를 떨고 있는 듯 미세하게 흔들거렸다. 더비 카운티 메디컬센터는 을씨년스럽고 스산한 분위기를 풍겼다. 다운타운에서 불과 차로 십오 분쯤 걸리는 거리에 떨어져 있었는데도 먼 남쪽 외딴섬에 온 것처럼 고립되고 황량한 공기가 감돌았다. 이곳에 갇힌 환자들의 공포에 질린 얼굴을 상상하며 아랫입술을 깨문 채 건물 안으로 들어갔다.

레몽뚜 장과 우리 셋은 서로 맞지 않는 퍼즐 조각처럼 불편하고 어색한 모습으로 떨어져 걸어갔다. 레몽뚜 장은 도망자를 쫓는 추격자처럼 예민하고 신경질적인 얼굴로 앞장서 걸어갔고 그 뒤를 개와 여우의 눈빛을 반반씩 닮아 순진하면서도 사악해 보이는 마태수가 건들거리며 따라갔다. 그에 반해 조는 비대한 체격에 초콜 릿이 없어 초조한 우울증 환자처럼 불안한 얼굴로 주위를 두리번 거렸다. 진한 검정 아이라인에 검정 하이힐과 마크 제이콥스 핑크 색 가방을 든 나는 어떻게 비춰질까. 백화점에서 핑크색 가방 속에 스카프를 훔쳐 달아나는 여자처럼 더비 카운티 메디컬센터의 회전 문을 재빨리 통과했다. 누구도 서로의 진짜 모습을 알지 못한다는 사실에 오히려 마음이 편안했다.

나는 501호 앞에서 급하강하는 엘리베이터를 탄 듯 현기증을 느 꼈지만 곧 괜찮아졌다. 병실 중앙 침대에 여자는 정물 같은 모습으 로 도도한 매력을 풍기며 누워 있었다. 여자의 핏기 없는 입술, 긴 속눈썹, 창백한 얼굴은 죽은 사람에게서 느껴지는 불가사의하고 두려운 기운을 풍겼다. 악취가 떠도는 난지한강공원 기슭에서 떠 밀려온 것치고 너무 아름다운 육체였다. 그러나 여자의 영혼은 육 개월째 돌아오지 않고 있었다. 나는 저토록 태연히 누워 있으면서 어둡고 음습한 것들로 넘쳐나는 거리를 떠도는 또 다른 여자의 모 습을 떠올렸다.

난지한강공원에서 발견된 미스터리한 여자라는 사실은 송아지 핏빛 간 요리와 프랑스 와인의 여왕 사또 마고를 마주한 것처럼 떨 리고 흥분되는 일이었다. 레몽뚜 장이 건네준 보랏빛 음료에서는 아무 향기도 나지 않았다. 이 음료를 마시고 상상 속으로 들어가 식 물처럼 누워 있는 여자의 영혼을 찾아라? 정말 상상만으로 육 개월째 식물인간으로 누워 있는 여자를 깨어나게 할 수 있을까. 레몽뚜 장은 우리에게 위험한 게임을 제안한 것인지도 모른다. 보랏빛 음료를 마시면 여자처럼 의식을 잃고 다시 깨어나지 못하는 것은 아닐까. 그러나 여자의 영혼을 만나 한 번도 가보지 못한 짜릿하고 위험하고 두려운 세계로 가보고 싶었다. 그곳에 가면 알지 못하는 또 다른 나를 만날 수 있지 않을까. 나는 떨리는 마음으로 손에 들고 있는 보랏빛 음료를 한 모금 들이켰다. 순간 전기가 통하듯 혀에 짜릿한 자극이 느껴졌고 그대로 정신을 잃어버렸다.

저 희뿌연 연기는 담배 연기일까, 대마초 연기일까. 아니면 동전 다섯 개, 혹은 초콜릿 바의 무게와 비슷한 21그램밖에 안 되는 누군가의 몸에서 빠져나온 자유로운 영혼일까. 붉고 푸른 조명 사이로 끈적끈적하고 두통을 불러일으키는 제3세계의 낯선 음악이 흘러나오고 술과 약물에 취한 외국인 남자들과 여자들이 몽롱한 눈빛으로 비틀거리며 몸을 흔들었다. 이곳은 어디일까. 나는 어디에 있는 걸까. 한순간 동공이 커지며 정신이 들었다. 나는 요란하게 깜빡거리는 조악한 전구, 허공에 흔들리는 가짜 보석 장식, 천장에서 어지럽게 돌고 있는 네온사인으로 둘러싸인 무대에 서 있었다. 몸에는 검은색 속옷 위로 배와 허벅지와 종아리가 훤히 비치는 붉은색 망사 원피스가 아슬아슬하게 걸쳐져 있었다. 팔찌와 목걸이와 귀고리를 주렁주렁 달고 허리를 요염하게 흔들고 있는 나는 무희였다.

현기증을 느끼며 휘청거리다 계단을 밟고 무대 아래로 천천히 내려왔다. 다른 무희들은 여전히 무언가에 취한 듯 춤을 추고 있었고 소파나 테이블 여기저기 뒤엉켜 있는 사람들 누구도 내 행동을 주시하는 이는 없었다. 이곳은 동남아의 어느 술집이거나 테헤란의 비밀 지하 클럽인지도 몰랐다. 나는 목이 심하게 말랐고 정신을 차리기 위해 차가운 물 한 잔이 절실했다. 흑인 남자와 백인 남자, 동양 여자와 백인 여자가 낙지처럼 뒤엉켜 있는 광경을 지나치며 어지럽게 술병이 놓여 있는 테이블에서 생수를 찾았다. 낯선 외국어가 적혀 있는 생수병을 발견하고 손을 뻗자 누군가 낚아채듯 내 손목을 붙들었다. 머리카락을 빡빡 민 흑인 남자가 두꺼운 입술을 떨고 웃으며 날카롭게 나를 쏘아보았다. 검은 피부 때문에 유독 도드라져 보이는 흰자위에는 붉은 핏발이 곤두서 지렁이처럼 꿈틀거렸다. 그는 내 손목을 붙잡고 놓지 않았다.

"한잔 마실래?"

그는 그제야 손목을 풀어주며 유리병에 담긴 노르스름한 형광빛 알코올을 유리잔에 삼분의 일쯤 따랐다. 언젠가 이런 술병에 담긴 뿌연 형광색 술을 본 적이 있었다. 이것은 혹시 '악마의 술'이라고 불리며 환각을 일으키는 압생트가 아닐까. 고흐는 환각 속에서만 보이는 자신만의 노란색을 보기 위해 압생트를 마셨다. 고갱과 다투고 발작처럼 자신의 왼쪽 귀를 잘라낸 고흐는 그날 밤도 압생트를 마셨는지 모른다. 나는 떨리는 손으로 흑인 남자가 건네는 형광

빛 술을 받아들었다. 쑥과 감초와 아니스 향이 시원하게 코를 자극
했다. 나는 술잔을 건네받자 목이 타들어가는 것처럼 말랐고 괜찮
다는 듯 고개를 끄덕이며 웃는 남자의 미소에 이끌려 유리잔을 입
술로 가져갔다.

함부로 마시면 안 돼.

어디선가 다른 세계 속에서 들려오는 듯한 아득한 목소리가 들
려왔다. 레몽뚜 장의 목소리일까. 나는 똑같은 선율이 주문처럼 반
복되는 음악과 희뿌연 연기 속에 아무 두려움과 의심도 없이 형광
빛 알코올을 목구멍으로 들이켰다. 두려울 정도로 향긋했고 또 다
른 세계로 추락하듯 어지러웠다.

"넌 누구지?"

흑인 남자의 목소리가 메아리처럼 까마득하게 멀어지며 그의 얼
굴이 두 개에서 세 개, 네 개로 늘어나 보였다. 나는 어느 쪽이 진짜
그인지 알지 못해 네 개의 그를 향해 멍청한 표정을 지었다.

"나는…… 나는…… 모르겠어요."

내 대답이 그를 흡족하게 만들었는지 남자는 흐흐흐, 소리 내어
웃었다. 나는 정말 누구인지 이름도 나이도 아무것도 떠오르지 않
았다. 샤워 커튼 같은 뿌연 막 앞에서 누군가 나를 지켜보는 것 같
은 기분 나쁘고 섬뜩한 느낌이 들었다. 그 막 건너편에 있는 누군가
가 나 자신인지 다른 누구인지 알 수 없어 초조하고 두려웠다.

흑인 남자의 손에 이끌려 들어간 곳은 붉은 휘장, 붉은 벽지, 붉

은 소파 등 온통 붉은색으로 장식된 넓은 룸이었다. 조금 전 남자가 준 형광빛 알코올 때문인지 모든 것이 하나에서 두 개로 겹쳐져 흐릿하게 보였다. 두렵기보다 묘하게 심장이 두근거리며 기분이 좋은 것도 형광빛 술 때문인지 몰랐다. 룸에는 사람들이 꽤 많이 모여 있었다. 커튼 정중앙에 놓인 기다란 소파에는 가슴까지 내려오는 금발 머리에 진한 보랏빛 입술 화장을 한 여자와 민머리에 검은 아이라인으로 눈매와 입술만 기괴하게 강조한 남자 형상을 한 누군가가 비스듬히 누워 손에 청동 술잔을 들고 있었다. 은색과 금색이 뒤섞인 드레스를 입고 있는 그 혹은 그녀는 남자인지 여자인지 분간할 수 없었지만 지금껏 보았던 여자들과 달리 기묘하고 낯선 매력을 풍겼다.

노란색, 붉은색, 주황색이 뒤섞여 그의 목과 팔에 주렁주렁 감겨 있는 것은 목걸이와 팔찌가 아니었다. 목걸이와 팔찌가 서서히 움직이는가 싶더니 실뱀들이 머리를 들어 붉고 긴 혀를 날름거리며 나를 노려보았다. 그의 양옆에는 실오라기 하나 걸치지 않은 흑인과 백인 여자들이 서로의 팔과 다리가 뒤엉킨 채 알 수 없는 웃음을 흘렸다. 그녀들은 수치심을 느끼지 않는 자연스런 몸짓이었으며 나 또한 그녀들의 벗은 몸에서 아무 감정을 느끼지 못했다. 테이블 위에는 술병, 청동 술잔, 과일, 칠면조 요리가 하나 가득 차려져 있었다. 나는 특별한 비밀 파티에 초대된 듯 야릇한 흥분을 느꼈다. 이 모든 것은 형광빛 알코올이 만들어낸 환영일까. 아무래도 좋을 만큼 몸이 나른해져갔고 정신은 뜨거운 욕조에서 풀어지듯 기분이 좋았다.

여자들 무리 중 한 동양 여자가 테이블 가운데로 기어 나왔다. 여자는 두 다리가 멀쩡히 있는데도 두 팔과 두 다리로 짐승처럼 기어 나왔다. 술잔이 쓰러져 술이 쏟아지고 과일 접시가 바닥으로 떨어져 깨졌지만 누구도 개의치 않고 흥미롭다는 눈길로 여자를 지켜보았다. 여자가 네발로 걸을 때마다 검은 긴 머리카락과 풍만한 가슴이 리듬에 맞춰 출렁거렸다. 여자는 내 앞까지 기어오더니 걸음을 멈추었다. 그리고 고개를 들어 매서운 눈길로 나를 바라보았다. 순간 여자의 눈빛이 낯이 익다고 생각했다. 나는 여자를 어디서 만났는지 기억나지 않았다.

여자는 갑자기 살기 어린 눈빛으로 노려보더니 개처럼 짖기 시작했다. 으르렁거리는 여자의 하얀 송곳니와 입가에 흘러내리는 침을 보며 나도 모르게 한발 뒤로 물러났다. 나체로 누워 있던 여자들이 한쪽에서 낄낄거리며 야유하는 소리가 들렸다. 순수할 정도로 맹목적인 적의를 품고 있는 여자의 희멀건 눈동자에 소름끼쳤다. 여자는 방심하고 있는 틈에 나에게 달려들었다. 입고 있던 붉은 망사 옷이 여자의 이에 물려 가차 없이 찢겨 나갔다. 나는 검은색 브래지어와 팬티 차림으로 사람들 앞에 둘러싸였다. 지켜보던 여자들은 소리를 지르며 환호했고 여기저기서 나를 비웃는 웃음을 터트렸다. 그때 내가 몸을 떨었던 것은 수치심이 아니라 여자를 향해 치솟는 맹렬한 분노 때문이었다. 내 앞에서 거친 숨을 몰아쉬며 으르렁대고 있는 여자가 무엇을 원하는지 그제야 깨달았다. 나는 테이블 위로 올라가 여자처럼 무릎을 꿇었다. 그리고 여자의 목덜미를 향해 이를 드러내며 짐승 같은 소리를 내고 있었다.

네발로 기자 알지 못하던 먼 시절의 기억이 아련히 떠오르며 몸의 감각이 되살아나는 것 같았다. 오래전 나는 네발로 숲과 강과 들판을 자유롭게 뛰어다녔다. 기는 자세는 생각처럼 굴욕적이지 않았으며 공격하고 방어하기에 유리했다. 여자와 나는 서로 팽팽하게 대치했다. 우리를 둘러싼 여자들의 함성에 분위기는 달아올랐고 나는 알 수 없는 열기에 점점 빠져들었다. 여자들 사이에서 조와 마태수와 검은 바바리코트의 레몽뚜 장이 흥미롭다는 눈길로 이쪽을 바라보았다. 조는 테이블 위의 사과를 한 입 베어 물며 중얼거렸다.

"지금까지 완전 내숭을 떨고 있었군."

마태수는 맥주를 병째 들이켜며 킥복싱 경기장에 온 듯 신나 소리 질렀다.

"와우, 파티 죽이는데요! 안 그래요? 레몽뚜 장?"

굳은 표정으로 서 있던 레몽뚜 장은 누군가를 쫓는 듯 여자들 속에서 급히 사라졌다.

그때 여자는 내 어깨로 달려들어 살 속에 날카로운 이를 박아 넣었다. 저항하려고 몸부림치는 사이, 후크가 떨어지며 브래지어가 벗겨졌다. 여자들은 일제히 환호성을 질렀고, 그 순간 이상하게도 홀가분해진 것을 느꼈다.

나는 완전히 다른 존재가 된 것 같았다. 여자의 어깨를 노려보자 알 수 없는 흥분감에 가슴이 뛰었다. 저 하얗고 매끄러운 살결에 차가운 이를 박아 넣고 그녀의 피 맛을 즐기고 싶었다. 저 아름다운 육체, 살아 움직이는 심장을 날카로운 송곳니로 갈기갈기 찢어놓고 싶었다. 살기 위해 발버둥 치는 생생한 꿈틀거림과 간절한 눈빛을 두 눈으로 확인하고 싶었다. 나는 어느 때보다 강렬하고 마력적인 충동에 이끌려 그녀를 향해 달려들었다.

부드러운 여자의 살결에 단단한 내 이가 박히는 순간, 주위에선 광기에 휩싸인 듯 소리를 지르며 나와 여자를 향해 포도주를 퍼붓고 과일을 집어 던졌다. 여자는 나에게 어깨를 물린 채 비명을 지르며 몸을 뒤틀었고 내 입속에는 들척지근하고 비릿한 피가 흘러들었다. 다음 순간, 내 반대쪽 어깨에 으스러질 듯한 소리가 나며 여자의 날카로운 이가 와서 박혔다. 어깨의 살점이 떨어져 나갈 것처럼 얼얼한 통증이 전신에 퍼졌지만 나는 여자의 어깨를 물고 놓지 않았다. 여자의 어깨와 마찬가지로 내 어깨에서도 포도즙 같은 끈적끈적한 피가 흘러내렸다. 여자의 어깨를 더 세게 물수록 그만큼 나는 더 고통스러웠다. 여자와 나는 언제까지고 서로를 물고 놓지 않은 채 피를 흘리다 죽어갈 것 같았다. 나는 정신을 잃을 것처럼 아득해지는 것을 느끼며 중앙에 뱀을 휘감고 있는 그가 무언가 알 수 없는 말을 허공에 중얼거리는 것을 들었다. 그 순간, 그의 몸을 휘감고 있던 수많은 뱀들이 서서히 나와 여자를 향해 기어오기 시작했다. 나는 아무것도 두렵지 않았고 짜릿한 희열과 고통과 잔인한 슬픔을 느끼며 모든 것을 기다리듯 눈을 감았다.

주위가 백색으로 환해졌다. 머리를 도넛처럼 양쪽으로 딴 일곱 살짜리 여자아이가 연립주택 복도를 달려갔다. 아이는 노란색 유치원복에 노란색 유치원 가방을 어깨에 멨다. 나는 여자아이를 뒤쫓아 달려갔다. 연립주택에선 사람이 살지 않은 듯 아무 소리도 들리지 않았다. 여자아이는 깨금발을 하고 목에 걸린 열쇠로 어느 집 문을 열고 사라져버렸다. 나는 여자아이가 사라진 집 앞에서 망설이다 문을 열었다. 한낮이었는데도 집 안에는 동굴처럼 괴괴하고 축축한 공기가 떠돌았다. 여자아이는 어디로 사라진 걸까. 이곳은 어디일까. 나는 다시 철문을 열고 집 밖으로 도망치고 싶었지만 무겁고 축축한 공기가 끈적끈적하게 발목을 붙들었다. 희미한 약 냄새, 쾨쾨한 곰팡이 냄새, 싱크대에 쌓여 있는 설거짓거리, 썩은 음식 냄새가 집 안을 한층 우울하게 만들었다.

좁은 부엌으로 걸어가자 어느 틈에 나타났는지 마태수가 배고픈 얼굴로 냉장고 문을 열었다. 상한 김치와 검은 물을 흘리며 썩어가는 양파와 하얗게 곰팡이가 핀 토마토 사이를 바퀴벌레 두 마리가 재빠르게 횡단했다. 마태수는 우유를 꺼내 통찌로 한 모금 들이켜자마자 싱크대에 뱉어내고 나를 힐난하듯 투덜거렸다.

"씨발, 제대로 된 게 없는 집구석이네. 파티 분위기 좋았는데, 왜 이런 구질구질한 소굴로 들어온 거야?"

우유는 유통기간이 보름이나 지나 있었다. 마태수가 우유를 싱크대에 던져버리자 아슬아슬하게 쌓여 있는 접시들이 와르르 무너졌다. 그때 거실에서 지지직거리는 화이트 노이즈와 함께 텔레비전이 켜지는 소리가 들렸다. 그곳엔 조가 쥐새끼들이 여기저기 갉아놓은 것 같은 낡은 소파에 앉아 두 손을 들며 영문을 모르겠다는 표정을 지었다.

"건드리지 않았는데 저절로 켜진 거라고. 상상이란 거 깊이 들어가봐야 기분만 불쾌해지는군."

검은 먼지 같은 노이즈가 사라지더니 화면에는 생일 케이크와 과일이 보이고 알록달록한 한복을 입은 아이들이 나타났다. 유치원 생일 파티인 것 같았다. 화면에 한 여자아이가 클로즈업되어 비춰졌다. 아까 연립주택 복도에서 뛰어가던 여자아이가 틀림없었다. 여자아이는 사라져 텔레비전 속으로 들어간 것일까. 마태수가 텔레비전 속 여자아이와 나를 번갈아 보더니 뭔가 발견한 듯 손가락으로 화면을 가리켰다.

"어 저 꼬맹이, 홍마리 씨 닮았는데요? 귀여운데."

그러고 보니 여자아이는 나를 닮은 것도 같았다. 저 여자아이가 나인가. 그럼 이 연립주택은 내가 어릴 때 살던 곳인가. 그때 화면 속 여자아이가 머리에 종이 왕관을 쓰고 마이크 앞에서 노래를 하기 시작했다.

나는 나는 나는 될 터이다. 미스코리아가 될 터이다.

다른 아이들은 모두 의사나 판사나 선생님이 되겠다고 앵무새처럼 똑같이 노래를 불렀지만 여자아이는 아이들과 다른 꿈을 노래했다. 여자아이의 뒤편에는 다른 아이들처럼 예쁜 한복을 입은 엄마가 보이지 않았다. 아이의 엄마는 유치원 생일잔치에도 오지 않고 어디로 간 것일까. 순간 화면에 또다시 화이트 노이즈가 나타나며 신경을 거슬리게 하는 잡음이 들려왔다. 그때였다. 건너편의 굳게 닫힌 방 안에서 흐느끼는 소리가 들렸다.

집 안은 한순간 어두워지며 축축한 늪에 빠진 듯 적막해졌다. 베란다 밖 하늘은 현기증이 날 정도로 투명하고 비현실적인 하늘색이었다. 다시 집 안을 돌아보자, 소파에 앉아 있던 조와 마태수가 사라지고 없었다. 낡은 나무 문 건너편에서 또다시 기분 나쁜 흐느끼는 소리가 들려왔다.

나는 그쯤에서 그만 집 밖으로 달아나고 싶었지만 몸은 의지와는 달리 소리가 들려오는 방으로 끌려갔다. 차가운 손잡이에 손을 대자 기분 나쁜 것이 축축하게 달라붙는 것 같아 몸서리쳐졌다. 문을 열면 시퍼런 바다나 다른 세계가 펼쳐지길 바라며 눈을 질끈 감았다. 방 한구석에 헝클어진 머리카락을 풀어 헤친 채 몸을 벌벌 떨고 있는 여자가 기이한 짐승처럼 웅크리고 있었다.

그녀는 내가 방에 들어서자 두려움을 느낀 듯 몸을 움츠리며 흠칫흠칫 떨었다. 이불에는 누런 얼룩이 말라붙었고 지린내가 진동했다. 낡은 양은 냄비에는 퉁퉁 불어터진 라면에서 쉰내가 피어올랐고 눈으로 보지 않아도 하얀 구더기가 들끓고 있을 것이었다. 말라비틀어진 밥공기에는 바퀴벌레가 보란 듯이 왔다 갔다 했다. 이 방에서 가장 참을 수 없는 악취의 근원지는 그녀의 몸이었다. 언제 마지막으로 씻었는지 알 수 없는 그녀의 몸에서는 여기저기 곪은 부스럼과 고름과 핏물이 갑각류의 껍질처럼 징그럽게 말라비틀어져 있었다. 그녀의 옷을 벗기면 몸 구석구석 숨어 있던 수백 마리의 벌레들이 우수수 사방으로 흩어져버릴 것 같아 손을 뻗을 수 없었다. 그녀는 내가 아무 말도 하지 않았는데도 싫다는 듯 가끔 혼자 고개를 가로저었다. 그리고 참을 수 없다는 듯 길게 자라 때가 긴 손톱으로 머릿속을 긁어댔다. 그때마다 검은 머리카락 속에 숨어 있는 그녀의 얼굴이 언뜻언뜻 드러났다. 그녀는 내 엄마였다.

그녀의 얼굴은 시너에 녹아 뺨과 코와 입술이 촛농처럼 엉겨 붙어 빨갛고 흉측하게 부풀었다. 그녀가 내 엄마라는 걸 알 수 있는 것은 붉은 살덩이 속에 번뜩이는 두 개의 눈동자뿐이었다. 그 눈빛도 예전에 나를 안아주고 노래를 불러주던 엄마의 눈빛이 아니었다. 얼굴이 녹아버리자 눈동자는 전혀 다른 생물처럼 그녀의 얼굴 속에 파묻혀 징그럽게 번들거리며 기괴하게 기생했다. 그 눈동자는 나와 오빠 누구도 기억하지 못하고 자기 안의 어둠을 파먹으며 헤어나지 못했다. 나는 엄마가 가엽게 생각되다가도 눈동자와 마주치면 소름이 끼쳐 시너가 그녀의 눈동자까지 전부 녹여버리지 못한 것이 한스러웠다.

그녀는 더 이상 내 엄마가 아니었다. 자기만의 세계 속에 빠져 징그러운 눈동자를 키우는 악취 나는 살덩이일 뿐이었다. 얼른 오빠가 자라 더럽고 끔찍한 숙주를 불에 태워 감쪽같이 세상에서 사라지게 하길 바랐다. 아주 가끔 라면과 물만을 주었는데도 그녀는 매일매일 살아 있었다. 일곱 살인 내가 할 수 있는 일은 가끔 방문을 열고 그녀가 살아 있는지 확인하는 것이 전부였다.

그녀는 손톱으로 머리를 긁다 지쳤는지 손을 뻗어 방바닥에 나뒹구는 머리빗을 집어 들었다. 그리고 뒤엉켜 있는 머리카락을 사정없이 빗어 내렸다. 머리를 예쁘게 빗고 외출이라도 하려는 사람처럼 눈동자에는 알 수 없는 광채가 흘렀다. 아니면 무슨 행동을 하는지도 모른 채 기괴하게 자라는 생각을 떨쳐내려고 하는 것인지도 모른다. 그녀의 집요한 몸짓과 무슨 일을 저지를 것 같은 텅 빈 검은 동공이 무서웠다. 순간 그녀는 빗질을 멈추었다. 그제야 방 안에 들어온 나를 돌아보았다. 그녀의 뭉개진 입술 사이로 붉은 혀가 뱀처럼 날름거렸다.

"아가…… 이리 와…… 머리 빗고 엄마랑 유치원 가야지……."

일그러진 그녀의 얼굴이 웃고 있는 건지 울고 있는 건지 알 수 없어 두려웠다. 나는 일곱 살 여자아이였을 때와 똑같이 매몰차게 쏘아붙였다.

"창피해. 따라오면 죽어버릴 거야!"

그녀가 허공에 뻗은 손가락과 머리빗에 피가 묻어 있는 것을 보고 놀라 뒷걸음질 쳤다. 그녀는 당장 달려들어 내 머리채를 휘어잡을 것처럼 무섭고 애처로운 눈빛으로 쏘아보았다. 나는 더 견디지 못하고 방에서 도망쳐 나왔다.

그때 어두운 거실에서 현관문을 열고 나가는 한 여자의 뒷모습을 보았다. 여자는 멈칫하며 나를 돌아본 것 같았다. 여자의 하얀색 원피스가 바람에 흩날리며 현관문이 꽝 소리 나게 닫혔다. 끔찍한 엄마의 모습과 홀연히 사라진 묘령의 여자가 뒤엉켜 넋이 나간 듯 꼼짝하지 못했다. 이상한 일이었지만 하얀 원피스를 입은 사라진 여자가 내 진짜 엄마일지도 모른다고 생각했다.

그 일이 있고 사흘이 흘렀다. 엄마는 방 안에서 얌전히 죽어 있었다.

나는 더 이상 역겨운 냄새를 참으며 그녀가 살아 있는지 확인할 필요가 없어졌다.

나는 엄마가 죽은 사실을 누구에게도 보름 동안 말하지 않았다.

엄마는 낮과 밤 동안 아무도 모르게 혼자 물처럼 녹아내렸다.

어느 날, 옆집 할머니가 우리 집에서 이상한 냄새가 난다는 신고를 했고 경찰들이 들이닥쳤다. 완전히 허물어져 있는 엄마는 생각보다 끔찍하지 않았다. 나와 오빠는 울지 않았다.

눈앞이 다시 환해지며 중세의 도시 같은 돌담길이 보였다.

나는 얼굴과 몸 전체를 가리는 검은 망토를 쓰고 거친 숨을 쉬며 그 길을 달려갔다. 겨우 한 사람만 지나갈 수 있는 좁은 골목이 끝도 없이 끊어질 듯 이어졌다. 집집마다 푸른색, 붉은색, 녹색으로 칠해진 창문은 굳게 닫혀 있었고 아이들이나 졸고 있는 개들도 보이지 않았다. 해는 하늘 꼭대기에 계란 노른자처럼 떠 있었는데도 높은 담들 때문에 주위는 어두웠다. 나는 숨이 턱까지 차올랐지만 달리는 것을 멈출 수 없었다. 10미터쯤 떨어진 바로 뒤에서 검은 망토를 쓴 누군가가 내 뒤를 쫓고 있었다. 그의 숨소리가 가까워질수록 심장이 오그라들어 더 빨리 달리는 수밖에 없었다. 저 끝이 막다른 길이 아니기를, 길이 계속 나타나주기를, 달리면서 바라는 것은 그것뿐이었다.

한순간 십자 모양의 골목에서 누군가 내 팔을 잡아끌어 난장이들이나 들어갈 수 있는 좁은 구멍 속으로 함께 몸을 숨겼다. 내가 놀라 비명을 지르려고 하자 손가락을 자기 입술에 가져가며 주의를 주었다. 하얀 망토를 머리에 쓰고 얼굴을 가린 여자는 경계를 풀 듯 망토를 벗었다. 나는 그녀의 눈빛을 보며 나를 도와주려 한다는 것을 알았다. 검은 망토의 발걸음 소리와 거친 숨소리가 가까워져 왔다. 손으로 입을 틀어막고 숨을 멈추었다. 검은 망토는 십자 모양의 사거리에서 걸음을 멈추고 주위를 두리번거렸다. 나는 떨리는 눈꺼풀을 감았다. 검은 망토는 망설이다 앞쪽 골목으로 달려갔다.

검은 망토의 발걸음 소리가 멀어질 때까지 눈을 뜨지도 숨을 쉴 수도 없었다.

그제야 여자의 얼굴을 마주 보았다. 여자의 얼굴을 어디선가 보았던 기억이 어렴풋이 났다. 여자도 나를 알고 있는지 희미하게 웃어 보였다. 그때 여자의 왼쪽 눈 밑에 난 작은 상처가 함께 꿈틀거리는 것을 보았다. 비밀의 열쇠 구멍처럼 날카롭고 특이한 상처였다. 나는 벽에 등을 기대 참았던 숨을 몰아쉬고 검은 망토가 사라진 골목을 바라보았다.

"근데 나를 쫓고 있는 저자는 누구예요?"

여자는 잠시 내 눈동자를 쏘아보는 듯 바라보고 속삭였다.

"바로 너야."

나는 여자의 말이 이해가 되지 않았고 머릿속이 어지러웠다. 여자는 주위를 두리번거리며 경계의 눈빛으로 골목을 둘러보았다.

"또 다른 네 욕망의 분신이지. 너 자신에게 붙잡혀선 절대 안 돼. 항상 잊지 마. 네 뒤엔 항상 또 다른 네가 쫓고 있다는 걸."

여자는 그 말을 끝으로 하얀 망토를 머리에 쓰더니 반대편 골목으로 안개처럼 사라져버렸다. 여자가 누군지 왜 도와주는지 알지 못했지만 여자를 다시 만날지도 모른다는 이상한 예감에 휩싸였다. 그때 허공 어디에선가 메아리처럼 나를 부르는 목소리가 들렸고 고개를 들어 하늘을 바라보았다. 눈부신 태양빛이 실명할 것처럼 동공으로 파고들었다. 태양 뒤편에서 또다시 나를 부르는 소리가 들려왔다. 더는 햇빛을 견디지 못하고 눈물을 흘리며 눈을 감았다. 비틀거리는 나를 누군가 붙들었다.

어디서 나타났는지 검은 코트를 입은 레몽뚜 장이 숨을 헐떡거리며 서 있었다.

"젠장, 또 놓쳐버렸군."

조

밖은 비가 추적추적 내렸고 어디선가는 일어나지 말아야 할 두려운 일들이 일어나는 밤이었다. 나는 지하철 물품 보관함에 폭탄이라도 설치하고 온 사람처럼 초조하게 시계를 보며 절망적인 심정으로 레몽뚜 장의 상상발전소 문을 열었다. 이번에는 정말 마지막이 될 것 같은 불길하고 강렬한 예감에 몸을 떨었다.

레몽뚜 장의 작업실 커튼을 열었을 때 그는 심각한 얼굴로 어두운 테이블 구석에서 비밀 음료를 제조하는 중이었다. 선반 위에는 수십 개의 가느다란 유리병이 놓여 있었고 그 안에는 각기 다른 빛깔의 액체가 투명하고 위험한 빛을 띠며 출렁거렸다. 레몽뚜 장은 내가 들어온 줄도 모르고 모래시계 모양의 커다란 비커에 두 개의 액체를 조심스럽게 혼합하고 있었다. 그 모습은 금지된 약품을 만드는 화학자나 십 년 동안 죽지 않고 잠들 수 있는 묘약을 만드는 연금술사처럼 신경질적이고 고독해 보였다. 또 상상과 현실, 어느 곳에도 안주하지 못하고 두 곳을 헤매다 지친 여행자처럼 고단해 보였다. 인생이 파탄 난 나에게 새로운 세계로 데려다주겠다고 자신만만하던 그를 이젠 비웃고 싶었다.

"당신이 틀렸어."

레몽뚜 장은 내 말을 못 들은 척 두 개의 액체를 혼합하는 데 여념이 없었다.

"씨발, 새로운 세계 같은 건 어디에도 없다구."

내 말에 그는 조금도 흔들리지 않았다. 절반쯤 찰랑이는 푸른빛 액체가 담긴 유리병에 붉은빛 액체를 한 방울씩 떨어뜨리며 아무 대꾸도 하지 않았다. 나는 입을 굳게 다문 채 오만한 표정을 짓고 있는 그를 노려보았다.

"현실도 상상도 지옥인 건 똑같아."

레몽뚜 장은 푸른빛 액체에 붉은빛 액체를 졸졸 따르기 시작했다. 푸른빛 액체에 붉은빛 액체가 뒤엉키더니 오묘한 무늬를 만들며 섞여들었다. 레몽뚜 장은 두 액체가 섞인 모래시계 모양의 유리병을 허공에 들고 춤추듯 천천히 흔들었다.

"이것 봐. 푸른색과 붉은색이 뒤섞여 전혀 다른 색깔이 만들어지는 걸. 신기하고 아름답지 않나? 아, 현실과 상상도 이것처럼 뒤섞일 수 있을까. 그 두 개가 섞인 세계는 뭘까? 자, 보라고. 푸른색도 붉은색도 아닌 보랏빛이 되었어. 보랏빛 속엔 푸른색도 붉은색도 모두 들어 있지. 그러나 전혀 다른 색깔 아닌가? 보랏빛 세계 속에 선 지금 무슨 일이 일어나는지 알고 싶지 않아? 왜 두려운가? 한번 가보고 싶지 않아?"

레몽뚜 장은 특유의 차가운 미소를 지으며 내 앞에 보랏빛 액체가 담긴 유리병을 내밀었다. 나는 그 순간 투명한 보랏빛 액체 속에서 잔인한 내 운명과 어두운 미래를 본 것 같다 두려웠다. 나는 울 것 같은 심정으로 사정하듯 말했다.

"그곳에 가면 말이야. 사라진 아내와 딸을 만날 수 있는 건가?"

레몽뚜 장은 아무 말도 하지 않고 일어나더니 유리병을 허공에서 흔들어 소용돌이를 일으켰다. 나는 그 깊고 두려운 소용돌이 속으로 빨려들어가는 착각에 어지럼증과 고통을 느꼈다.

상상발전소에서 마태수와 홍마리 같은 애송이를 만날 거라고 한 번도 생각하지 못했다. 게임이라도 하듯 장난스런 마태수의 행동과 무언가 열망하는 기대에 찬 홍마리의 눈빛 모두 신경에 거슬렸고 피곤했다. 그들은 상상발전소가 그들이 꿈꾸는 파라다이스로 데려가줄 거라고 믿고 있었다. 그러나 그 파라다이스가 햇빛 아래선 흉측하게 녹아내리는 허상이라는 것을 알지 못했다. 레몽뚜 장은 그들의 인생을 찬란하게 바꿔줄 행운의 마법사가 아니었다. 영혼을 조금씩 파먹어 병들게 하고 결국 인생 전부를 송두리째 파멸시킬 악마라는 사실을 의심하지 않았다. 그들의 인생 따위에는 관심이 없으므로 아무 말도 해주지 않을 것이다. 그들의 상처받은 영

혼이 진흙탕 속으로 쓰레기 더미처럼 떠내려가도 나와는 상관없는
일이다.

　나는 그들과 '더비 카운티 메디컬센터'라는 이름만으로 어떤 곳
인지 짐작하기 힘든 곳까지 결국 와버렸다. 우중충한 분위기에 유
독 이 주변만 바람이 지독하게 불었다. 스산한 바람 소리는 잃어버
린 영혼이나 유령과 잘 어울린다는 생각마저 들었다. 어쩌면 이곳
은 환자들을 데리고 금지된 실험을 하거나 중증 이상의 정신 질환
환자들에게 전기충격요법을 쓰며 격리 수용하는 곳인지도 모른다.
이제 세상에는 정상인 사람이 거의 없으며 사람들은 빠르게 미쳐
가므로 이런 곳이 존재한다는 게 이상한 일도 아니었다. 저 멀리 나
무숲 속에서 보이지 않는 검은 형체들이 내 눈을 속이며 비밀스럽
게 움직이는 소리가 들렸다. 검은 양복 남자들이 또 뒤를 따라붙은
것이리라. 이 세계에 살아 있는 한 영원히 그들에게서 벗어날 수 없
으므로 분노도 절망도 하지 않았다. 모든 것을 체념하자 오히려 마
음이 편안해졌다.

　501호, 결벽증이 느껴질 정도로 새하얀 침대에 누워 있는 여자
를 보자 불현듯 알 수 없는 슬픔이 느껴져 당혹스러웠다. 나는 여자
를 알지 못했다. 그러나 잠든, 아니 의식이 없는 여자의 모습은 사
라진 아내를 떠올리게 했다. 아내는 언젠가부터 나에게 입을 다물
고 자기만의 세계 속으로 깊이 숨어들었다. 아내에게 내가 모르는

다른 남자가 있었는지도 모른다. 아내와 마지막으로 눈을 맞추며 따뜻한 저녁 식사를 했던 것이 언제였을까. 미아가 돌이 지났을 무렵이었나, 미아를 임신한 무렵이었나, 아니면 미아가 태어나기도 훨씬 전이었나. 아내에 관한 기억은 언제나 불투명하고 흐릿하고 확실한 것이 없었다. 아내라는 여자는 내 인생에서 실체가 없는 허상으로 존재하다 어느 아침, 번데기도 남기지 않고 사라진 나비처럼 흔적 없이 사라졌다. 팔 년간 함께 산 사람이 아무 단서 없이 사라졌는데 할 수 있는 일이 아무것도 없다는 사실은 비참하고 무기력한 기분에 빠져들게 했다.

아내가 사라지기 보름 전쯤, 늦은 밤까지 폭우가 쏟아졌고 아내는 아직 돌아오지 않고 있었다. 나는 소파에 누워 디스커버리 채널에서 방영하는 1999년 미네소타의 한 시골 편의점에서 납치된 열아홉 살의 여자를 찾는 범죄 수사 다큐멘터리를 보고 있었다. 빗소리가 커질 때마다 어두운 창밖을 잠시 내다보았지만 아내의 휴대전화로 전화를 걸지는 않았다. 아내는 밖에 있을 때 내가 전화 거는 걸 달갑게 여기지 않았으며 전화를 잘 받지 않았다. 여자를 납치한 범인은 여러 가지 색깔로 염색한 특이한 머리 모양에 각진 턱을 지닌 오십 대의 남자였다. 한적하고 외딴 장소에 홀로 떨어져 있는 남자의 농장에는 평범해 보이는 화덕이 놓여 있었고 경찰은 화덕의 잿더미 속에서 사람의 것으로 보이는 수십 개의 뼛조각을 발견했다. 법의학자들은 그곳에 젊은 여자의 뼛조각 이외에 다른 두 사람의 뼛조각이 섞여 있다는 사실을 밝혀냈다. 오십 대의 남자는 연쇄살인범이었다. 거기까지 보았을 때 현관문의 잠금장치가 풀리며 아내가 소리 없이 집 안으로 들어섰다.

아내는 비를 잔뜩 맞아 머리카락이며 옷이며 구두까지 몽땅 젖어 있었다. 꼼꼼한 아내가 우산도 챙기지 않고, 편의점에서 우산을 사지도 않고 그냥 비를 맞았다는 사실이 믿어지지 않아 멍하니 그녀를 바라보았다. 아내는 타월로 몸을 닦을 생각도 않고 대리석 바닥에 빗물을 뚝뚝 흘리며 굳은 얼굴로 서 있었다. 아내의 얼굴에 흘러내리는 물이 빗물인지 눈물인지 알 수 없어 초조해졌다. 나는 타월로 아내의 젖은 몸을 덮어주었다. 꼼짝하지 않고 무언가에 사로잡힌 듯 우뚝 서 있는 아내는 모르는 사람처럼 낯설었다.

"왜 비를 맞았어?"

내가 간신히 물었을 때 아내는 천천히 고개를 들어 나를 바라보았다. 그 순간 아내의 눈빛은 불빛이 꺼진 텅 빈 세계처럼 탁한 잿빛이었다. 그것은 살아 있는 사람의 것이라기보다 유령의 것처럼 섬뜩했다. 아내는 집에 들어오기 직전 끔찍한 교통 사고라도 목격한 듯 가늘게 어깨를 떨었다.

"나…… 좀 이상해. 병원에 가볼까 봐…….."

"병원? 치과에 무슨 일 있어?"

나는 아내가 일하는 병원에 무슨 일이 생겼다는 말인 줄 알고 그렇게 대꾸했다. 아내는 붉게 충혈된 눈으로 한순간 나를 무섭게 쏘아보더니 메마른 목소리로 중얼거리며 침실로 들어갔다.

"다 지쳤어."

그러고 보니 아내와 대화를 나눈 것이 꽤 오랜만이며 아내의 목소리가 낯설다는 생각이 스쳤다. 아내가 언제부터 말을 하지 않기 시작했는지 헤아려보다 육 개월도 넘었다는 것을 깨닫고 놀라 아내가 들어간 침실 문을 돌아보았다. 침실 너머에서는 아무 소리도 들려오지 않았고 혼자 불을 밝히고 있는 텔레비전에선 자막 위로 오십 대 연쇄살인범의 사진이 흔들거렸다.

다음 날 아침, 아내는 아무 일도 없었다는 듯 식탁에 오렌지 주스와 토스트와 계란 프라이를 차려놓고 출근하고 없었다. 미아도 유치원에 갔는지 아이 방은 침대가 깨끗이 정리된 채 텅 비어 있었다. 회사를 그만둔 나는 가야 할 곳이 없었지만 옷을 갈아입고 노트북을 들고 집을 나섰다. 그때 현관에 어제 아내가 신고 온 비에 젖은 핑크색 구두가 없다는 사실을 깨닫고 이상한 생각이 들어 신발장을 열어보았다. 그곳에도 아내의 구두는 보이지 않았다. 혹시나 해서 베란다와 쓰레기통을 뒤지고 세탁실에서 아내가 벗어놓은 베이지색 트렌치코트를 찾아보았다. 젖은 옷과 구두를 다시 입고 나가지 않았을 텐데 그것들은 감쪽같이 처음부터 존재하지 않았던 것처럼 집 안에서 사라졌다. 나는 어제 새벽, 비에 젖은 모습으로 거실에 서 있던 아내를 본 것이 현실이었는지 꿈이었는지 혼란스러웠다.

여기저기를 떠돌다 보름 만에 집에 돌아왔을 때 다른 집을 잘못 찾아온 것처럼 가구까지 사라진 채 텅 비어 있었다. 아내는 사라질 때도 자기만의 방식으로 티끌 하나 남기지 않은 채 사라졌다. 딸아이를 데리고 다른 지역으로 숨어들듯 이사라도 간 거라고 생각하자 아내를 비난하거나 원망하고 싶은 마음도 생기지 않았다. 함께한 팔 년의 시간, 잔인한 흔적들을 화석처럼 남기고 딸아이만 데리고 떠났다면 물건들과 함께 버려졌다는 열패감을 견디지 못했을 것이다. 이왕 사라질 거라면 모든 것을 가져가주는 편이 홀가분했고 고마운 마음마저 들었다. 텅 빈 집에서 아내의 존재를 확인할 수 있는 유일한 단서는 침대나 장롱이 놓여 있던 자리에 움푹 파인 자국들뿐이었다. 그것이면 충분하다고 생각했고 그것들에게서 위안을 받았다.

나는 검은 양복 남자들이 더비 카운티 메디컬센터 건물 안으로 잠입해 들어오는 소리를 들었다. 그들은 곧 나를 찾기 위해 501호 문을 열고 들이닥칠 것이다. 침대에 누워 있는 여자의 속눈썹이 미세하게 움직인 것 같았지만 깨어나지 않았다. 여자를 만나면 아내의 행방을 알 수 있을까. 아내를 만나면 무슨 말을 할 수 있을까. 소파에 기대앉아 레몽뚜 장이 건네준 보랏빛 액체가 담긴 유리병을 바라보았다. 어쩌면 아무 희망도 절망도 없는 이 세계를 떠나 여자처럼 현실과 무의식의 경계 어딘가를 끝없이 헤매는 것도 좋을 것이다. 501호실 문이 벌컥 열리는 소리가 들리자 서둘러 보랏빛 액체를 목구멍으로 들이켰다. 병실에 들어온 사람들이 누군지 깨닫기도 전에 의식은 뿌연 우윳빛 무의식 속으로 빠르게 흩어졌다. 홍마리가 나를 향해 잠깐만요! 하고 외치는 소리를 마지막으로 들었지만 아무 대꾸도 할 수 없었다. 두려움도 설렘도 없이 담담히 나를 잃어버렸다.

눈을 뜨자 지하철 승강장이 보였다. 나는 노란 선을 밟은 채 선로로 떨어질 것처럼 위태롭게 서 있었다. 종소리가 울리며 지하철이 곧 도착한다는 안내 방송이 흘러나왔고 검은 터널에서 환한 불빛을 비추며 열차가 달려왔다. 나는 급히 한 발짝 뒤로 물러섰다. 모자를 푹 눌러쓴 기장의 검은 얼굴이 눈 깜짝할 사이 스쳐 지나갔다. 지하철이 내 앞에서 멈추고 문이 활짝 열렸다. 주위를 돌아보자 사람들은 아무 의심 없이 지하철에 올라탔다. 나는 지하철이 어디로 가는지 알지 못했다. 또 지나치게 푸르고 창백한 불빛이 선뜻 올라타기를 주저하게 만들었다. 한 사내가 어깨를 밀치며 서둘러 올라타자 문이 곧 닫혀버릴 것 같은 초조함과 지하철에 타서는 안 될 것 같은 불길함 속에 안절부절못했다. 문이 닫히려는 찰나, 누군가 내 팔을 잡아끌며 열차에 함께 뛰어들었다.

"일단 타요!"

내 팔을 놓으며 마태수가 아무 일도 아니라는 듯 어깨를 으쓱해 보이는 것이었다.

“왜 그렇게 봐요? 어차피 탈 거 아니었나.”

내가 올라탄 것과 동시에 문은 열리지 않을 것처럼 굳게 닫혀버렸다. 잠시 후 지하철은 기계음을 토해내며 달리기 시작했다. 마태수는 태연하게 빈자리에 앉으며 어깨를 흠칫 떨었다.

“어째 이 지하철 좀 으스스한데요.”

나는 천장의 불빛이 깜빡거리는 것을 불길하게 올려다보며 달리는 지하철에 몸을 실었다. 열차 안에는 사람들이 많지 않았다. 젊은 여자와 아주머니와 중년 남자 몇몇이 피곤하고 어두운 납 같은 얼굴로 앉아 있었다. 빈자리는 많았지만 나는 그대로 서 있었다. 의자는 푸른색의 벨벳 천으로 덮여 있었다. 사람들은 지하철을 타고 어디로 가는 걸까. 그 순간에도 열차는 쉬지 않고 달렸다. 나는 노선표를 보기 위해 문을 향해 다가갔다. 지하철 노선표가 있어야 할 자리는 텅 비어 있었다. 그제야 지하철 벽면 어디에도 노선표가 붙어 있지 않는 것을 발견하고 이상한 기분에 휩싸였다. 나는 유리창 밖을 내다보았다. 도시의 풍경이나 사람들, 어느 것도 보이지 않았다. 무서운 속도로 달리는 지하철에서 보이는 거라곤 암흑 같은 어둠뿐이었다. 그 순간 지하철이 한 번도 멈추지 않고 십 분 넘게 달리고 있다는 것을 깨달았다. 그러나 승객들 누구도 동요하거나 불안해하는 사람은 없었다. 나는 미친 듯이 달리기만 하는 지하철만큼이나 무표정하게 앉아 있는 그들이 기이하게 여겨졌다.

“저게 뭐죠?”

마태수가 눈을 찡그리며 지하철 바닥의 한 곳을 응시했다. 나는 그곳에서 동전만 한 검정 얼룩이 미생물처럼 급격하게 자라나는 것을 보았다. 그것은 작은 웅덩이만 하게 커지더니 얇은 막처럼 부풀어 올랐다. 직감적으로 검정 얼룩 너머에 집요하게 나를 추적하는 검은 양복 사내들이 있다는 것을 알았다. 그들이 어떻게 달리는 지하철 바닥을 통해 이 세계로 넘어오려고 하는지 알 수 없었지만 검은 막이 한순간 찢어지며 하얀 손과 검은 양복의 소매가 튀어나왔다. 나는 더 지체하지 않고 연결 칸 문을 열그 달려갔다.

다음 칸은 텅 빈 채 여자 혼자 앉아 있었다. 계속 달려야 했지만 여자 앞에서 걸음을 멈추었다. 여자가 입고 있는 베이지색 트렌치 코트와 어깨까지 내려오는 머리카락과 핑크색 구두에서는 물이 뚝뚝 흘러내려 바닥으로 떨어졌다. 고개를 숙이고 있는 여자 옆에는 여기저기 긁힌 자국이 있는 베이지색 여행 가방이 놓여 있었고 가방도 어디 강물에서 건져 올린 것처럼 물이 흘러나왔다. 나는 어쩐지 베이지색 가방이 눈에 익었다. 여자는 젖은 몸으로 여행 가방을 끌고 강물에서 막 걸어 나온 것 같았다.

나는 못 본 척 여자를 지나칠 수가 없었다. 이 이상한 지하철에서 아는 사람을 만날 리 없겠지만 어쩐지 낯익은 느낌이 들었기 때문이었다.

"저기, 괜찮으세요?"

연결 칸 유리문을 주시하며 물었지만 여자는 고개가 꺾인 듯 움직이지도 대꾸하지도 않았다. 여자의 어깨가 흐느끼듯 조금 떨리는 것 같았다. 여자는 울고 있는지도 몰랐다. 깊은 물 속에서 울리는 듯한 먹먹한 소리가 여자에게서 들려왔다.

"병원에 가야 하는데……."

여자는 서서히 고개를 들어 나를 바라보았다. 앞머리가 얼굴 전체를 가리고 있어 잘 보이지 않았지만 머리카락 사이로 쏘아보는 낯익은 눈빛과 마주치고 말았다. 나는 여자를 기억하지 못했지만 여자는 나를 알고 있었다.

그때 천장 불빛이 깜빡거리며 기분 나쁜 쇳소리가 들려왔고 갑자기 극심한 두통이 밀려왔다. 쇳소리와 섞여 여자의 비명 소리와 아이의 울음소리가 들려와 귀를 틀어막았다. 연결 칸의 문이 활짝 열리며 검은 양복 사내들이 나를 향해 달려오는 게 보였다. 언제 왔는지 마태수가 내 팔을 붙들고 달리는 것이었다.

"저것들 뭔데 자꾸 쫓아오죠?"

"젠장, 나도 잘 몰라."

나는 마태수에게 이끌려 여자를 놔둔 채 도망칠 수밖에 없었다. 마지막으로 뒤를 돌아보았을 때, 여자아이 하나는 충분히 들어갈 정도로 큼지막한 여행 가방이 꿈틀거린 것을 보았다. 아내에게도 저것과 똑같은 베이지색 여행 가방이 있었다. 도망치면서도 여자의 베이지색 여행 가방 속에 무엇이 들어 있을지 궁금했다.

다음 칸은 전구가 다 나가고 하나만 남아 어두침침한 가운데 승객들 몇몇이 앉아 있었다. 그들 중 검정 하이힐에 붉은 원피스를 입은 홍마리가 끼어 있었다. 마태수가 그녀를 보며 반가운 척을 했다.

"마리 씨 안녕."

"난 지하철은 사람 많고 냄새나서 질색인데."

홍마리는 코를 찡그리며 불평했다. 그녀의 말대로 어디선가 썩은 늪의 악취가 풍겨왔고 보이지 않는 끈적끈적한 물질이 발에 달라붙는 것 같아 걷는 게 쉽지 않았다. 막 노인 앞을 지나치는 순간, 쭈글쭈글하고 앙상한 그의 팔이 내 옷자락을 붙잡았다.

"배고파…… 먹을 것 좀 주고 가……."

노인의 얼굴은 나를 향해 있었지만 눈빛은 초점 없이 허공 어딘가를 떠돌았다. 곧 검은 양복 남자들이 이 칸으로 넘어올 텐데 나는 노인을 야멸치게 뿌리치지 못하고 옷자락을 잡힌 채 어정쩡하게 서 있었다. 그때 노인의 발을 보게 되었다. 노인은 신발을 신지 않은 맨발이었다. 문득 이상한 느낌이 들어 다른 승객들을 둘러보자 모두 맨발로 지하철에 앉아 있는 것을 알았다. 무언가 잘못되었다는 생각이 머리를 스치는 순간, 노인의 배 정중앙이 녹아내리듯 흐물흐물해지더니 커다란 구멍이 뚫리며 늪지대의 썩은 물처럼 진녹색 진물이 콸콸 쏟아져 나왔다. 나는 겨우 노인의 팔을 뿌리치고 뒷걸음질 쳐 달아났다. 다른 승객들의 머리와 가슴과 다리에도 커다란 구멍이 뚫리며 진녹색 진물이 흘러나와 바닥으로 빠르게 흘러내렸다. 홍마리는 구두가 젖을까 봐 신경질을 냈다.

“이래서 나는 지하철이 싫다니까.”

이들은 모두 살아 움직이는 시체들인지도 모른다. 지하철은 이들을 태우고 어디로 가는 걸까. 그때 연결 칸 문이 벌컥 열리며 검은 양복 남자들이 뒤쫓아 오는 게 보였다. 마태수가 뒤를 돌아보며 귀찮다는 표정을 지었다.

“아, 저것들 징그럽게 쫓아오네.”

나는 끝까지 달려가 차장을 만나 지하철을 멈춰야 한다는 생각뿐이었다. 그것이 이곳에서 벗어날 수 있는 유일한 방법이었다. 다음 칸 연결 통로의 문을 열기도 전에 그것이 불가능하다는 것을 깨닫고 절망했다. 유리문에 비친 그곳은 지옥이었다. 배가 고픈 것을 참지 못한 수십 명의 시체들이 앞다투며 서로의 머리와 팔과 다리를 물어뜯으며 진녹색 진물을 흘렸다. 내가 저 소굴에 들어간다면 그들은 사람의 신선한 살 냄새를 맡고 달려들어 갈기갈기 물어뜯을 것이다. 유리문 앞에 서 있던 나는 굶주림과 원망과 슬픔에 싸인 그들의 어두운 잿빛 눈동자와 마주쳤다. 그들은 나를 발견하자마자 이쪽 칸으로 넘어오기 위해 뒤엉켜 싸우며 달려왔다. 나는 잿빛 눈빛을 언젠가 보았던 기억이 떠올랐다. 그것은 사라지기 전 마지막으로 보았던 아내의 눈빛이었다.

아내의 눈빛을 떠올리는 순간, 한쪽에선 검은 양복 남자들이 달려들었고 반대쪽에선 여기저기 살점이 뜯긴 채 진초록 진물을 흘리는 시체들이 달려들었다. 나는 뒤늦게 아내를 기억해낸 것을 고

통스러워하며 그들이 공평하게 내 몸을 갈기갈기 찢어발겨주기를
바라며 담담히 눈을 감았다.

두려워하지 마…… 지금보다 더 깊은 고통 속으로 들어가야
해…….

살점이 뜯겨 나가는 고통 속에서 어디선가 레몽뚜 장의 아득한
목소리가 들렸다. 고통은 꿈결처럼 달콤하게 나를 어디론가 데려
가고 있었다. 모래시계를 통과하는 작은 모래알처럼 현재와 과거,
현실과 상상이 뒤섞인 낯설고도 두려운 곳으로 한없이 떨어졌다.
희미한 라벤더 향기가 나는 듯했고 누군가 내 어깨를 조심스럽게
흔들었다. 형광등 불빛이 눈동자로 파고들었고 눈을 뜨며 나도 모
르게 눈물을 흘렸다.
"여보, 얼른 일어나요."
시야가 뿌옇게 흐렸고 초점이 맞지 않는 두 개의 얼굴이 겹쳐지
더니 하나가 되었다. 어디서 본 듯한 낯이 익은 저 여자는 누구인
가. 선이 가는 얼굴에 머리를 하나로 묶고 소머 없는 하얀색 원피
스를 입은 여자가 나를 내려다보고 있었다. 여자는 입가에 부드러
운 미소를 띠고 있었지만 내가 계속 침대에서 일어나지 않자 가볍
게 눈을 흘겼다. 그때 나는 여자의 눈 밑에 있던 작은 초승달 모양
의 상처를 발견했다. 잠이 깨지 않는 몽롱한 상태로 엉거주춤하게

침대에서 일어나 앉은 나는 상황을 이해하기 힘들었다. 왜 낯선 여자가 내 앞에서 아내 행색을 하고 있는지 이해할 수도 납득할 수도 없었다. 그러나 나는 태연하게 행동하고 있는 여자에게 왜 내 아내 행색을 하느냐고 묻지 못했다.

"얼른 나와서 아침 먹어요."

숙취 뒤에 오는 기분 나쁜 두통과 어지럼증을 느끼며 여자가 이끄는 대로 침실을 나와 부엌으로 걸어갔다. 장식장, 소파, 텔레비전, 콘솔, 모든 것은 내 집에 원래 있어야 할 자리에 그대로 있었다. 이 집에서 잘못 놓여 있는 것은 저 여자 하나뿐이었다. 나는 계란말이, 두부조림, 깍두기, 시금치나물, 된장찌개가 차려져 있는 식탁에 앉았다. 아내가 아닌 낯선 여자가 차려놓은 정갈한 음식을 보고 뜻밖에도 나는 식욕이 돌았다. 잠시 후 자기 방에 있던 딸아이가 머리를 양 갈래로 따고 분홍색 원피스를 입은 채 식탁으로 걸어왔다. 딸아이의 머리도 여자가 따주고 분홍색 원피스도 골라 입혀준 것일까. 경계심이 많은 아이인데도 여자가 낯설지 않은 걸까. 그러고 보니 여자와 아내의 눈은 모두 외까풀이었다. 아이는 여자가 진짜 엄마라도 되는 양 아무렇지 않게 그녀가 차려준 식탁에 앉아 밥을 먹었다. 아이는 이상하게 나와는 눈도 마주치지 않았고 피곤한 얼굴을 했다. 믿기 힘들었지만 아이는 여자를 엄마라고 불렀다.

"엄마, 나 오늘 너무 피곤해. 영어 유치원에 안 가면 안 돼?"

"유치원 가기 싫어서 엄살 부리는 건 아니지?"

여자와 딸아이는 정말 모녀지간처럼 대화를 나누었고 딸아이의 얼굴이 아까와는 달리 눈 주위가 보랏빛으로 변하고 얼굴이 창백해진 것을 보았다. 아이는 갑자기 어깨를 부들부들 떨며 숟가락을 떨어뜨렸다.

"추위…… 차가운 물이 자꾸 입속으로 들어와…… 엄마 무서워…… 숨이 막혀…….."

아이는 경기를 일으키듯 심하게 몸을 떨더니 식탁 위에 물을 분수처럼 꾸역꾸역 토해내기 시작했다. 엄청나게 많은 양의 물이 아이의 입속에서 쏟아져 나왔고 그 속에는 흐물흐물한 미역 줄기와 모래와 조개껍데기가 섞여 있었다. 아이의 몸은 빠르게 푸른색으로 변해갔고 머리카락과 얼굴과 온몸에선 물에서 금방 건지기라도 한 듯 물이 흘러나왔다. 나는 순간 너무 놀라 아이에게 달려갔고 이 모든 것이 여자의 책임이라도 되는 듯 화를 냈다.

"멀쩡하던 애가 왜 이래? 당신 대체 애한테 무슨 짓을 한 거야!"

한순간 여자가 서 있던 자리에 그녀의 모습은 사라지고 누군가 거실에 서 있는 기척이 들렸다. 그곳엔 트렌치코트를 입은 여자가 베이지색 여행 가방을 든 채 무표정한 얼굴로 유령처럼 서 있었다. 아내였다. 나는 반가움과 놀라움과 두려움이 뒤섞인 혼란스러운 심정으로 아내를 불렀다.

"여보……!"

아내는 내 말을 듣지 못한 듯 여행 가방을 끌고 미끄러지듯 현관문으로 걸어갔다. 부엌 식탁을 돌아본 후에야 경기를 하듯 물을 토하던 딸아이가 사라지고 없다는 것을 깨닫고 당황스러움과 충격에 아내의 뒤를 쫓아갔다. 딸아이는 갑자기 어디로 사라진 걸까. 나는 아내가 끌고 가는 베이지색 여행 가방을 쏘아보며 무서운 생각에 고개를 가로저었다. 눈앞이 술에 취한 것처럼 뿌옇게 흐려지더니 아내가 수면제를 먹여 잠든 아이를 여행 가방에 집어넣는 끔찍하고도 잔인한 환영이 보이는 듯했다. 숨이 막히는 것을 느끼며 아내를 뒤따라가다 발걸음을 멈추었다. 아내가 끌고 가는 여행 가방 끄트머리 지퍼 사이에서 분홍색 아이 옷자락이 보였다. 나는 그대로 쓰러지듯 휘청거렸다. 여기는 어디일까. 이렇게 지독한 풍경이 정말 내 삶, 현실이란 말인가. 아내는 왜 내 말을 듣지 못하고 무서운 얼굴로 여행 가방을 끌고 어디로 가려는 걸까. 저 여행 가방 속에 정말 딸아이가 들어 있단 말인가.

저녁노을이 바닷물을 핏빛으로 물들이며 저물어가는 아름다운 풍경 속에 아내가 홀로 서 있었다. 피서 철이 아닌 바닷가는 쓸쓸했고 주위에 보이는 사람은 아무도 없었다. 아내는 여행 가방을 끌고 바닷가를 향해 휘청거리며 걸어갔다. 아내의 얼굴은 초조해 보였다. 아내는 조약돌을 닥치는 대로 주위 트렌치코트 주머니에 집어넣었다. 트렌치코트 주머니는 금세 불룩해졌다. 아내는 대체 무슨 짓을 저지르려는 걸까. 아내는 힘겹게 여행 가방을 끌고 무언가에 이끌리듯 바다를 향해 걸어가고 있었다. 나는 그제야 아내의 손과 여행 가방이 붉은색 끈에 서로 묶여 있는 것을 보았다.

안 돼…… 여보…… 대체 무슨 짓을 하려는 거야…….

내 탄식 같은 외침은 아내에게까지 들리지 않았다. 우리는 언제나 그랬듯이 서로 너무 멀리 떨어져 있었다. 안 돼…… 제발…… 아내는 구두를 벗어놓고 한 치의 망설임도 없이 차가운 바닷물로 거침없이 걸어들어갔다. 여행 가방은 아내의 손에 묶인 채 바닷물에 서서히 잠기기 시작했다. 바닷물이 아내의 무릎을 지나 허벅지, 허리까지 빠르게 차올랐다. 여행 가방은 이제 물에 전부 잠겨 아무것도 보이지 않았다. 내 외침은 소리가 되어 나오지 않았다. 바닷물은 아내의 가슴까지 차오르는가 싶더니 한순간 아내의 머리까지 삼켜버렸다. 더 이상 아내의 모습은 보이지 않았다. 아내를 삼킨 바닷물은 핏빛 노을로 뒤덮여 섬뜩하고 잔잔하게 빛났다.

나는 아무것도 없는 텅 빈 공간 한가운데 나무 의자에 앉아 있었다. 작은 창문으로 들어오는 햇빛이 어두운 바닥에 사각형의 빛의 기둥을 만들었다. 나는 햇빛 속에 떠다니는 먼지 알갱이를 바라보며 까무룩 졸았다. 한순간 구석에 있던 철문이 덜컹, 열리더니 검은 양복을 입은 남자들이 하나둘 들어와 주위를 둘러쌌다. 고개를 들어 그들의 얼굴을 보려고 했지만 어둠에 싸여 아무것도 보이지 않았다. 그들 중 누군가 말을 하기 시작했고 그들의 목소리는 점점 커져 열 명의 것처럼 울려왔다.

네가 게임 회사에서 쫓겨난 후 너는 아내가 오랫동안 우울증을 앓고 있다는 것을 알았어. 그녀가 점점 말을 잃어가고 밤마다 잠들지 못하고 수면제를 먹는다는 것을 알고 있었지만 모르는 척했어. 너는 그날 밤 아내가 여행 가방을 끌고 나가는 것을 알고도 잠든 척 일어나지 않았어. 너는 아내에게 다른 남자가 있다고 믿어버렸어. 아내가 일주일째 돌아오지 않자 너는 집 안의 모든 가구를 처분했어. 경찰에게서 아내와 아이의 시신을 찾았다는 연락이 왔을 때도 너는 놀라지도 슬퍼하지도 않았어. 아내와 아이의 장례식 내내 너는 한 번도 죄책감에 시달리거나 울지 않았어. 너는 보름 만에 다시 돌아온 텅 빈 집을 보며 아내와 아이가 감쪽같이 너를 버리고 사라졌다고 믿어버렸어. 이제 너에게 일어난 진짜 현실이 똑똑히 보이나. 네가 믿고 있는 현실은 진짜가 아니야. 네가 부정하고 지워버린 기억이 진짜 네 현실이야. 이제 진짜 고통을 느껴봐. 네가 사랑하는 아내와 딸아이가 이 세상에서 사라진 끔찍한 고통을 가슴으로 절절하게 느껴보라고. 어때? 숨이 막히고 피가 거꾸로 돌고 있는 것 같지 않아? 살아 있는 게 끔찍하게 느껴지지 않나…….

조, 괜찮아……? 이제 그만 눈을 떠봐…….

레몽뚜 장의 목소리인가. 어디선가 그런 목소리가 들려왔지만 눈을 뜨는 것이 고통스러웠다. 레몽뚜 장의 얼굴이 희미하게 보이는가 싶더니 눈앞이 깜깜해졌다. 어둠 속에서 홍마리로 보이는 긴 머리의 여자가 어딘가로 걸어가고 있었다. 그녀의 모습이 홀로그램처럼 흔들리며 두 개, 네 개, 여덟 개로 빠르게 분열하며 사방으로 흩어졌다. 나는 숨을 헐떡거리며 알 수 없는 깊은 곳으로 떨어지는 것을 느꼈다.

정신 차려봐…… 여기가 어디지?

어디선가 굵은 기계음이 들려왔고 내 얼굴과 마태수와 레몽뚜장 얼굴이 그래픽 입자처럼 깜박거리다 지지직, 소리와 함께 찌그러지며 사라졌다.

눈앞에 우주먼지 같은 화이트 노이즈가 보였다.

4장

1995년 잉글랜드 다트무어 국립공원

보라색 히스꽃으로 뒤덮인 황무지를 보신 적이 있나요? 커다란 돌들이 듬성듬성 버려져 있고 아무것도 자라지 못하는 척박하고 마른 땅에 선명하고 탐스러운 보라색 히스꽃이 담요처럼 뒤덮여 흔들리는 매혹적인 풍경을 상상해보세요. 죽음의 땅 위에 핀 죽음의 꽃, 그것은 무섭도록 쓸쓸하고 지독하게 아름다운 풍경이랍니다. 그래서일까요? 이곳에 한번 다녀간 사람은 평생 그 섬뜩한 아름다움을 잊지 못해 가슴앓이를 합니다. 결국엔 이곳에 또다시 혼자 찾아오게 된답니다. 이미 몸과 마음이 심각하게 쇠약해져 돌이킬 수 없는 지경에 이르러서야 말이죠. 그들은 자신이 떠나온 곳으로 두 번 다시 돌아가지 못합니다. 황무지와 히스꽃을 마지막으로 가슴에 품고 비로소 멀고 고된 여행을 떠나게 되는 거죠. 생을 떠나는 마지막 장소로 이곳은 더할 나위 없이 아름답고 스산하기만 합니다. 바로 내가 살고 있는 곳이랍니다.

나는 황무지로 뒤덮인 다트무어 국립공원 근처에 있는 영국식 모텔 B&B의 여주인입니다. 오십을 훌쩍 넘겨서 은실 같은 흰 머리카락을 숨길 수도 없는 나이랍니다. 이 나이가 되면 죽음도 사랑도 길가에 떨어진 썩은 과일이나 나뭇가지를 보는 것만큼이나 담담하게 여겨지지요. 이곳에는 내가 운영하는 B&B 말고 몇 개의 여관이 더 있지만 이곳이 가장 오래되었답니다. 다트무어 국립공원과 가장 가까운 위치에 있어서 여행객들이 공원 안내소에서 근처에 있는 B&B를 물으면 제일 먼저 추천해주는 곳이기도 하죠. 손님을 많이 받으려고 공원 안내소 직원에게 돈을 찔러주었다는 오해는 하지 마세요. 내가 그렇게 했다간 다음 날 아침 식탁에서 내 얘기가 온 동네에 퍼질 만큼 손바닥만 한 동네니까요. 돈을 벌기 위해 B&B를 하는 거라면 건물부터 새로 지어야 할 판이랍니다. 말이 B&B지 손님을 받을 만한 방은 단 두 개뿐이에요. 싱글룸 하나, 더블룸 하나씩이죠.

그럼 왜 혼자 B&B를 운영하느냐고요? 글쎄요. 내가 왜 평범한 2층 가정집에 낯선 여행객들을 들이며 B&B를 하고 있는 걸까요…….

벌써 십 년이 넘었군요. 그러니까 볼품없이 낡은 영국식 벽돌집에 B&B 간판을 내걸게 된 게 말이지요. 십 년 전이지만, 처음 내 집에 왔던 남자는 아직까지 어제 일처럼 선명하게 기억이 나는군요. 그 남자 때문에 내가 B&B를 하기로 마음먹게 됐는지는 아직도 잘 모르겠습니다. 하여튼 내 집에 처음 묵었던 남자를 이 B&B가 문 닫게 되는 그날까지 잊을 수 없을 것 같아요. 그 남자는 한국인이었습니다. 삼십 대 초반쯤 돼 보였는데 정확한 나이는 알지 못합니다. 귀를 덮는 조금 긴 머리에 검은색 뿔테에 검은색 재킷을 입고 검은색 배낭을 등에 멘 간소한 복장이었지만 강박증이 느껴질 정도로 깔끔하고 이지적인 느낌이 드는 인상이었습니다.

무엇보다 나를 사로잡은 것은 남자의 특이한 눈빛이었습니다. 나는 이제까지 그토록 날카롭고 살아 있는 눈빛을 본 게 처음이었어요. 남자는 나를 처음 보자마자 내 모든 과거, 고통, 슬픔을 꿰뚫어 보려는 듯 한참 응시했습니다. 검은 깃털을 가지고 사람의 불운을 내다보는 한 마리 새 같은 어두운 눈동자였어요. 남자는 어쩌면 작가였을지도 모르겠네요. 그런 눈빛을 가진 사람이라면 운명을 점치는 점술가나 작가가 되었을 거라는 생각이 드네요…… 아니면 살인자의 눈빛이라고 해야 할까요?

남자는 오후 네시가 넘은 시각에 나무로 된 낡은 우리 집 현관문을 두드렸어요. 좀처럼 누군가 집에 찾아와 현관문을 두드리는 일이 없었기 때문에 깜짝 놀라 거실에서 티를 마시다 뛰어나갔답니다. 한 동양인 남자가 나를 경계하듯 쳐다보더니 고개를 살짝 숙이며 인사를 하더군요. 집이 마음에 든다며 혹시 빈방이 있는지 묻더군요. 외국인치고 그의 영어 발음은 정확해서 오히려 사람이 아닌 건조한 기계음처럼 들렸어요. 나는 이곳은 숙박업소가 아닌 가정집이며 조금 떨어진 공원 안내소에 가면 B&B를 소개해줄 거라고 웃으며 말했어요.

"알고 있습니다만 다른 집 말고 꼭 이 집에 묵고 싶은데요."

남자는 그렇게 대꾸하며 내 집 앞을 떠날 생각이 없어 보였습니다. 나는 잠시 남자를 그대로 세워둔 채 갈등하며 고민에 빠졌습니다. 이 동네는 북부 지방이라 오후 네시만 넘으면 벌써 어두워지기 시작했고 하늘은 먹구름으로 가득 차 있었습니다. 문득 그를 이대로 쫓아내는 게 조금 매정하다는 생각이 들었습니다. 게다가 동양인 남자를 본 것은 몇 년 만이라 그에 대한 쓸데없는 호기심도 발동을 했답니다. 남자는 이 상황이 어색한지 자신의 목에 걸려 있는 카메라를 만지작거리더군요.

그때 그의 손을 보았습니다. 나는 손만큼 그 사람의 삶을 발가벗기듯 숨길 수 없이 고스란히 보여주는 것도 없다고 생각하는 사람입니다. 그가 얼마나 고되고 거친 삶을 살아왔는지 그는 잊어도 손이 모두 기억하고 있는 거죠. 한 번도 피아니스트의 손을 본 적은 없었지만 가늘고 기다란 그의 손가락은 건반 위에 있으면 잘 어울릴 것처럼 아름다웠습니다. 피아니스트가 아니라면 차갑고 예리한 외과 수술용 메스를 쥐고 가슴을 섬세하고 반듯하게 절개하는 모습이 떠올랐습니다. 어찌 되었든 두툼하고 뭉뚝한 남자들 손만 보다가 여자인 나보다 더 아름다운 손을 보자 그에게 강한 호감을 느꼈습니다.

그를 우리 집에 들여서 함께 티를 마시며 아무 얘기나 나누고 싶었고, 게스트룸의 침대와 목욕탕을 그가 마음껏 사용해주길 바랐습니다. 나는 활짝 웃으며 아무 의심 없이 그를 집 안으로 들여놓았습니다. 설렘과 긴장과 약간의 두려움은 지겹고 답답한 시골 마을에서 오랫동안 느껴보지 못한 살아 있는 감정들이었어요. 그가 우리 집을 선택해주었듯이 나도 그를 선택했습니다.

나는 그를 2층에 더블베드가 있는 넓은 게스트룸으로 데려갔습니다. 그는 표정에 변화는 없었지만 지나칠 정도로 꼼꼼하게 집 안을 둘러보는 듯했습니다. 마치 집 안의 벽지 무늬와 조명 하나까지 모든 것을 기억하려는 듯 집착에 가까운 눈빛이었습니다. 보잘것없이 낡고 오래된 집이 오히려 그의 눈에 의해 새로 지어지는 광경을 신기하게 바라보았습니다. 남자는 모든 것이 만족스러운 듯 테이블 앞에 놓인 의자에 앉더니 차갑게 웃어 보였습니다. 나는 처음부터 궁금했던 것을 더 이상 참지 못하고 기다렸다는 듯 물었습니다.

"근데 왜 우리 집이 마음에 드셨나요?"

남자는 신중하게 단어 하나하나를 골라 말하는 것처럼 표정이 진지했습니다.

"여긴 내가 늘 상상하던 그 집과 완벽하게 똑같아요."

지구의 반 바퀴나 떨어진 먼 동양의 나라에서 우리 집과 똑같은 집을 상상하고 있었다는 남자의 말은 기이하고 이상하게 들렸지만 기분이 나쁘지 않았습니다. 나는 어쨌거나 그가 상상한 집에 실제로 숨 쉬고 살고 있는 여주인이었으니까요. 마음속으로 그가 작가일지도 모른다는 생각을 하며 기분이 들떴습니다. 그가 이곳을 상상해왔다면 여기는 이제 평범한 가정집이 아니라 그의 소설 속 무대가 될 특별한 공간이 될지도 모르는 일이었습니다. 그는 이 집과 똑같은 집을 상상하며 그 안에서 무슨 일이 벌어지길 기대했던 걸까요? 나는 문득 그가 상상한 이야기를 듣고 싶어졌습니다. 할 수만 있다면 그를 우리 집에 오랫동안 감금시켜 그가 상상한 모든 이야기를 전부 토해내게 하고 싶었습니다. 그것은 간질 발작처럼 나의 모든 것을 뒤흔들 정도로 충동적이고 급작스러우며 참을 수 없는 무서운 감정이었어요. 나는 남자가 가방에서 작고 단단해 보이는 검은색 노트북을 꺼내 테이블 위에 올려놓는 것을 보며 나도 모르게 몸을 떨었습니다. 계속 방에 서서 자신을 지켜보는 게 이상하게 생각됐는지 남자는 고개를 들어 나를 바라보더군요. 그는 험한 시골구석에 있는 우리 집까지 찾아오느라 지친 모습이었습니다.

"근처에 혹시 저녁을 먹을 만한 레스토랑이 있나요?"

"십오 분쯤 북쪽으로 걸어가면 펍이 하나 있어요. 거기서 식사를 할 수 있을 거예요. 내일 아침은 저희 집에서 준비해드릴게요."

"고맙습니다."

남자는 그 말을 끝으로 차갑게 내게서 시선을 거두어갔습니다.

나는 갑자기 무언가 떠올라 1층으로 내려가 랜턴을 찾아 다시 남자의 방으로 올라갔습니다.

"이 동네는 밤이면 완벽하게 아무것도 안 보여요. 이따가 펍에 걸어갈 때 랜턴을 위아래로 흔들면서 가세요. 찻길을 달려오는 차가 당신을 못 볼 수도 있으니까요."

나는 그를 진심으로 걱정하는 마음으로 그렇게 말하고 조금 과장되게 소리 내 웃었지만 그는 웃지 않았습니다. 그는 잘 웃지 않는 남자인지도 몰랐습니다. 그럼 푹 쉬라고 말한 뒤 방문을 닫으려는 찰나, 등 뒤에서 뼈가 부딪치는 듯한 단단하고 서늘한 소리가 다다 다다닥, 들려왔어요. 나는 그것이 남자가 노트북을 치는 소리라는 것을 알고 두근거리는 가슴으로 혼자 미소를 지었습니다.

두 시간쯤 후, 저녁 여섯시 무렵 위층에서 계단을 내려오는 남자의 규칙적인 발걸음 소리가 들렸습니다. 나는 빨래를 개다가 동작을 멈추고 귀를 쫑긋 세웠어요. 잠시 후 현관문이 닫히고 남자가 집 밖으로 나가는 소리가 들렸습니다. 저녁을 먹으러 펍으로 가는 길이겠지요. 창밖을 내다보자 밖은 불빛 하나 없는 어둠 그 자체였습니다. 이 동네는 가로등도 하나 없는데 초행길인 그가 펍까지 잘 찾아갈 수 있을지 걱정이 되었습니다. 내가 시킨 대로 어둠에 휩싸인 황무지를 랜턴을 위아래로 흔들면서 혼자 걸어가는 모습을 상상해보았습니다. 어둠 속 황무지를 걷는 남자라니, 고독하지만 서늘하도록 아름다운 풍경일 테지요. 그쯤 되자 나는 그가 노트북에 쓰고 있는 소설의 내용이 몹시 알고 싶어 애가 탈 지경이었습니다.

여기서부터는 펍에 있던 마을 사람들에게 들은 이야기입니다. 검은 재킷에 검은 머리카락에, 검은 뿔테 안경을 쓴 남자가 나무 문을 열고 들어오더니 주위에는 관심 없다는 듯한 얼굴로 홀을 가로질러 구석 자리에 앉았다고 합니다. 저마다 손에 맥주잔을 들고 있던 펍 안의 사람들은 험한 촌구석까지 찾아온 동양인 남자를 신기한 듯 호기심 어린 눈길로 흘끗거렸겠지요. 노처녀인 웨이트리스 세라 양에게 남자는 기네스와 감자칩을 시켰습니다. 그제야 남자는 누군가를 찾는 예리한 눈빛으로 홀 안을 구석구석 둘러보았답니다.

주정뱅이 대머리 존은 새빨개진 코로 그가 탐정일 거라고 떠들었답니다. 사실 아서 코난 도일의 추리소설 중에 다트무어 국립공원이 무대인 소설도 있었지요. 자신이 매일 아침 눈을 뜨며 살아가는 동네가 소설 속에서 또 다른 모습으로 펼쳐진다는 건 꿈과 현실을 헤매는 듯한 오묘하면서도 야릇한 기분이지요.

하여튼 남자는 기네스를 가져다준 세라 양에게 귓속말로 무슨 말인가를 속삭였답니다. 세라 양은 주저하지도 않고 맞은편에 앉더랍니다. 남자는 세라 양에게 이것저것 얘기를 하는가 싶더니 주머니에서 사진 한 장을 꺼내 보였습니다. 사진 속에는 가냘프지만 차가운 인상의 동양인 여자가 있었습니다. 여자는 하얀색 원피스를 입고 있었는데 놀랍게도 여자의 뒤로는 다트무어 국립공원의 히스꽃으로 뒤덮인 척박한 황무지가 펼쳐져 있었습니다. 세라 양은 여자를 잘 모르겠다는 듯 뾰로통한 얼굴을 하고 고개를 갸웃거렸습니다. 어쩌면 남자가 자신에게 관심을 보인 게 아니라 사진 속 여자를 찾고 있다는 사실에 자존심이 상했는지 모릅니다. 세라 양이 테이블을 떠나자 남자는 기네스를 반쯤 쉬지 않고 들이켰습니다. 한 손에는 여자의 사진을 꼭 움켜쥔 채 말이죠.

남의 일에 참견하기 좋아하는 대머리 존이 더 이상 참지 못하고 남자의 테이블로 뚜벅뚜벅 걸어와 그의 손에서 사진을 낚아채듯 빼앗았습니다.

"음…… 히스꽃을 보니 다트무어가 맞긴 맞는데…… 이 여자 어디서 본 것 같기도 한데 말이야."

"여자를 본 장소를 기억하세요?"

남자는 떨리는 목소리로 물었지만 존은 쉽게 대답하지 못했어요. 대신 사진을 들고 사람들 사이로 걸어가 큰 소리로 외쳤습니다.

"이 여자 무어 근처에서 본 사람 있어?"

주변에서 맥주를 들고 마시던 사람들이 하나둘 존에게 몰려들어 사진을 보며 한 마디씩 떠들었습니다.

"이 여자 일본 배우 누구랑 닮은 거 같은데, 그 여배우 아닌가?"

"난 처음 보는데. 이런 여자가 무어에 혼자 있었다면 눈에 확 띄었을 텐데."

"저 아래, 폭스 씨네 B&B에 묵었던 여자 아니에요? 작년에 왜 동양인 여자 혼자 여행 왔었잖아요."

"언젠가 술 먹고 집에 들어가다가 깜깜한 데서 이 여자를 본 적 있어. 혼자 무어 쪽으로 올라가던데. 유령인 줄 알고 깜짝 놀랐지."

그때 다혈질인 존이 사람들 사이에서 사진을 빼앗으며 붉어진 얼굴로 화가 난 듯 소리쳤습니다.

"당신들 상상이나 추리 말고, 진짜 이 여자를 본 사람 없어?"

사람들은 모두 입을 다물고 서로의 얼굴만 물끄러미 쳐다보았고 실내에는 오래된 팝이 느리게 흘러나왔습니다. 존은 사진을 들고 남자에게 비틀거리며 걸어갔습니다.

"들었지? 어쨌거나 여긴 여자를 본 사람도 보지 못한 사람도 모두 있네. 언제나 그렇지만 확실한 건 아무것도 없지. 우리 엿 같은 인생처럼 말이야."

남자는 존과 사람들에게 고개를 살짝 숙이더니 일그러진 얼굴로 아무 말도 하지 않고 펍을 떠났습니다. 남자의 뒷모습은 당장 무슨 짓을 저지를 것처럼 무섭고 무기력하고 쓸쓸해 보였답니다.

2000년 도쿄 이케부쿠로 역

내가 발을 딛고 있는 이곳은 2,166제곱킬로미터, 서울 면적의 세

배, 인구는 1,300만 명입니다. 이렇게 인구가 많고, 고층 빌딩이 많고, 자동차가 많은데도 이곳을 떠도는 공기는 언제나 음울하고 차갑고 고독하기만 합니다. 네, 내가 살고 있는 도시는 맑은 날보다 회색빛 흐린 날이 많고, 검은 새 까마귀가 많은 도쿄입니다. 나는 도쿄에 있는 라멘 가게에서 아르바이트를 하고 있는 슈이치입니다.

이케부쿠로 역 근처 삼거리에는 열 평 남짓한 허름한 라멘 가게 '고멘'이 늙은이처럼 십 년째 같은 자리를 지키고 있습니다. 나는 고멘에서 아침 아홉시부터 오후 두시까지 '이랏샤이마세'를 외쳐댑니다. 오후 열두시가 가까워져오면 쥐들처럼 조용하고 부산스럽게 불안한 눈빛을 숨긴 양복쟁이들이 가게 안으로 하나둘 밀려옵니다. 이랏샤이마세! 주방에서 일하는 료와 나는 합창을 하듯 외칩니다. 어서 오세요. 이랏샤이마세! 누런 기름이 뜬 돼지 뼈 국물이 당신의 쪼그라든 위를 채워줄 겁니다. 이랏샤이마세! 650엔이면 잠깐 동안 당신을 짓누르던 일상의 스트레스에서 벗어날 수 있어요. 이랏샤이마세! 다시 작성해야 하는 서류, 불길한 상사의 눈빛, 휴대전화를 받지 않는 애인은 잠시 잊어버려요. 이랏샤이마세! 뜨끈하고 기름진 국물이 당신의 불안을 녹여버릴 거예요. 일본 라멘은 고단한 일본 청년들의 내장처럼 슬프게도 구불구불거립니다.

고멘에는 사람들이 빠져나가고 해가 뉘엿뉘엿 넘어가는 시각이 되면 한 남자가 유령처럼 찾아옵니다. 남자는 비가 오나 해가 뜨나 똑같은 검은색 바바리코트를 입고 나타납니다. 군데군데 염색을 한 것 같은 은빛 머리카락 때문에 그는 보통 사람이 아닌 특별한 능력을 가진 것처럼 기묘한 분위기를 풍깁니다. 남자는 늘 구석 자리에 혼자 앉아 돈코츠 라멘을 소리 없이 먹고 금방 가게를 떠납니다. 나는 주위를 두리번거리는 남자의 초조한 눈빛에서 누군가 쫓고 있다는 걸 짐작합니다. 나를 꿰뚫어 보는 듯한 날카로운 그의 눈빛이 언제나 조금 불편합니다.

오늘 아침에도 NHK뉴스에서는 이케부쿠로 역 사이쿄센〔埼京線〕 열차로 누군가 몸을 던졌다는 소식을 떠들어댔습니다. 철로변의 시신을 수습하느라 다음 열차는 오십 분간 지연되었지만 거기에 대해 불만을 토로하거나 눈앞에 벌어진 끔찍한 사고에 동요하는 사람은 없습니다. 아마도 사람들은 내일모레쯤 누군가 또다시 열차로 뛰어들 거라는 걸 알고 있기 때문인지도 모릅니다. 도쿄는 그런 암묵적인 동의와 무관심이 희끄무레한 대기 속에 창백하고 기분 나쁘게 떠도는 도시입니다. 이곳에선 죽음이나 슬픔도 한 인간이 끌어안고 있는 고독의 무게에 비하면 길거리에 굴러다니는 음료수 캔처럼 하찮은 것인지 모르겠습니다.

나는 오늘 아침, 이케부쿠로 역에서 일어난 그 지하철 사고 현장에 있었습니다. 아직도 내가 본 것이 현실이었는지 환영이었는지 확신할 수 없습니다. 지하철로 뛰어든 남자가 정말 센카와 역 근처 5층짜리 낡은 아파트의 내 방 건너편에 혼자 사는 오십 대 다나카 씨였는지는 아직도 잘 모르겠습니다.

믿기 어렵겠지만 나는 다나카 씨와 육 개월 넘게 한집에 사는 동안 이야기를 나눈 적이 한 번도 없었습니다. 부엌 겸 좁은 거실과 화장실 겸 욕실은 공동 사용 구역이었지만 그 좁은 공간에서 나와 다나카 씨는 부딪친 적이 거의 없었습니다. 이 곳에 살면서 분명히 혼자인 곳에 누군가 희미하게 존재하는 것 같은 이상한 섬뜩함을 종종 느꼈다면 믿으시겠습니까? 가끔 그 사실을 혼자 떠올리면 기이한 느낌에 사로잡히게 됩니다. 어느 날은 굳게 닫힌 다나카 씨의 방문을 쇠망치로 부서질 듯 두들기고 싶은 발작 같은 충동을 참기 위해 서둘러 내 방으로 숨어들기도 했습니다. 다나카 씨도 나와 같은 충동에 시달리며 이불 속에서 닫힌 자신의 방문을 쏘아보았을지도 모르겠군요.

도쿄의 서북쪽 이케부쿠로 역에는 거미의 다리처럼 네 쌍, 여덟 개의 철도가 지나갑니다. 신주쿠에 이어 두번째로, 많은 사람들이 매일 거미 다리를 지나 이케부쿠로 역을 오고 가는 것입니다. 나는 무수히 많은 사람들 틈에 끼어서 조용히 걷고 있었습니다. 이케부쿠로 역 근처에 있는 라멘 가게에 아르바이트를 하러 가는 길이었거든요. 개미굴 같은 복잡한 지하 통로마다 굳은 얼굴의 샐러리맨들과 젊은 여자들이 무수히 쏟아져 나왔습니다. 그들과 나는 공평하게 서로에 대해 아무것도 모른 채 어지러운 지하 통로를 빠르게 스쳐갔습니다. 사람들의 얼굴은 도시가 주는 안도감과 알 수 없는 공포를 감추려는 듯 하나같이 경직되어 있었습니다. 그들 중에는 수많은 료스케와 이치로와 히토미가 섞여 있을 테지만 내가 아는 얼굴은 한 사람도 없었습니다. 모두 한 형제같이 비슷비슷하게 생긴 그들은 지네 떼처럼 한곳을 향해 무섭게 모여들다가 다시 여러 갈래로 빠르게 흩어졌습니다. 매일 지나는 지하철역이었지만 나는 자주 사람들 틈에서 멀미와 외로움을 느꼈습니다.

문득 눈앞이 뿌옇게 흐려지는 어지러움 속에서 내 앞에 서 있는 한 여자를 보았습니다. 여자의 얼굴은 막 냉동실에서 빠져나온 것처럼 서리가 낀 듯 지나치게 하얗고 핏기 하나 없이 창백했습니다. 그녀는 파란 꽃무늬가 그려진 하얀색 유카타를 입고 긴 머리를 하나로 묶어 늘어뜨린 단아한 모습이었습니다. 아침 출근 시간과는 어울리지 않는 차림이었는데도 누구도 여자를 관심 있게 쳐다보지 않았습니다. 여자는 일본 여배우와 닮은 것 같기도 했고 다른 사람처럼 보이기도 했습니다.

빨간 끈으로 연결된 게다를 신고 있어서인지 여자의 걸음걸이는 아이처럼 보폭이 짧고 조심스러웠습니다. 언뜻 보면 게다가 완전히 바닥에 닿지 않고 허공에 동동 떠 있는 것 같은 이상한 걸음걸이였습니다. 서른 살쯤 돼 보였지만 내리깐 짙은 속눈썹의 음울한 분위기 때문에 좀처럼 나이를 종잡기 힘든 외모였습니다. 간혹 눈썹을 파르르 떨기도 했는데 그것 때문에 마치 울고 있는 것처럼 보였습니다. 나는 여자가 아침 일찍 어느 신사에라도 가는 길이라고 짐작했습니다.

　그러나 곧 여자가 검은 양복의 무리 중 오십 대의 한 남자를 따라가고 있는 것을 눈치챘습니다. 여자가 뒤따라가고 있는 남자는 한눈에도 담배와 술에 찌든 듯 꼬질꼬질했습니다. 구겨진 양복, 초조한 눈빛, 어두운 잿빛 얼굴은 오랫동안 혼자 고립된 삶을 살아온 사람의 것이었습니다. 남자는 여자가 자신을 뒤따르고 있는 것을 모르는 듯 경계하는 눈빛으로 주위를 돌아보며 빠르게 걸었습니다. 남자의 어깨에는 눈에 띌 정도도 먼지가 쌓여 있었습니다. 자신의 어깨에 먼지가 쌓이는 것도 모른 채 살아가는 남자, 나는 그런 남자에게 경멸과 호기심을 동시에 느꼈고, 무엇보다 보잘것없는 남자를 쫓고 있는 하얀 유카타를 입은 여자의 정체가 몹시 궁금했습니다. 저런 남자도 세상에서 원하는 것이 있을까요? 남자의 어두운 눈빛이 세상을 향해 있지 않다는 것만은 분명히 알 수 있었습니다. 미인에다가 멀쩡해 보이는 여자는 왜 누가 봐도 눈살을 찌푸리게 하는 남자의 뒤를 쫓고 있는 걸까요?

　다나카는 미지근한 물속 같은 무의식 속에서 한 줄기 희미한 알람 소리를 들었습니다. 그 순간 다나카가 최초로 느낀 감정은 짜증이었습니다. 다나카는 지난 밤 내내 잠들지 못했고 알람 소리는 건너편 방에서 들려왔기 때문입니다. 알람 소리를 들을 때마다 또 하루가 시작되었다는 것이 다나카는 견디기 힘들 만큼 고통스러웠습니다. 어제와 다름없이 의미 없는 하루가 또 그에게 주어진 것이었으니까요.

다음 순간 다나카는 심장이 차가워지는 것 같은 이상한 기분을 느꼈습니다. 그의 의식이 갑자기 물속으로 흩어지는 것 같았습니다. 알 수 없는 안타까움에 목이 콱 메었습니다. 다나카는 가까스로 의식을 붙잡으려고 애쓰며 힘겹게 눈꺼풀을 떴습니다. 눈앞이 모두 뿌옇게 흐렸습니다. 누군가 살짝만 건드려도 온몸이 물처럼 흘러내릴 것 같았습니다. 감당할 수 없는 끔찍한 슬픔이 그를 질식시키려는 듯 그 안에서 차올랐습니다. 다나카는 처음 느껴보는 낯선 감정에 몸을 웅크린 채 덜덜 떨었습니다.

잠든 사이 나에게 무슨 일이 벌어진 걸까. 혹시 내가 죽은 건가. 몸뚱이는 나도 모르는 사이 축축하고 악취가 풍기는 썩은 저수지에 버려진 건 아닐까. 다나카는 두려움에 목이 막혀 숨을 쉴 수조차 없었습니다. 입을 벌리면 더럽고 끈적끈적한 검은 물이 목구멍으로 콸콸 쏟아져 들어올 것 같았습니다. 이 이상한 슬픔의 정체는 뭘까. 다나카는 두 팔과 어깨와 두 다리가 차가운 쇠사슬에 묶인 듯 꼼짝할 수 없었습니다. 한 번도 빨지 않은 비둘기 색깔의 거무튀튀한 이불, 쾨쾨한 냄새와 쉰내가 나는 자신의 몸과 머리카락, 먹다 버린 채 구석에 쌓여 있는 컵라면, 아무렇게나 먼지와 함께 뒹굴고 있는 옷가지, 잡지, 만화책이 어수선하게 널려 있는 것을 보고서야 다나카는 안도의 한숨을 내쉬었습니다. 이곳은 도쿄의 센카와 역 근처 낡은 아파트에 있는 그의 방이 틀림없었습니다.

다나카는 물에 젖은 솜 같은 무거운 몸을 겨우 일으켜 창문으로 다가갔습니다. 메마른 하늘, 숨 막힐 듯 빽빽한 빌딩, 복잡한 철로, 눈에 띄지 않는 사람들, 누군가 빛을 과다 노출해 진짜 도쿄의 모습을 교묘히 흐릿하게 감추어놓은 듯 삭막한 풍경이었습니다. 건조한 도시의 풍경은 언제나 다나카에게 답답함과 동시에 안도감을 주었습니다. 집 안에만 있는 다나카의 유일한 취미는 아침마다 어딘가 병든 것 같은 창백한 도시의 풍경을 바라보는 것이었습니다. 다나카에게도 매일 아침 정각 여섯시에 스프링 인형처럼 일어나 잠이 덜 깬 채 소변을 누고 이를 닦고 세수를 하고 우유 한 잔과 낫토와 토스트를 먹고 포털 사이트에 뜬 헤드라인 기사를 읽고 흰색 와이셔츠와 검은 양복을 입고 매일 똑같은 회사로 출근하던 시절이 있었습니다. 그런 다나카는 이제 육 개월째 집 밖으로 나오지 않고 집 안에서만 웅크리고 있습니다. 사람들이 이런 자신을 뭐라고 부르는지 그도 잘 알았습니다. 히키코모리, 은둔형 외톨이, 그게 자신이었습니다.

집 밖으로 한 발짝도 나가지 않아도 다나카는 도시의 구석구석까지 잘 알았습니다. 모든 것은 어제와 다름없이 지루하고 지겨웠습니다. 복잡한 지하철 안에는 사람들이 서로의 눈빛을 피한 채 굳은 얼굴로 앉아 있고 도시 곳곳에서는 까마귀 울음소리가 들려옵니다. 서로 눈빛이 마주치거나 옷깃이 스치면 고개를 숙이고 기계적인 음성으로 속삭일 것입니다. 스미마센. 이 도시에서는 칼로 사람을 찌르고 눈도 마주치지 않고 어쩔 수 없다는 듯 속삭일지도 모릅니다. 스미마센. 다나카는 슬픔과 분노, 아무 감정을 느끼지 못하는 검고 탁한 동공과 마주칠 때마다 두려웠습니다. 생명체가 모두 사라진 황폐한 도시에서 그 동공만 징그럽게 굴러다닐 것 같았습니다. 그를 제외한 도시는 잘못된 것이 없어 보였습니다.

다나카는 자신 안에서 알지 못하는 무언가가 서서히 틀어지며 어긋나는 균열을 분명히 느꼈습니다. 그는 출근이라도 하려는 사람처럼 분주하게 움직이며 외출 준비를 했습니다. 어느 날 갑자기 집 안에 틀어박혔듯 그는 너무 쉽게 밖으로 나갈 준비를 했습니다. 방구석에 놓여 있던 육 개월 전에 벗어둔 꼬깃꼬깃해진 양복을 입고 머리를 빗었습니다. 모든 준비를 마친 다나카는 마지막으로 선반을 애틋한 눈길로 바라보았습니다. 그곳엔 사랑스러운 소녀 피규어들이 그의 손길을 기다렸습니다.

그는 소녀들이 진짜 사람인 양 하나하나 손으로 만지며 쓰다듬었습니다. 프로라인 리볼텍 아스카, 프로라인 리볼텍 에바, 고스로리의 아스카, 고스로리의 에바, 교복 입은 아스카, 교복 입은 에바, 수영복의 아스카, 수영복의 에바, 간호복의 아스카, 간호복의 에바, 웨딩드레스를 입은 아스카, 웨딩드레스를 입은 에바. 다른 옷을 입고 있을 뿐 모두 같은 소녀인 아스카와 에바가 쌍둥이처럼 다나카를 향해 사랑스럽게 웃었습니다. 다나카에게 아스카와 에바마저 없었다면 그는 쓸쓸한 도시에서 단 하루도 견디지 못했을 것입니다. 다나카는 친구도 아내도 애인도 없이 늘 혼자였습니다. 아스카와 에바가 그에게 친구였고 아내였고 애인이었습니다. 아스카와 에바가 있는 한 다나카는 외롭지 않았습니다.

"아스카, 에바, 둘이 싸우지 말고 저녁에 올 때까지 잘 지내고 있어. 그래, 너희 둘 다 똑같이 사랑해. 그럼, 다녀올게."

다나카는 집 밖으로 나오기 전, 자신이 사랑하는 인형들에게 마지막 인사를 했습니다. 마치 퇴근해서 돌아올 것 같은 샐러리맨처럼 말입니다. 그것이 그에게는 육 개월 만의 첫 외출이었습니다.

다나카는 이케부쿠로 역에서 사이쿄센으로 갈아타기 위해 사람들 틈에서 발걸음을 빨리 했습니다. 이케부쿠로 역은 언제나 사람들로 붐볐습니다. 그러나 그 많은 양복쟁이들 중 누구도 그의 어깨를 치며 야, 너 다나카 아냐? 이게 얼마 만이야? 정말 반갑군, 하고 소리치며 알은체를 하는 사람이 없었습니다. 다나카는 저토록 사람이 많은데 그들 중 누구도 자신을 알지 못한다는 사실이 기이하게 여겨졌습니다. 혹시 나도 모르는 사이 내가 사람들 눈에 보이지 않게 된 건 아닐까. 다나카는 그런 불안감과 초조함 속에 자신의 몸을 더듬어보기도 했습니다. 다나카는 도쿄에서 태어나 학창 시절을 보내고 이곳에서 직장을 다니며 이제껏 살아왔습니다. 그는 단한 번도 도쿄를 떠나본 적이 없었습니다. 오십 년을 도쿄에서 살았는데 그의 곁에는 아무도 없었습니다. 그는 유령도 범죄자도 아닌 평범한 오십 대의 독신일 뿐이었습니다. 그는 도쿄라는 도시에서

혼자 이토록 늙어버린 것이 믿을 수 없는 우스운 농담처럼 느껴졌
습니다.

자신이 혹시 얼굴이 너무 변해 동창이나 옛 직장 동료가 알아보
지 못하는 건 아닐까 하는 의구심도 들었습니다. 몸이 불구인 것도,
얼굴이 지나치게 못생긴 것도, 정신적으로 문제가 있는 것도 아닌
데 왜 내 곁에는 아무도 없는 걸까. 다나카는 아무나 붙잡고 묻고
싶었습니다. 도대체 뭐가 잘못된 거냐고. 어느 틈에 나는 이런 외
롭고 냄새나고 곁에 아무도 없는 중년의 늙은이가 되어버린 거냐
고! 다나카의 키는 이제 163센티미터였습니다. 고등학교 때 170
센티미터였던 키가 지난 오 년 사이 7센티미터나 줄어든 것이었습
니다. 그 사실을 떠올릴 때면 다나카는 몹시 두려웠습니다. 이대로
매년 조금씩 쪼그라들어 아무도 모르는 사이, 어느 날 공기 속으로
펑, 하고 사라지는 건 아닐까. 다나카는 죽음은 두렵지 않았지만 스
스로도 낯설 만큼 늙는 것은 두려웠습니다. 그의 몸은 놀랄 만큼 하
루하루 탄력이 사라지고 머리카락은 점점 희끗해지고 키는 조금씩
줄어들었습니다. 거울 앞에서 매일 다른 사람으로 변해가고 있는
자신을 마주하는 것은 끔찍하고 고통스러웠습니다.

다나카는 걸을 때마다 신발이 벗겨질듯 덜그럭거리는 게 신경
쓰였습니다. 지난 십 년 넘게 자신과 함께 매일 회사로 출근한 낡은
검정 구두는 뒤축이 다 헤졌고 늘어날 대로 늘어나 흉물스러워졌
습니다. 교복 입은 아스카 하나를 팔면 근사한 가죽 구두 세 켤레는

살 수 있었습니다. 다나카는 헐렁한 구두와 낡은 양복으로도 이제 껏 아무 불만이 없었습니다. 나머지 그의 삶에서 모자란 부분은 아 스카와 에바가 채워주었기 때문입니다. 그러나 이젠 거추장스러운 구두를 그만 벗어버리고 싶은 강렬한 충동을 느꼈습니다.

2011년 파주 로얄캐슬 아파트

햇빛이 너무 창백해 내가 마치 영화 속 여주인공이라도 된 것 같 은 날씨네요. 이런 날 여주인공들은 붉은색 립스틱을 바르고 초록 색 스커트를 입고 오렌지색 여행 가방을 끌고 어디론가 멀리 떠나 더군요. 사랑했던 남자를 완벽하게 차버리고 미련이나 아쉬움 따 위는 찾아볼 수 없는 자신감 넘치는 얼굴로 뉴욕이나 파리로 향합 니다. 나는 그녀들의 당당한 뒷모습을 부럽게 바라보며 그들의 머 리나 어깨 위로 떨어지는 차가운 수직의 햇빛에 넋을 잃고 빠져듭 니다. 그리고 내가 햇빛 속으로 걸어들어가고 싶은 지독한 열망에 가슴이 떨리곤 하죠. 모든 것을 표백시킬 것 같은 차가운 햇빛, 그 햇빛 속이라면 나도 내가 아닌 전혀 다른 삶을 살아갈 수도 있을 것 같습니다. 그녀들처럼 가벼운 발걸음으로. 내 이름은 선영입니 다. 어느 동네나 있는 흔한 이름이죠.

세상이 이토록 창백하게 보이는 게 하루 세 알 이상 먹던 프로작을 끊은 부작용 때문은 아니겠죠? 벌써 약을 먹지 않은 지 이 주가 지났네요. 이제 더 이상 손도 떨리지 않고 시도 때도 없이 식은땀이 나거나 졸음이 쏟아지지도 않아요. 저 햇빛이 나에게만 매혹적으로 보이는 게 아니라 도시를 감싸고 있는 특별한 분위기라고 생각하니 마음이 놓이네요. 네, 맞아요. 이 도시를 찾아온 건 두번째예요. 택시가 아니라 혼자 파란색 버스 900번을 타고 이 앞 정류장에 내릴 때까지 내내 안절부절못하고 불안했거든요. 그러나 애초의 작정대로 누구의 도움도 받지 않고 혼자 여기까지 찾아오니 안도감과 동시에 가슴이 설렜습니다. 뉴욕이나 파리로 떠나는 그녀들처럼 가슴이 뛰었고 낯선 도시로 여행을 온 듯 긴장되었어요. 정말, 이곳 파주의 햇빛은 그토록 묘하게 나를 긴장시키고 들뜨게 만드는군요.

신도시라 모든 것이 깨끗하고 새것인데도 어딘가 모르게 휑하고 삭막한 느낌이 드네요. 왼쪽에는 새로 지어진 웅장한 느낌의 고층 아파트 단지가 오른쪽에는 농사를 짓지 않는 허허벌판 논바닥이 보이네요. 어울리지 않는 묘한 대비 때문일까요? 버려진 도시에 혼자 덩그러니 남겨진 느낌이에요. 나는 이 쓸쓸하고 적막하고 기이한 느낌이 싫지만은 않아요. 그동안 시끄럽고 정신없는 도시에 살았으니까요. 아, 이 이상한 적막감의 정체를 이제야 알겠어요. 버스 정류장에서 내린 후로 사람들이 한 명도 보이지 않는군요. 창백한 햇빛, 사람들이 사라진 것 같은 괴괴한 스산함, 나는 현실에 존재하지 않는 이상한 도시에 도착한 걸까요?

내가 이 도시에 온 이유는 당신을 만나기 위해서입니다. 나는 당신의 얼굴을 강남역 지하상가 광고판에서 처음 보았어요. 귀밑까지 내려오는 층이 진 검은 머리, 검은색 뿔테 안경, 검은 터틀넥 티셔츠, 상대의 영혼까지 꿰뚫어 보는 듯한 차가운 눈빛, 그곳을 방심한 채 지나가던 나는 걸음을 멈추고 당신에게 붙들린 듯 꼼짝할 수 없었어요. 당신에게서는 신의 부름을 받고 제사를 지내는 사제처럼 범접할 수 없는 두렵고 엄숙한 분위기가 풍겼어요. 당신 얼굴 옆에 있는 검은색 표지의 책 광고가 뒤늦게 눈에 띄었어요. 아, 나는 당신이 작가라는 것을 알고 가슴을 쓸어내렸습니다. 당신의 정체를 알고 나자 막연한 두려움은 사라지고 뜻밖에 당신에 대한 호기심이 우유 거품처럼 몽글몽글 피어났어요. 당신 사진에 붙박인 듯 한동안 지하상가를 떠나지 못하고 자리에 서 있었습니다. 갑자기 당신이 쓴 소설을 읽지 않으면 안 될 것 같은 정체 모를 불안감과 초조함을 느꼈습니다. 무언가에 홀린 듯 그대로 서점으로 달려가 당신의 사진이 박혀 있는 소설책을 한 권 샀습니다.

나는 그날 밤 소설을 다 읽고 열병에 걸린 사람처럼 땀을 심하게 흘렸고 얼굴이 붉게 달아올랐어요. 창문을 활짝 열어놓고 찬물을 계속 들이켜도 열은 좀처럼 식지 않았어요. 어떻게 이런 일이 있을 수 있을까요? 당신은 나를 알고 있었습니다. 당신이 소설 속에 쓴 여자는 다름 아닌 나 자신이었어요. 당신 앞에 발가벗겨진 듯 당황스러웠고 부끄럽고 또 묘하게 가슴 떨렸습니다.

당신은 어떻게 나에 대해 속속들이 알고 있는 걸까요? 내 왼쪽 가슴에 꽃잎 같은 붉은색 점이 있다는 것은 대체 어떻게 알았을까요? 내가 새우를 먹으면 한 시간도 되지 않아 온몸에 붉은 반점이 생기고 목이 부어오르고 호흡곤란이 와서 의식을 잃게 된다는 것을 당신은 어떻게 알고 있을까요? 그것이 모두 당신의 상상이라고요? 내가 이제까지 세 번이나 자살 시도를 해서 왼쪽 손목에 붉은 끈처럼 흉측한 흉터가 있다는 것까지 모두 알고 있는데 내 손목의 흉터까지도 상상이라고 말할 건가요?

나도 처음엔 우연이라고 생각했습니다. 그냥 우연히 소설 속 여자와 내가 조금 비슷한 것뿐이라고 말이에요. 어떤 작가가 상상력으로만 쓴 소설이 현실에서 그대로 일어나는 놀라운 일들도 종종 벌어지니까요. 또 사람들은 소설을 읽으며 주인공에게서 자신과 비슷한 점을 찾아내려는 이상한 습성이 있다는 것도 알고 있어요. 그러나 내가 참을 수 없었던 건 내 삶의 가장 치욕스러운 순간을 당신이 내 동의도 없이 마음대로 소설 속에 까발려놓았다는 것이 었어요. 나는 소설 속에서 그 장면을 다시 보았을 때 커튼에 그대로 목을 매고 죽고 싶을 만큼 끔찍한 고통을 느꼈습니다. 그 순간 당신이 어떻게 내 이야기를 알고 있는지는 더 이상 중요하지 않았어요. 책 표지에 자신만만하게 웃고 있는 당신의 얼굴을 보며 내 머릿속에 든 생각은 단 하나뿐이었습니다.

당신은 사십 대 초반이었으며 서울의 한 대학에서 학생들을 가르치며 경기도 북부 파주에서 아내와 딸아이와 고양이 두 마리를 키우며 살고 있었습니다. 피가 낭자하는 끔찍한 소설 속과는 달리 당신의 삶은 하얀 식탁보에 홍차가 놓여 있는 평온한 집처럼 안정되어 보였습니다. 나는 당신이 쓴 소설 때문에 하루하루를 지옥에서 고통스럽게 보내고 있는데 당신의 삶은 작은 균열조차 보이지 않고 견고했어요. 나는 출판사에 전화를 걸어 당신의 전화번호와 집 주소를 어렵지 않게 알아냈습니다. 당신이 쓴 소설 속 여자가 진짜 자신 앞에 나타난다면 당신 또한 놀라며 당황할지도 모르겠네요. 나는 당신이 당황해서 허둥대는 모습을 보고 싶었습니다. 당신의 벌어진 동공 속에서 피어나는 진짜 두려움을 보고 싶습니다.

당신은 이런 사소한 나의 소망이 활활 타오르도록 경솔하게 기름을 붓는 행동을 했습니다. 우연히 택시를 타고 시내에 가는 길에, 라디오에서 디제이가 초대 손님으로 모신 작가의 이름을 말하는 것을 들었습니다. 그 순간 내가 당신의 이름을 듣고 얼마나 반가웠는지 알지 못할 거예요. 검은 안개 속에 가려 있던 당신이 내 앞으로 성큼 다가와준 것같이 기뻤습니다. 라디오에서 들려오는 당신의 목소리는 형사처럼 차갑고 무미건조했지만 차가움 뒤에 숨은 신경질적이고 이기적이고 겁이 많은 당신의 진짜 모습을 본 것 같았습니다.

여자 디제이는 당신에게 멍청한 질문을 하더군요. 이 소설 속 여자 주인공은 코스모스처럼 가녀리면서도 때로는 감정이 없는 기계처럼 무섭게 행동하는 이중적인 모습을 보여주는데요. 이런 사이코패스 같은 유형의 캐릭터를 어떻게 상상해내신 건가요? 혹시 작가님이 이런 여자분을 만난 적이 있으셨나요? 스피커에서는 잠시 아무 소리도 들리지 않더니 당신의 어색한 웃음소리가 들려왔어요. 당신의 목소리는 무언가 언짢음을 숨기려는 듯 갈라져 나왔어요. 여자 주인공은 제가 상상해낸 가공의 인물입니다. 만약 이 소설처럼 한때 사랑했던 남자를 이토록 끔찍하게 살해하는 여자를 직접 만난다면…… 라면을 끓여주고 싶어요. 라면요? 네, 제가 라면을 맛있게 잘 끓이거든요. 정말요? 저도 작가님이 끓여주시는 라면이 갑자기 먹고 싶은데요.

그날 밤, 나는 초조하게 거실을 서성거리다 결국 당신에게 전화를 걸고야 말았습니다. 전화벨이 네 번 울리는 동안 내 심장은 까맣게 타들어가는 것 같았어요. 여보세요. 수화기 건너편에서 당신 목소리가 들려오자 정신을 잃어버릴 것만 같았습니다. 오늘 라디오에서 당신 목소리를 처음 들었어요. 나는 간신히 그렇게 말했어요. 네? 어디 전화를 거셨나요? 당신은 당황한 듯 그렇게 되묻더니 잠시 아무 말이 없었습니다. 그러나 전화를 끊지도 않고 잠자코 있더군요. 마치 내가 무슨 말을 해주기를 기다리는 것처럼 말이에요.

당신 소설 속에 나오는 여주인공이 바로 나예요. 당신은 잘못 걸려 온 전화거나 나를 이상한 사람이라고 생각했는지 아무 대꾸도 하지 않았어요. 그리고 전화를 끊어야 할지 말아야 할지 망설이는 것 같았어요. 내 왼쪽 가슴에도 꽃잎 같은 붉은 점이 있어요. 아……! 당신은 놀라움에 짧은 신음 소리를 내뱉었어요. 놀라지 마세요. 난 아직 당신 여주인공처럼 살인을 저지르진 않았으니까요. 후훗. 내 말이 도움이 되었는지 당신은 잠자코 수화기를 들고 있었어요. 나도 모르게 감정이 술렁이며 입에선 격양된 목소리가 튀어나왔어요. 어떻게 내 허락도 없이 내 이야길 그렇게 마음대로 썼나요? 기분이 상했는지 당신의 낮은 한숨 소리가 들려왔어요. 저기, 그건 그냥 소설입니다. 당신 얘기가 아니라 그냥 지어낸 이야기일 뿐이에요. 그럼 이만 전화 끊겠습니다.

끊어진 수화기를 든 채 나는 손을 부들부들 떨었어요. 당신이 그렇게 가혹하게 전화를 끊어버릴 거라곤 미처 생각하지 못했거든요. 내가 분명히 당신 소설 속의 여주인공이라고 말했는데도 내 말을 듣지 않았습니다. 어떻게 당신이 나를 무시하다니. 그리고 나를 부정하다니…… 내 심장은 미친 듯이 뛰고 머릿속은 아무 생각도 떠오르지 않았어요. 그냥 지어낸 이야기라는 당신의 말 한마디 한마디가 심장에 날카로운 징처럼 박혀들었어요. 그럼 이렇게 고통스럽게 심장을 움켜쥐고 있는 나는 대체 누구인가요? 나는 당신에게 진심으로 묻고 싶었습니다.

차가운 전류가 흐른 것처럼 머릿속이 찌릿하더니 모든 것이 명료하고 선명하게 보였습니다. 당신 소설 속 여주인공이 활자 속에

만 존재하는 것이 아니라 살아 움직이는 나라는 것을, 내가 바로 그 여주인공이라는 것을 당신에게 증명해 보이고 싶었어요. 더 이상 내 존재가 무시당하는 것을 멍청하게 참고 있지 않을 겁니다. 내가 당신들 눈앞에 분명히 있는데 보이지 않는 먼지인 양 지나쳐버리는 치욕스런 순간을 두 번 다시 경험하고 싶진 않으니까요.

그날 혼자 먹은 핏물이 배어 나온 스테이크의 맛과 자줏빛 와인의 빛깔을 나는 죽어서도 잊지 못할 것입니다. 당신 소설에서 그 레스토랑 장면을 다시 보았을 때 몸속에선 피가 거꾸로 솟는 듯했습니다. 서른두번째 맞이하는 생일이었어요. 또 생일날이 되면 그 순간이 떠올라 죽고 싶은 기분이 들지도 모르겠습니다.

소설 속 여주인공처럼 나는 유부남인 남자에게 빠져 있었습니다. 나는 자신을 보는 듯한 소설 속 여자의 어리석음에 치가 떨렸습니다. 그날은 내 생일이었지만 상사는 알지 못했습니다. 테이블 위에 은빛 포크와 나이프를 보며 어리석게도 내가 사랑에 빠졌다고 착각하며 고통스런 희열을 느꼈습니다. 나는 이미 완전히 미쳐버렸는지도 모릅니다. 그때 레스토랑으로 들어오는 근사한 양복을 입은 상사의 모습이 보였습니다. 나는 너무나 반가워 환하게 미소지으며 손을 들어보였습니다. 뒤늦게 그의 뒤에 자그마한 키에 보라색 원피스를 입은 여자를 발견했습니다. 아무도 말해주지 않았지만 그녀가 그의 아내라는 것을 알았습니다. 그들은 많은 자리를 놔두고 내 뒷자리에 와서 앉았습니다. 상사가 모른 척 내 곁을 지나갈 때 테이블에 놓인 나이프로 내 목을 찌르고 싶은 강렬한 충동에 시달렸습니다.

그 순간 레스토랑을 뛰쳐나오는 대신 그와 잔인한 게임을 즐기기로 했습니다. 언제까지 내 존재를 부정하며 뒷자리에서 아내와 즐겁게 식사를 할 수 있는지 똑똑히 보고 싶었습니다. 그는 내가 눈물을 흘리며 레스토랑을 나갈 거라고 생각했을 겁니다. 그의 아내가 아무 눈치 채지 못하고 그들만의 편안한 저녁 식사가 되도록 내가 꺼져주기를 바랐겠지요. 그래서 비열하고도 잔인하게 내 뒷자리에 앉았는지도 모릅니다. 나는 그의 바람과는 달리 웨이터를 불러 메뉴판을 보고 스테이크와 와인을 주문했습니다. 그는 자주 내가 보통 여자들과 달라 짜릿하다고 했는데 지금도 그런지 묻고 싶었습니다.

레스토랑은 그날따라 한산해서 그들 부부와 나 이외에 손님이 없었습니다. 레어로 주문한 핏물이 흥건한 스테이크와 특별한 날을 위해 웨이터가 추천해준 부르고뉴 와인이 내 앞에 놓였습니다. 그들 부부에게도 스테이크가 서빙되었습니다. 나는 날것이나 다름없는 핏빛 살코기를 나이프로 천천히 썰어 입속에 넣고 오래도록 달콤하고 시큼한 맛을 즐겼습니다. 이 살코기가 내 뒤에 앉아 있는 남자의 심장이라고 생각하며 갈기갈기 찢듯 나이프로 잘라냈습니다. 등 뒤에서 긴장하고 떨리는 듯한 그의 목소리와 그의 아내의 잔잔한 웃음소리가 들려왔습니다. 자줏빛 와인을 목구멍으로 넘기며 그와 나의 이상한 마지막 만찬이 우스워 허공에 대고 발작처럼 깔깔대며 웃었습니다.

그도 내 웃음소리를 들었을까요? 등 뒤에서 그의 어깨가 경직되는 것이 느껴졌으며 얼굴이 불쾌함으로 딱딱하게 굳는 게 보이는 듯했어요. 취기가 오른 나는 순간, 더한 장난을 치고 싶어졌어요. 나는 반쯤 찰랑거리는 자줏빛 와인을 들고 그의 자리로 당당히 걸어갔습니다.

"건배할래요?"

나는 그를 향해 웃으며 와인글라스를 흔들며 내밀었습니다. 그는 돌처럼 표정이 굳어졌다가 이내 노여움과 혐오감을 드러내며 눈썹을 잔뜩 찌푸렸습니다. 나는 계속 웃으며 와인글라스를 그의 얼굴 앞에 흔들었습니다.

"건배 좀 하는 게 뭐가 어때서요?"

그때 그의 아내가 의아하고 불쾌한 얼굴로 그와 나를 바라보았어요.

"아는 여자예요?"

그는 질문이 끝나기 무섭게 경멸감에 미간을 파르르 떨며 손으로 내 와인글라스를 거칠게 뿌리쳤습니다. 그 바람에 내 얼굴은 자줏빛 와인을 홀딱 뒤집어썼습니다. 와인글라스는 날카로운 소리와 함께 발밑에서 박살이 났습니다. 그는 화가 난 것을 애써 억누르며 아내를 이끌고 자리에서 일어났습니다.

"미친 여자야. 그만 가지, 여보."

그날 그는 따귀도 한 대 갈기지 않고 신사적으로 나를 모른 척해서 감동시켰습니다. 그의 아내는 내 곁을 지나갈 때 붉은 와인이 흘러내리는 내 얼굴을 흘낏 돌아보았습니다. 나는 다시 만날 약속이라도 하듯 그녀를 향해 웃어주었습니다. 소설 속 여주인공은 그 순간 혼잣말처럼 중얼거리죠. 또 봐요…….

그날 레스토랑에 손님이라고는 나와 상사 부부밖에 없었는데 당신은 어떻게 이 모든 일을 알고 소설에 쓸 수 있었나요? 구석 자리에서 모든 것을 지켜보고 있었어요? 혹시 사촌동생 중에 레스토랑에서 일하는 웨이터가 있나요? 그러고 보니 웨이터의 눈매와 당신의 눈매가 닮은 것 같기도 하군요. 그냥 지어낸 이야기라는 당신의 변명을 나는 신뢰할 수가 없어요. 그 일들은 당신 머릿속에서만 일어난 상상이 아니라 살아 있는 나에게 실제로 일어난 지옥같이 끔찍한 순간이었으니까요. 그 자리에 없었지만 모든 일을 나만큼 잘 알고 있는 당신은, 이미 내 삶에 끼어든 것이나 다름없어요. 상상이었다고 해서 모든 죄에서 벗어날 수 없다는 걸 당신도…… 알고 있겠죠?

당신과 전화 통화를 하고 일주일쯤 지나서 받은 짧은 메일을 기억하세요? 나는 당신에게 물었습니다. 너무 치욕스럽고 고통스러운 일을 당했을 때 어떻게 하면 그것에서 벗어날 수 있을까요? 기대하지 않았는데 당신은 친절하게 답장까지 보내주셨더군요. 내 절실함이 그대로 전달이 되었던가요? 당신은 그 메일이 내가 보낸 것이라고는 예상하지 못했을 거예요. 그랬다면 답장도 하지 않았을지도 모르죠. 당신은 말했습니다.

아무도 모르게 당신에게 치욕을 안겨준 그 사람을 상상 속에서 죽여버리세요. 잔인하게. 그러고 나서 피투성이가 된 그를 무심히 바라보며 그의 극락왕생을 빌어주세요. 도움이 되길 바라며.

당신의 메일을 받고 심장이 몹시 두근거려 프로작 한 알을 삼키고 겨우 진정할 수 있었어요. 나는 당신 메일을 수십 번 읽으며 거기 적힌 내용이 농담이 아니라 진심으로 한 말이라는 것을 느낄 수 있었습니다. 그래서 당신의 말대로 나에게 치욕을 안겨준 그 남자를 상상 속에서 잔인하게 살해했습니다. 나는 수십 발이 넘게 남자의 몸에 총을 쏘아대고, 그의 심장이 너덜너덜해질 때까지 칼로 찌르고, 그를 옥상 꼭대기 층에서 밀어버렸습니다. 그러나 아무리 죽여도 다음 날이면 그는 어김없이 나타나 레스토랑으로 나를 끌고 가 또다시 고통스럽게 했습니다. 결국 나는 결심했습니다. 그 남자를 상상이 아닌 현실에서 진짜 죽이기로 말입니다. 당신 소설 속 여주인공처럼 실제로 그를 찾아가 살해하기로 말이에요. 그럼 당신도 그제야 내 말을 믿게 되겠지요. 내가 진짜 당신 소설 속의 여주인공이라는 것을. 모든 것은 당신 상상 속에서 벌어진 일이 아니라 실제로 내가 존재한다는 것을 말입니다.

아무리 생각해도, 그로부터 벗어나 자유로워지고, 당신에게 나의 존재를 증명하는 길은 그것 하나뿐이었어요. 나에게 남자를 죽이는 것 말고 다른 좋은 방법은 생각나지 않았습니다.

다트무어, 도쿄, 파주 사이의 당신이 상상하는 어느 도시

그날 밤 다트무어에는 미친 듯한 바람이 무섭게 불었습니다. 집이 통째로 뽑혀 나갈 것처럼 유리창이 계속 덜컹거렸고 유령이 울고 있는 것 같은 기분 나쁜 바람 소리가 어둠 속에서 구슬프게 들려왔습니다. 남자는 밤 열두시가 넘도록 집으로 돌아오지 않았습니다. 혹시 어둠 속에서 차 사고를 당한 건 아닌지, 돌아오는 길을 찾지 못하고 어둠에 갇힌 황무지를 헤매고 있는 건 아닌지 안절부절못하며 잠을 이룰 수 없었어요. 어찌 되었든 그는 우리 집에 온 첫 손님이었으니까요. 나는 집 밖으로 나가 그가 무사히 돌아오기를 간절히 바라며 서성였습니다.

그때 어둠 속에서 희미한 불빛이 보이는가 싶더니 하얀색 천이 바람에 희끗희끗 흩날리는 게 보였어요. 황무지 쪽이었는데 너무 멀고 또 어두워서 하얀 천의 정체를 알 수 없었습니다. 왠지 오싹하고 두려운 기분이 들어 그곳에 서 있을 수가 없었어요. 영국에는 아직도 오래된 성 안에 종종 출몰하는 유령이 많이 있으니까요. 나는 몸을 떨며 낡은 나무 현관문을 열어젖혔습니다. 녹슨 경첩이 삐걱, 어둠 속에서 날카롭게 울립니다.

나는 삐걱대는 소리를 들으며 도쿄 이케부쿠로 역의 화장실 문을 열고 나왔습니다. 그리고 거미줄 같은 지하 통로를 걸으며 누군가를 쫓아갔습니다. 얼굴을 마주하고 한마디도 섞고 싶지 않은 꾀죄죄한 남자와 그의 뒤에 하얀 유카타를 입은 여자를 동시에 뒤따라갔습니다. 걸으면서도 남자를 알고 있는 것 같은 이상한 착각에 휩싸였습니다. 이 도시에 저만큼 초라하고 고독하고 실패한 인생을 산 것 같은 남자는 도시 곳곳에 울어대는 까마귀만큼이나 넘쳤으니까요. 나는 남자와 오랫동안 한집에서 살아온 것처럼 그의 모든 것을 속속들이 알 것 같았어요. 내가 알 수 없는 것은 하얀 유카타를 입고 차가운 얼굴로 걷고 있는 여자였습니다.

남자가 선택한 이케부쿠로 역은 그를 위한 가장 최적의 장소가 될 것이었습니다. 살아가는 동안 남자가 지금껏 경험한 고독만으로도 지긋지긋했습니다. 마지막 순간까지 쓸쓸히 또 혼자이고 싶지는 않았을 것입니다. 남자는 일 년이 넘도록 자신의 부재를 궁금하게 여겨 집 초인종을 눌러댈 사람이 한 명도 없다는 사실에 공포에 가까운 불안감을 느꼈을지 모릅니다. 바글바글한 하얀 구더기의 양분이 되면서 서서히 진득진득한 검은 얼룩이 되어 사라지고 싶지는 않았을 겁니다. 남자는 이케부쿠로 역에서 지하철을 기다리는 수백 명의 사람들 중 누군가 자신을 원망하고 화를 내주길 바랐는지도 모르겠습니다. 오늘 하루쯤은 내내 찝찝하고 밥도 못 먹고 일도 손에 안 잡히는 누군가가 반드시 있을 것입니다. 운이 좋다면 얼굴을 모르는 몇몇에게 신경이 손상된 듯한 평생 잊지 못할 끔찍한 외상을 남길 수도 있을 것입니다. 남자는 그것으로 충분하다고 생각합니다. 그렇게 그는 여덟 개의 철도 노선 중에 사이쿄센을 택했는지도 모릅니다.

남자는 5미터쯤 앞서 걷고 있는 젊은 부부를 뒤따라갔습니다. 정확히 말하면 남자가 따라가는 것은 아빠에게 안겨 있는 사내아이였습니다. 세 살쯤 됐을까. 사내아이는 한 손을 아빠 목에 감싼 채 멍한 눈빛으로 남자를 물끄러미 보고 있었습니다. 왜 그렇게 뚫어져라 보는 거냐. 남자도 지지 않고 아이의 눈을 쏘아보았습니다. 남자는 그런 아이의 눈빛이 싫지 않았습니다.

사내아이 등에 매달려 있는 회색 털에 배가 하얀 인형이 눈에 익었습니다. 〈이웃집 토토로〉에 나오는 토토로라는 정령이라는 것을 남자도 알고 있었습니다. 아니 사신이었나? 복슬복슬한 회색 털 뭉치의 그것은 부엉이 같기도, 고양이 같기도, 너구리 같기도 했습니다. 천년을 넘게 산다고 했던가. 아무나 볼 수 없는 것이라고 했던가. 그럼 내가 보고 있는 저것은 인형일까, 정령일까, 사신일까. 남자는 아이 등에 매달린 회색 꼬리털이 허공에서 살짝 움찔거리는 것을 본 것 같았습니다. 어? 순간 남자의 입에서 피식, 마른 웃음이 흘러나왔습니다. 남자는 방금 전 자신의 행동이 낯설었습니다.

곧 여기저기가 터지고 산산조각으로 흩어질 텐데 웃음이 나오다니. 한번 터진 웃음은 간지럼처럼 그의 온몸으로 퍼져 참을 수 없었습니다. 남자는 문득 웃고 있는 자신이 무섭고 징그러웠습니다. 어느 틈에 자신은 이렇게 끔찍하게 변한 걸까. 왜 저들 부부처럼 평범하게 토토로 인형을 멘 사내아이를 안고 공원이나 수족관에 놀러 갈 수 없었을까. 도대체 어디서부터 내 인생이 이토록 잘못된 것일까. 남자는 마지막 순간까지 이유를 알 수 없어 답답했습니다. 하루를 더 살아봐야 남자에게 돌아오는 것은 외로움과 끔찍한 무기력과 흉물스럽게 변해가는 자기 자신뿐이었습니다. 그 고통을 피해 달아날 수 있는 방법을 남자는 이제 하나밖에 알지 못했습니다.

남자는 플랫폼에 사람들과 섞여 있으니 곧 도착할 지하철을 타고 건실한 회사에 출근이라도 하는 기분이었습니다. 나는 남자보다 십 년쯤 늙은 육십 대의 사내가 그의 옆으로 다가오는 것을 보았습니다. 검은 머리카락 사이로 희끗희끗 눈에 띄는 흰 머리카락이 지적이고 중후한 분위기를 풍겼습니다. 남자는 사내의 흰 머리카락을 뽑고 싶은 참을 수 없는 충동을 느꼈습니다. 그 순간 뜻밖에 알 수 없는 기대감이 가슴속에서 솟구쳐 올랐습니다. 어쩌면 십 년쯤 뒤에는 나도 이 사내처럼 삶이 지금보다 나아지지 않을까.

남자는 갑자기 눈가와 미간에 주름이 생기고 흰 머리카락이 듬성듬성 보이는 자신의 모습을 미치도록 보고 싶었습니다. 정말 이 대로 끝내도 괜찮을까. 심장박동이 거세지고 호흡이 가빠지고 어지럼증이 일었습니다. 내 몸은 혹시 내 의지와 상관없이 살고 싶은 것은 아닐까. 그런 생각이 남자의 머리에 스치자 이마와 손바닥과 겨드랑이에 축축하게 땀이 배어나며 온몸의 기관들이 맹렬히 요동치는 게 느껴졌습니다. 자신의 심장과 허파의 욕망을 거스르고 삶을 끝내는 것은 가장 지독하고 끔찍한 살인이 아닐까. 심장 소리가 남자의 생각에 화답하듯 커다란 북처럼 쿵쿵쿵 사력을 다해 울렸습니다. 나는 슬픈 마지막 울림 속으로 깊이 빠져들어갔습니다.

그때 열차 도착을 알리는 안내 방송이 역내에 울려 퍼지는 것을 듣고 소스라치게 놀랐습니다. 하얀 유카타를 입은 여자는 사람들 사이로 사라졌는지 더 이상 보이지 않았습니다. 사이쿄센 열차가 뱀의 머리처럼 어둠 속 터널에서 모습을 보이며 달려왔습니다. 남자가 환한 불빛 때문에 눈을 감는 것을 보았습니다. 그의 꼭 감은 눈꺼풀 사이에서 눈물이 비어져 나왔습니다. 나는 그에게 더 망설일 시간이 없다는 것을 알고 초조해졌습니다. 그는 두려움 때문인지 어깨와 두 다리를 사시나무처럼 무섭게 떨었습니다. 남자의 얼굴은 도저히 할 수 없다는 듯 하얗게 질렸습니다.

나는 그가 망설일수록 빛 속으로 찬란히 사라지는 남자의 모습을 보고 싶은 은밀하고 사악한 충동이 꿈틀대는 것을 느꼈습니다. 남자가 가야 할 곳은 결국 저 빛 속뿐일까. 혼란과 두려움과 안타까움 속에서 내 정신은 눈발처럼 까마득히 흩어졌습니다. 순간 어디선가 알싸한 향기가 나면서 누군가 남자 곁으로 소리 없이 다가오는 것을 목격했습니다. 지하철 통로에서 내내 남자를 뒤쫓던 하얀 유카타를 입은 그 여자였습니다. 여자는 남자에게 바짝 다가가더니 그의 귓가에 무슨 말인가를 속삭였습니다. 그때 여자의 눈 밑에 잘린 손톱 같은 기묘한 상처가 살아 있는 것처럼 꿈틀거렸습니다. 건조한 최면 같은 목소리는 바람을 타고 나에게까지 똑똑히 들려왔습니다.

더 살아봐야 아무것도 없어.

잠시 후, 여자가 남자의 팔을 철로 밖으로 가볍게 잡아끄는 듯한 이상하고 두려운 장면을 보고야 말았습니다. 남자가 멍하고 황홀한 얼굴로 환한 빛 속에서 하얀색 유카타를 입은 여자를 향해 웃고 있었다면 내 착각일까요?

나는 눈을 번쩍 뜨며 방금 지하철로 뛰어든 남자를 어디서 보았는지 뒤늦게 깨달았습니다. 늦은 밤, 내가 사는 낡은 아파트 건너편 방에서 유령처럼 걸어 나오는 어둡고 무표정한 그의 얼굴과 마주친 기억이 떠올랐습니다. 남자는 다나카 씨가 틀림없었습니다. 내가 그를 알아본 순간, 어느새 남자의 몸은 열차를 향해 공중에 떠 있는 것을 보았습니다. 0.5초도 되지 않는 짧은 순간, 이제까지 한 번도 보지 못한 화려하고 선명한 붉은색 페인트가 열차 앞 유리창에 커다란 꽃잎처럼 끼얹어지는 것을 보았습니다.

찢어질 듯한 굉음과 열차가 급브레이크를 강기는 소리가 레퀴엠처럼 역내에 울려 퍼졌습니다. 여기저기서 비명 소리와 탄식 같은 신음 소리가 터져 나왔습니다. 비명과 신음 사이에서 하얀 유카타를 입은 여자가 차가운 무표정으로 수백 개의 파편이 된 남자의 마지막 모습을 내려다보았습니다.

나는 몸을 부들부들 떨며 새빨간 석류알처럼 수백 개의 조각으로 나뉘어 가까스로 자유로워진 다나카 씨의 마지막 모습에서 눈을 떼지 못했습니다. 조금 떨어진 곳에는 다나카 씨의 것이 분명한 낡은 검정색 구두 한 짝이 떨어져 있었습니다. 구두 한 짝은 조금 전 살아 있던 사람이 신고 있던 것이라기엔 흉물스럽고 비현실적으로 보였습니다. 나머지 한 짝은 사라져 보이지 않았습니다.

사람들은 눈살을 찌푸리면서도 흥분해 웅성거리며 사고 현장으로 모여들었고 역내를 감싸고 있는 공기는 차갑고 끈적끈적한 비닐에 갇힌 듯 불쾌해졌습니다. 나는 사람들을 제치고 플랫폼 밖으로 뛰쳐나가 위가 머리끝에 닿는 듯한 지독한 구역질을 느끼며 아침에 먹은 우유와 시리얼을 꾸역꾸역 토해냈습니다. 머릿속에서는 한때 사람이었다고 도저히 믿을 수 없는 철로 여기저기 붙어 있는 붉은 살점들과 핏물이 자꾸 떠올랐습니다. 사람의 몸이 그토록 수백 개의 조각으로 나누어질 수 있다는 사실에 나는 공포에 가까운 충격을 받았습니다. 살점들이 아직까지 살아 있는 듯 철로에 붙어 꿈틀거리는 것 같아 구역질이 멈추지 않았습니다.

　그때 검은 코트 자락을 휘날리며 급히 달려가는 한 남자를 보았습니다. 그는 내가 일하는 라멘 가게에 종종 나타났던 그자가 틀림없었습니다. 나는 입술을 훔치며 남자가 달려가는 쪽을 향해 고개를 돌렸습니다. 사고 때문인지 역사에는 너무나 많은 사람들이 바글거렸지만 사람들 틈에서 그가 쫓고 있는 희끄무레한 형체를 보았습니다. 희뿌연 불빛 아래 투명한 해파리처럼 하늘하늘 사라지는 그것은 하얀 유카타를 입은 여자였습니다.

　남자가 쫓고 있는 것은 다나카 씨를 죽음으로 몰고 간 여자였던 것입니다. 저 여자의 정체는 대체 뭘까요. 코끝이 시려오며 기분 나쁘고 불온한 악취가 나는 것 같아 어깨를 떨었습니다. 이 끔찍한 일은 모두 내 상상일 뿐인데 저 여자와 검은 코트의 남자는 왜 내 상상 속에 끼어든 것일까요. 설마 이 모든 일이 현실에서 일어난 일이라는 말인가요. 나는 그럴 리 없다고 고개를 저었습니다.

　비켜요! 그때, 누군가 내 팔을 거칠게 밀치고 지나가는 차가운 감촉을 느꼈습니다. 언뜻 검은색 옷자락을 본 것도 같았습니다.

　나는 나를 밀치고 가는 누군가를 보기 위해 고개를 돌렸습니다. 검은색 티셔츠를 입은 남자애가 자전거를 타고 저 멀리 달려가네요. 사람을 치고 어딜 저렇게 급하게 가는 걸까요? 내 하얀 원피스에 자전거 바큇자국이라도 묻지 않았나 괜히 훌훌 털어봅니다. 나는 가지런히 하나로 묶은 머리를 손으로 쓸어내리고 다시 걸었습니다.

햇빛 좋은 토요일 오후, 파주 신도시를 걷는 나는 지금, 살인을 하러 가는 길입니다. 토요일은 상사의 아내가 백화점 문화센터에 사진을 배우러 가는 날입니다. 그의 아들은 영어 학원과 수학 학원에 가고 집에는 오후 내내 그 혼자뿐이라는 것을 알고 있었어요. 살인하러 가는 여자가 아니라 공원에 데이트하러 가는 여자처럼 보였을지도 모르겠네요. 정말 데이트를 하러 가는 것처럼 가슴이 떨리고 긴장되는 것은 비슷했습니다. 거리는 창백한 햇볕이 내리쬐고 있었고 나는 그 고요 속을 걸어서 그가 사는 빌라 앞에 도착했습니다.

빌라 앞마당에는 매화나무가 한 그루 있었는데 가지마다 초록색 매실이 앙증맞게 주렁주렁 열려 있었습니다. 나는 충동적으로 매실 한 개를 따서 이로 한 입 깨물어 먹어보았습니다. 시큼하고 떫은 과즙이 입안에 고여 들었고 문득 정신을 차린 듯 매실을 바닥으로 던져버렸습니다. 계단을 올라가 2층 그의 집 현관문 앞에서 망설이지 않고 벨을 눌렀습니다. 편안해 보이는 하늘색 티셔츠를 입은 그가 문 사이로 얼굴을 내밀며 놀랍고 당황스럽고 믿을 수 없다는 표정으로 나를 바라보았습니다.

"안녕하세요."

그가 말릴 사이도 없이 내 집처럼 그의 집으로 당당히 들어갔습니다. 집 안의 모든 것들은 깨끗하게 정리되어 있었고 그의 아내의 취향을 보여주는 특이한 장식품들이 진열되어 있었습니다.

"어떻게 된 거야, 연락도 없이……?"

그는 내 뒤를 따라오며 불쾌한 표정을 숨기지 않은 채 물었습니다.

"연락을 하고 왔으면 더 반가워해줄 건가요?"

그의 표정이 딱딱하게 굳는 것을 보았지만 개의치 않고 집 안을 들러보곤 소파에 털썩 기대앉았습니다. 그는 내가 마치 자신의 소파를 더럽히고 있다는 듯 못마땅한 표정을 짓고 서 있더군요.

"그래도 손님인데 차 한잔 안 줘요?"

"이러면 정말 곤란해."

"걱정 말아요. 차 한잔 마시고 금방 갈 거니까."

잠시 고민하다가 할 수 없다고 느꼈는지 그는 차를 만들러 부엌으로 들어가버렸습니다. 나는 주위를 둘러보다 적당한 물건을 발견했습니다. 한쪽 벽에 걸려 있는 아프리카 공예품 같은 작은 칼이었습니다. 부엌에서 아무 의심 없이 차를 만들고 있는 그의 뒷모습을 보며 벽에 걸린 칼을 꺼냈습니다. 칼날이 날카로워 보이진 않았지만 그의 부드러운 목덜미를 찌르기엔 충분해 보였습니다. 나는 칼을 핸드백에 숨긴 채 부엌으로 들어가려다 갑자기 심한 요의를 느꼈습니다. 미처 예상치 못한 것이지만 당황하지 않고 문이 살짝 열려 있는 화장실로 들어갔습니다. 그의 죽음이 고작 몇 분 뒤로 연기되는 것일 뿐 달라질 건 아무것도 없었으니까요.

그의 집 화장실 변기에 앉아 참았던 소변을 오래도록 누었습니다. 내 몸에서 흘러나오는 소변 줄기 소리를 듣고 있으니 이상하고 우스운 기분이 들어 피식 바람 빠지는 웃음이 새어 나왔습니다. 그를 죽이러 와서 오줌을 먼저 누고 있다니. 플라스틱 컵에 꽂혀 있는 그의 낡은 칫솔과 아내의 칫솔, 아들의 칫솔이 눈에 띄었습니다. 그 옆에는 아무렇게나 흉물스럽게 짠 치약이 덩그러니 놓여 있었어요. 타일 바닥에는 그의 아내의 것으로 보이는 긴 머리카락과 그 혹은 아내의 것이 분명한 음모 몇 가닥이 지저분하게 떨어져 있었습니다. 벽에 걸린 젖은 수건에는 알 수 없는 누런 얼룩이 보였습니다. 나처럼 변기에 앉아 인상을 쓰고 볼일을 보는 그의 안쓰러운 얼굴이 떠올랐습니다. 내가 상상했던 것보다 그의 삶은 남루하고 진부해 보였습니다. 문득 그를 죽이는 것이 아무 쓸모도 없는 성가신 일이 아닐까 하는 생각이 머리를 스쳐갔습니다.

화장실에서 나오자 집 안이 고요해진 것을 느꼈습니다. 차를 만들다 말고 그는 어디로 간 것일까요? 부엌에는 그의 모습이 보이지 않았고 찻잔에 담긴 홍차는 식어가고 있었어요. 나는 텅 빈 거실을 돌아보며 이상하게 싸늘한 공기에 어깨를 흠칫 떨었습니다. 갑자기 밖이 어두워진 듯했고 나뭇가지도 흔들림을 멈추고 움직이지 않았습니다. 그때 어디선가 기분 나쁜 낯선 소리가 들렸습니다. 소리가 침실 쪽에서 들려오는 것을 알고 조심스럽게 발걸음을 옮겼습니다.

문은 살짝 열려 있었습니다. 나는 숨을 죽이고 소리 나지 않게 문을 밀었습니다. 한낮이었지만 방 안은 어두컴컴했습니다. 어두운 침실에서 벌어지고 있는 끔찍한 광경을 보고야 말았습니다. 하얀 원피스를 입은 여자가 커다란 가위를 두 손에 쥐고 침대에 쓰러져 있는 누군가의 가슴을 무참히 찔러대고 있었어요. 나는 이미 피투성이가 되어 창백한 얼굴로 쓰러져 있는 사람이 조금 전 부엌에서 차를 만들던 그라는 것을 알고 충격을 받았습니다.

나 대신에, 죽어버린 싸늘한 그의 심장에 무심하게 가윗날을 찔러대고 있는 저 여자는 누구일까요? 나는 두려운 마음으로 한 걸음 여자에게 다가갔습니다. 여자는 하늘 높이 가위를 치켜들다가 인기척을 느꼈는지 동작을 멈추었습니다. 그리고 천천히 고개를 돌렸습니다. 어둠 속에서 그의 피가 여기저기 튄 얼굴로 여자는 나를 노려보았습니다. 어디선가 본 적이 있는 낯익은 얼굴이었습니다. 여자는 레스토랑에서 스쳐간 그의 아내의 얼굴 같기도, 당신의 소설 속 가녀린 눈매의 하얀 원피스를 입은 여주인공 같기도 했습니다. 그 누구보다 내 얼굴을 닮은 것 같기도 해서 고개를 저으며 뒷걸음질 쳤습니다.

당신 소설 속 여주인공이 남자를 살해할 때 썼던 도구도 가위 아니었던가요? 그 여자는 대체 누구였을까요? 당신 소설 여주인공이 나를 대신해 그를 죽인 걸까요? 아니면 백화점 문화센터에 갔다는 그의 아내가 불륜 사실을 알고 그를 무참히 살해한 걸까요? 아니면 나도 모르는 사이, 또 다른 내가 그를 살해하고만 걸까요? 그의 빌라 앞마당에서 시큼털털한 매실 하나를 따 먹고 난 뒤, 진짜 나는 어디에 가 있는 걸까요? 모르겠습니다. 그날의 모든 일은 프로작을 여러 알 먹은 뒤 보이는 환각처럼 어지럽고 불투명하고 모호하기만 합니다. 분명한 것은 그는 더 이상 이 세상에 없다는 사실 한 가지입니다.

나는 정신없이 뛰쳐나오며 핸드백에서 플라스틱 약병을 꺼내 프로작 한 알을 삼킵니다. 참지 못하고 두 알, 세 알을 연거푸 더 삼킵니다. 그러다 실수로 핸드백을 아래로 떨어뜨립니다. 아, 핸드백에 있던 화장품과 아프리카 칼과 잡동사니들이 우당탕 요란하게 쏟아지며 계단 아래로 굴러떨어지네요.

나는 어디선가 무언가가 와르르 쏟아지는 소리에 놀라 눈을 번쩍 떴습니다. B&B 거실 소파에 앉은 채로 깜박 잠들었네요. 부엌에 멀쩡히 있던 국자와 포크와 나이프가 담겨 있던 유리통이 바닥으로 떨어진 모양이네요. 왜 아무도 건들지 않았는데 저것들이 쏟아진 걸까요. 창밖에서 무섭게 불고 있는 바람 때문이었을까요. B&B에 묵은 최초의 손님인 남자를 기다리다 새벽 세시가 넘어 깜박 잠이 들었습니다. 벽에 걸린 뻐꾸기시계는 새벽 여섯시를 가리키고 있었어요. 나는 화들짝 놀라 당장 위층에 뛰어올라갔습니다. 그곳에는 감쪽같이 모든 것이 사라지고 없었습니다. 남자의 가방과 검정색 노트북도 모두.

테이블 위에는 100파운드짜리 지폐 두 장이 놓여 있었습니다. 잠이 덜 깬 얼떨떨한 상태에서 내가 잠든 사이 남자가 가방을 챙겨 조용히 집을 떠났다는 것을 깨달았습니다. 아쉬움과 설명할 수 없는 허탈감에 테이블로 다가가다가 그곳에 놓인 사진 한 장을 발견했습니다. 웬 동양인 여자 사진이었어요. 여자 뒤편에 보이는 것은 한눈에도 이곳에서 멀지 않은 보라색 꽃으로 뒤덮인 황무지라는 것을 알았습니다. 여자는 먼 곳을 응시하는 것 같기도, 사진을 들고 있는 나를 쏘아보는 것 같기도 한 묘한 표정을 짓고 있었습니다. 기분 나쁘면서도 불가사의한 느낌을 주는 얼굴이었습니다. 여자의 눈빛이 섬뜩하다고 느끼면서 여자가 입고 있는 하얀색 원피스에 눈길이 머물렀습니다. 어딘가 눈에 익은 원피스를 바라보다 지난밤 어두운 황무지 근처에서 흩날리던 하얀색 천이 떠올라 심장이 덜컹 내려앉았습니다.

지난밤 여자가 이 집 근처를 배회했던 것일까요? 남자는 밤새 돌아오지 않고 무얼 하다가 새벽녘에야 인사도 없이 사라진 걸까요? 남자는 왜 낯선 여자 사진을 남기고 떠난 것일까요? 이 여자가 우리 집에 찾아올지도 모른다는 의미일까요? 그렇게 사라진 남자와 그가 두고 간 여자 사진 한 장은 나에게 남겨진 미스터리하고 모호한 수수께끼였습니다. 그 순간 머릿속이 차가워지며 온몸에 전기가 흐른 듯 전율이 느껴졌습니다. 앞으로 내가 무엇을 해야 할지 어렴풋이 알 것 같았습니다.

이튿날, 나는 우리 집 앞에 작은 B&B 간판 내걸고 낯선 손님들을 맞이했습니다. 그렇게 하루아침에 B&B의 여주인이 된 것이지요. 남자를 다시 만나게 될지, 아무도 모르는 어느 날, 사진 속 여자가 홀연히 내가 운영하는 B&B에 찾아올지 누구도 알 수 없는 일이겠지요. 그러나 혹시 찾아올 그날을 기다리며 이렇게 하루하루 B&B의 여주인으로 살아가는 것도 나쁘지 않았습니다. 나는 쉰 살이 넘었지만 아직도 살아갈 날이 많이 남아 있을 테니까요.

참, 그날 밤, 우리 마을에 안타까운 사고가 있었습니다. 주정뱅이에 대머리에 참견하기 좋아하는 존이 황무지 근처에서 싸늘한 시신으로 발견된 것이었습니다. 칼에 찔리거나 차에 치거나 한 외상은 전혀 보이지 않는 심장마비로 사망한 것이었어요. 술을 진탕 마시고 황무지를 걷다가 쓰러져 잠이 든 채 갑자기 심장마비를 일으켜 죽은 것이겠지요. 그날 밤 존은 황무지 근처에서 무언가를 보고 심장마비를 일으킨 것일까요? 혹시 기묘한 눈빛의 사진 속 하얀 원피스의 여자를 만난 건 아닐까요? 나는 소파에 앉아 그날 밤 죽은 존과 검은 뿔테 안경을 쓴 동양인 남자와 사진 속 하얀 원피스의 여자 사이에 일어난 두려운 일을 상상합니다.

사람들은 존의 죽음을 안타까워하면서도 황무지에서 차가운 시신으로 발견된 그의 죽음을 너무도 담담하게 받아들이고 곧 잊어버렸습니다. 어떻게 그럴 수 있느냐고요? 이곳은 갑작스럽고 쓸쓸한 죽음이 전혀 놀랍거나 어색하지 않는 조금 비현실적이고 이상하고 무서운 동네랍니다.

1995년 도쿄 시나가와

보라색 히스꽃으로 뒤덮인 황무지를 보신 적이 있나요? 커다란 돌들이 듬성듬성 버려져 있고 보라색 히스꽃이 담요처럼 뒤덮여 흔들리는 매혹적인 풍경을 상상해보세요. 죽음의 땅 위에 핀 죽음의 꽃, 무섭도록 쓸쓸하고 지독하게 아름다워요. 생을 떠나는 마지막 장소로 황무지는 더할 나위 없이 좋은 곳이죠. 저 벽에 걸려 있는 히스꽃으로 뒤덮인 황무지 사진 속 풍경처럼요. 이곳 시나가와도 그곳 못지않게 황량하고 아름다운 곳입니다. 이런, 녹차가 벌써 다 식어버렸네요.

나는 오십을 훌쩍 넘겨서 은실 같은 흰 머리카락을 숨길 수도 없는 나이랍니다. 이 나이가 되면 죽음도 사랑도 길가에 떨어진 썩은 과일이나 나뭇가지를 보는 것만큼이나 담담하게 여겨지지요. 저 창밖의 사막이 떠오르는 삭막한 회색 빌딩 숲이 보이나요? 나는 빌딩 숲에서 멀지 않은 시나가와에서 작은 온천이 딸린 료칸을 운영하고 있는 여주인입니다. 언젠가 당신이 극심한 두통과 불면증과 우울증으로 자살하고 싶은 충동에 시달릴 때 내 말을 떠올리고 시나가와로 찾아오세요. 당신이 그토록 그리워하고 보고 싶어 하는 지독하게 황폐한 풍경이 여기에 있을지도 모르니까요.

벌써 십 년이 넘었군요. 그러니까 내가 볼품없이 낡은 일본식 다다미방에 료칸 간판을 내걸게 된 게 말이지요. 십 년 전이지만, 처음 내 집에 왔던 남자는 아직까지 어제 일처럼 선명하게 기억이 나는군요. 그 남자는 한국인이었습니다. 나를 한순간 매료시킨 남자의 손이 떠오르네요. 가늘고 기다란 손가락은 피아니스트의 손처럼 건반 위에 있으면 잘 어울릴 것같이 아름다웠습니다. 아니면 예리한 외과 수술용 메스를 쥐고 가슴을 섬세하게 절개하는 외과의 손 같았다고 할까요?

아, 잊어버릴 뻔했는데 마지막 인사를 하기 전에 료칸에 묵었던 남자의 이름이 궁금하지 않으세요? 그가 남긴 사진 뒷장에 불어로 쓰여 있는 걸 몇 년 전에야 우연히 발견했답니다. 레몽뚜 장. 어때요? 그와 잘 어울리는 근사한 이름 아닌가요? 그는 누구였을까요? 주정뱅이로 살다 시나가와 역 앞 쇼핑센터에서 심장마비로 죽은 다나카의 말대로 여자를 뒤쫓는 탐정이었을까요? 아무튼, 누구든 그를 만나게 되면 나 대신에 안부를 전해주세요.

2011년 서울 신도림역

그로부터 사흘 후, 나는 아무렇지 않게 일상으로 돌아와 신도림역 근처 라면 가게에서 어서 오세요를 외쳐댔습니다. 그날 라면 가게에 찾아온 남자를 다시 만났습니다. 남자는 헝클어진 머리에 신경질적인 표정으로 가게에 들어섰습니다. 그는 여느 날과 다름없이 치즈라면을 시켰지만 라면을 먹는 내내 매서운 눈빛으로 나를 쏘아보았습니다. 그가 찾아온 이유가 사흘 전 신도림역 열차 사고 때문이라는 것을 직감하고 가슴이 두근거렸습니다.

남자는 내 예상과는 달리 혼잣말처럼 무언가 중얼거리더니 유유히 가게를 떠났습니다.

시작은 네 상상 때문이야.

남자의 쏘아보는 눈빛은 분명히 그렇게 말했습니다. 그가 앉았던 테이블을 치우다 라면 그릇 옆에서 사진 한 장을 발견했습니다. 사진 속에는 싸늘한 표정을 짓고 있는 하얀색 원피스를 입은 여자가 있었습니다. 여자 뒤편에 보이는 척박한 땅은 황무지인가요? 황무지에도 꽃이 피나요? 보라색 꽃도 보이네요. 나는 갑자기 머리가 깨질 듯 아파왔습니다. 신도림역 열차 사고에서 김 씨를 죽음으로 몰고 간 하얀색 원피스를 입은 그 여자였습니다. 그날 끔찍한 열차 사고의 선명한 장면들, 붉은 과육처럼 흩어진 살점들, 하얀 원피스를 입은 여자의 눈 밑 기이한 상처와 차가운 미소, 모두 내 상상이 만들어낸 환영이라고 믿었는데, 그 남자가 현실 속에 여자의 사진을 가지고 나타난 것입니다. 모든 것은 내 상상이 아니었나요?

함부로 상상하지 마.

남자의 목소리가 머릿속에 울리는 듯했습니다. 옆방 김 씨가 열차로 뛰어든 끔찍한 사고가 하얀 원피스의 여자 때문이 아닌 불길한 내 상상 때문이었다는 말인가요? 나는 건너편 방에서 벌레처럼 살고 있는 히키코모리 김 씨가, 매일 밤 수음을 하며 숨죽인 신음소리를 내는 그가, 어느 날 방에서 뛰쳐나가 열차에 뛰어들어 참혹하고 잔인하게 산산조각 나기를 밤마다 상상했던 것일까요? 아, 나는 아무것도 모르겠습니다. 하얀 원피스를 입은 여자의 정체는 무엇일까요? 악몽을 먹고 자란다는 전설 속의 기묘한 동물 맥처럼 불길한 상상 속에서만 존재하는 여자일까요? 여자를 쫓는 방금 가게에서 사라진 남자는 대체 누구일까요?

어서 오세요. 서울의 하늘은 오늘도 칙칙한 잿빛이네요. 서울은 매일매일 새로운 일이 일어나고 또 아무 일도 일어나지 않는 것처럼 고요합니다. 나는 이 도시의 복잡함과 화려함과 알 수 없는 스산한 공기가 모두 마음에 듭니다. 거리로만 나가면 수백 명의 처음 보는 사람들이 내 곁을 무표정하게 스쳐갑니다. 낯선 사람들 속에 섞여 있으면 아무도 나를 알지 못한다는 사실에 심장이 두근거리면서도 지독하게 외로워집니다. 도시를 떠도는 우울과 고독과 긴장된 공기가 나를 보호하고 있는 듯 마음이 편안해지죠. 나처럼 하찮은 인간도 메마른 도시의 일부가 되어 살아 움직이고 있다는 느낌을 강렬하게 받습니다. 나 혼자 외롭고 무기력하고 고통스러운 게 아니라 모두들 견디고 있을 뿐이라는 것을, 사람들의 굳은 얼굴을 보며 위안을 얻습니다.

어쩌면 내가 이 도시에서 하루하루 견디는 방법은 그것뿐인지도 모르겠습니다. 일어나지 않은 두렵고 불길한 일들을 상상하는 것. 나는 오늘도 불길한 상상을 합니다.

2000년 잉글랜드 우드그린

현실과 비현실의 경계 어딘가에 낯설고 이상한 세계가 존재한 다면, 이곳 잉글랜드의 우드그린이 그런 경계에 있는 동네 같아요. 늘 일어나지 않은 일을 상상하는 당신과 런던 4존의 우범 지역 우 드그린의 비현실적인 분위기가 어쩐지 잘 어울린다는 생각이 듭니 다. 백인들보다 흑인들이 많이 살고 한낮에는 시간이 멈춘 듯 고요 하며, 가끔 타투 가게에서 살인 사건이 일어나고, 근처에 멋진 묘지 가 있는 우드그린에선 이상한 일도 더 이상 이상하지 않을 것 같으 니 그게 정말 이상하죠?

우드그린에는 특히 고양이가 너무 많아요. 아, 당신도 고양이 두 마리를 키우고 있다고 했나요? 비염 알레르기가 심한 당신에게 의 사가 고양이를 키우지 말라고 충고했는데도 비염 치료 대신에 고 양이를 택했다면서요? 그래서 여전히 콧물과 재채기로 고생하고 있다는 인터뷰 기사를 타블로이드지에서 읽었어요. 어떤 종류의 고양이일까, 어떤 무늬를 가졌을까, 집 안 어디에 정물처럼 숨어 있을까, 내가 지금 핸드백에 넣어 가져가는 테스코 참치 캔을 좋아할까, 낯선 사람도 잘 따를까, 당신은 아내보다 고양이 두 마리를 더 사랑하는 건 아닐까, 만약…… 고양이 두 마리가 당신 앞에 끔찍한 사체로 발견된다면 당신 기분이 어떨까…… 당신을 만나러 가는 이 고요하고 창백한 거리에서 나는 여러 가지 상상에 빠져 있습니다.

아, 횡단보도를 건너기 전 타투 가게 앞에 놓여 있는 꽃다발을 미처 보지 못하고 밟을 뻔했어요. 열 개도 넘는 꽃다발이 놓여 있네요. 타투 가게에서 일하던 열여덟 살 흑인 소녀가 살해당했다는 뉴스를 기사에서 보았어요. 당신은 이 앞을 지나칠 때마다 문 앞에 놓인 애도의 꽃다발들을 보겠군요. 집 밖으로 나설 때마다 이 가게 앞을 지나치는 기분이 어떤가요? 가게 유리에 검은 장막이 쳐져 있어 사건 현장을 볼 수 없게 해놓았네요. 장막 사이로 마네킹이 하나 보이네요. 왜 흑인 소녀가 살해된 걸까요. 아직도 범인이 잡히지 않았던데 저 마네킹은 범인 얼굴을 알고 있지 않을까요. 그날 밤 살인 사건 현장을 눈앞에서 보았을 테니까요. 목격자가 마네킹뿐이라니 우습지 않나요? 당신은 이 앞을 지날 때마다 그럴 줄 알았다고 마네킹을 노려보고 가진 않나요? 이 도시는 모든 비밀을 감춘 채 아무 말이 없네요.

나는 어느새 당신이 살고 있는 세븐시스터즈 로드에 들어섰습니다. 똑같이 생긴 하얀색 이층집들이 죽 늘어서 있는데 텅 빈 동네가 아닐까 생각될 정도로 쓸쓸하고 기분 나쁜 적막감이 감도네요. 길 건너편에도 이쪽에도 아무도 보이지 않네요. 비명 소리, 웃음소리, 말소리도 들려오지 않는군요. 모두들 집 안에서 숨죽이고 무엇을 하고 있는 걸까요? 보도블록 앞에서 하얀색 슬리퍼 한 짝을 발견했어요. 누가 슬리퍼 한 짝을 길바닥에 떨어뜨리고 간 걸까요? 나는 이상한 생각이 들어 반사적으로 주변을 올려다보았어요. 저 많은 이층집 중 하나에서 여자가 슬리퍼 한 짝을 신은 채 피에 젖은 원피스 차림으로 뛰쳐나와 길 끝으로 도망치는 아찔한 광경이 보이는 것 같아 눈을 감았습니다.

당신은 이토록 고요한 동네에서 서재에 불도 켜지 않고 스탠드 불빛에 의지한 채 노트북에 무언가를 빠르게 써 내려가고 있군요. 그 모습은 어쩐지 집요하고 무서워 보입니다. 이 순간 다른 세계를 헤매고 있는 당신의 몽롱하고 형형한 눈빛이 보이는 것 같아 나는 갑자기 모든 게 두려워집니다. 집 안 구석에선 눈빛만 반짝이며 모습은 보이지 않는 고양이들의 울음소리가 들려오고 어디에도 당신의 아내는 눈에 띄지 않습니다.

당신 아내는 지금 어디에 있는 걸까요? 당신 혹시 욕실에서 물이 똑똑 떨어지는 소리를 듣지 못했나요? 당신 침실에서 아내의 옷장을 열어본 적이 있나요? 당신 아내의 하얀색 원피스가 끔찍하게 피투성이로 얼룩져 있지 않나요? 저 길가에 떨어진 하얀색 슬리퍼…… 혹시 당신 아내의 것이 아닌가요?

결벽증이 느껴질 정도로 하얗고 창백한 잉글랜드 우드그린 동네의 이층집들이 빙글빙글 도는 것 같은 어지럼증과 현기증이 느껴져요. 숨이 답답하고 가슴이 두근거리고 불안해서 미칠 것만 같아요. 프로작을 핸드백에 넣어올걸 그랬군요. 저기, 창문에 누군가 서 있는 게 보이네요. 하얀색 천이 기이하게 바람에 펄럭입니다. 하얀색 원피스를 입은 여자가 무표정한 얼굴로 나를 내려다보고 있어요. 그녀와 눈을 마주치지 않기 위해 고개를 돌려버립니다. 또 다른 창문에도 하얀색 원피스를 입은 여자가 서 있어요. 나는 휘청거리며 다른 곳으로 고개를 돌립니다. 그곳에도 하얀색 원피스를 입은 여자가 서 있고…… 또 하얀 원피스의 여자가 서 있고…… 또 하얀…….

레몽뚜 장, 이곳은 어디인가요? 당신이 무섭게 몰두해서 쓰고 있는 소설 속 세계인가요? 아니면 악몽을 꾸고 있는 건가요? 나는 지금 어디에 있는 건가요…… 당신은 어디에 있나요…….

5장

웰컴 투 마이 블러디 월드!

나는 누구지?

전류가 머릿속 혈관을 통과하는 짜릿한 느낌에 신음 소리를 지르며 깨어났다. 노르스름한 희뿌연 빛이 동공을 찔렀다. 그것은 천장의 낡은 형광등 불빛이었고 나는 알몸으로 투명한 비닐 속에 갇혀 철제 침대에 누워 있었다. 왜 소고기처럼 지퍼백 같은 비닐 속에 누워 있는 걸까. 머릿속이 얼어버린 듯 아무것도 기억나지 않았다.

가슴과 양팔과 두 다리와 머리에는 수십 개의 복잡한 전선과 튜브가 달라붙어 있었고 그것들은 비닐 밖의 알록달록한 전선과 연결되어 있었다. 전선들 끝에서 나는 LPG 가스통 같은 커다란 쇠통을 발견했다. 전선들은 내 몸에서 무언가를 추출해 LPG 가스통에 충전하고 있는 게 분명했다. 대체 나한테서 무얼 뽑아 가는 걸까?

팔다리와 몸을 비틀어 전선을 뜯어내고 싶었지만 몸에 마취제를 주입했는지 꼼짝하지 않았다. 나를 비닐에 집어넣고 손가락 하나 움직일 수 없게 만든 그들은 누구인가. 그제야 당혹스러움과 오한이 몰려오며 몸이 떨려왔다.

가까스로 머리를 오른쪽으로 돌려보았다. 그곳에도 비닐 속에 벌거벗은 남자가 누워 있었다. 비닐 뒤에는 역시 그의 몸에 붙은 전선과 연결된 LPG 가스통이 보였다. 왼쪽도 돌아보았지만 마찬가지로 비닐 속에 누군가 누워 있었다. 저 벌거벗은 것들은 모두 뭐지? 나와 같은 인간인가? 나는 충격에 휩싸여 숨이 막히는 것 같았다. 어쩌면 그 옆자리, 그 옆자리에도 비닐에 싸인 발가벗겨진 누군가가 누워 있을지 모른다. 천장에서 보면 수십 개의 비닐 속 알몸이 도축될 짐승처럼 얌전하고 무기력하게 누워 있는 두렵고 기이한 풍경이 떠올랐다. 이 거대한 비닐에 들어 있는 것들은 무엇에 쓰이는 걸까. 설마 하나씩 머리, 가슴, 팔, 다리가 차례차례 절단되길 기다리는 건 아니겠지. 등허리와 이마에서 차가운 식은땀이 흘러내렸다.

공포를 주는 상황에서도 나는 머릿속 혈관에서 전선을 타고 주스처럼 무언가 빠져나가는 듯한 어지럼증과 불쾌감을 느꼈다. 그것은 혈액도 뇌수액도 아닌 좀 다른 종류의 것이었다. 제길, 누가 나를 이 꼴로 만들어 무얼 강탈해 가는 걸까. 머릿속이 표백된 것처럼 새하얗고 아무것도 떠오르지 않는 것도 그자들의 짓인가. 진정하고 이곳에서 빠져나갈 수 있는 방법을 생각해 내야 한다. 문득 이상한 점을 깨달았다. 다른 비닐 속은 모두 잠들었는지 마취 상태인지 죽은 듯 누워 있는데 왜 나만 깨어난 걸까. 혹시 저들은 겉모습만 인간일 뿐 인간이 아닌 게 아닐까. 저들과 달리 나만 인간이라는 증거 역시 어디에도 없었다. 도대체 비닐 속에서 얼마나 잠들었다가 깨어난 것인지도 알 수 없었다. 며칠? 몇 년? 그보다 더 오래? 분명한 건 나와 저들은 발가벗겨진 채 실험에 이용되는 무기력한 실험체라는 것이다.

납치된 순간과 비닐에 갇히게 되기까지의 시간을 뭐라도 떠올려보자. 머릿속 혈관들이 쭈뼛거리자 그보다 더 깊은 곳에서 무언가 막고 있는 듯했다. 누군가 인위적으로 기억을 지워버린 것일까. 나도 아무것도 모른 채 저들처럼 깨어나지 말았어야 하는 건 아닐까. 아, 답답함에 나도 모르게 깊은 한숨을 내쉬었다. 그때였다. 새하얗던 머릿속에 '담배'라는 단어가 거짓말처럼 떠올랐다. 연달아 담배의 퀴퀴한 맛과 뿌연 연기와 부드러운 필터의 느낌이 되살아났다. 혼자 깨어난 것도 모자라 담배와 관련된 감각이 떠오른 게 발각되면 문제가 될지도 모른다는 생각이 스쳤다.

갑자기 머리가 두 개로 쪼개지는 것 같은 엄청난 통증이 밀려오며 정전이 된 듯 눈앞이 깜깜해졌다. 누가 머릿속에 필름 하나를 끼워 넣은 듯 어둠 속에서 영상이 재생되었다. 시커먼 강물이 유유히 흘러가고 핏빛 불빛이 출렁이는 풍경이 보였다. 시선이 위로 올라가자 검은 밤하늘과 차갑게 빛나는 금속 같은 고층 빌딩이 나타났다. 어디선가 들리는 경찰차 소리와 요란한 구급차 소리가 점점 멀어져갔다. 스산하고 고독한, 무언가 마음을 붙잡는 도시의 밤 풍경이었다. 멀리서 한 줄기 바람이 불어오자 검은색 코트가 펄럭거렸다. 귀를 덮는 검은 머리카락이 휘날렸다. 뿌연 담배 연기가 어둠 속으로 흩어졌다. 창백하고 핏기 없는 얼굴이 고층 빌딩 옥상에서 무표정하게 도시를 내려다보았다. 남자가 천천히 고개를 돌렸다. 익숙하고 낯선 얼굴은 바로 나였다. 깜짝 놀란 것과 동시에 머릿속이 불이 꺼진 듯 컴컴해졌다. 다시 투명한 비닐이 보였다.

조금 전 떠오른 장면은 뭐지? 검은 코트를 입은 남자가 나였을까. 왜 빌딩 옥상에서 도시를 내려다본 걸까. 검은 새처럼 아스팔트 아래로 추락하려는 것이었을까. 세상 모든 것에 무심한 쓸쓸한 눈빛이 떠오르자 마음이 짓눌린 듯 무거웠다. 남자가 나라면 발가벗겨져 비닐 속에 갇힌 이것은 무엇인가. 남자는 어쨌든 여기서 탈출할 수 있는 실마리를 품은 비밀의 열쇠였다.

무언가 더 떠올리려고 하자 사방에서 머리를 철사로 죄여오는 듯 아파왔다. 온몸이 물에 젖은 휴지처럼 풀어지며 눈꺼풀이 서서히 감겨왔다. 몸에 붙은 튜브 중 하나에서 수면제가 혈관을 타고 들어오는지도 모른다. 이대로 잠들었다가 깨어났을 때 비닐 안이 아닌 인도양 해변에서 망고 주스를 마시며 누워 있다면 얼마나 좋을까……. 의식은 그렇게 파도처럼 덧없이 부서지며 이내 흩어졌다.

검은 뿔테 안경을 쓴 남자가 어둠 속에서 노트북에 무섭게 무언가를 써 내려갔다. 남자는 소리 없이 웃고 있었다. 하얀 화면 위에 그가 쓴 검은 글자는 아무것도 없었다.

하얀 노트북 화면이 점점 확대되더니 그 사이에서 새로운 세계가 튀어나왔다. 피로 물든 세계, 피가 흘러내리며 보랏빛 히스꽃이 핀 황무지가 드러나고, 하얀 원피스를 입은 여자가 웃고 있었다. 여자의 얼굴이 성큼성큼 나를 향해 다가왔다.

여자의 얼굴은 수억 개의 불빛으로 어지럽게 깜빡거렸다. 나는 불빛들 중 하나로 흡수되듯 맥없이 빨려들어갔다. 수백 개의 파편으로 산산조각 나는 것 같은 현기증을 느끼며 끝나지 않을 긴 빛의 터널을 지났다. 그 순간 나는 빛이었다. 심장이 없어도 가슴이 뛰었다.

수많은 혈관 속에서 피가 정신없이 멈추지 않고 돌았다. 구불구불한 핑크빛 내장들이 힘겹게 펄떡거렸다. 투명하고 지친 근육과 약하고 위태로운 뼈가 서로 맞물려 삐걱거리며 낡은 수레처럼 움직였다. 나는 누군가의 늙어가는 육체 속에 들어와 있었다. 그것은 초현실적이지도 마술적이지도 아름답지도 않았다. 금방이라도 터지거나 흘러내리거나 무너질 것처럼 끔찍하고 아슬아슬했다. 내가 원한 것은 이런 지독한 환상이 아니었다. 나는 그저 하루하루 살아가는 것을 견디지 못했을 뿐이었다. 내가 대체 무엇을 잘못한 것일까. 저 앞에서 공허한 북소리를 내며 쥐어짜듯 펌프질을 하고 있는 흔들리는 붉은 성을 보았다. 시간이 별로 없다는 것을 깨달았다. 저 성을 찢고 들어가 그 깊고 아늑한 곳에 숨은 붉은 열망을, 착란의 피투성이 괴물을 만나고 싶었다. 나는 칼을 쥐고 있었다. 손에 땀이 났다. 심장이 없으므로 붉은 성을 훼손하는 것이 두렵지 않았다. 갈기갈기 찢어발길 것이다. 붉은 피투성이를 마주할 때까지. 두려운 것은 그것을 영원히 만나지 못할지도 모른다는 초조함 때문이었다. 심장을 향해 떨리는 손을 뻗었다.

붉은 문이 커튼처럼 찢겨 나갔다. 그곳은 창문도 없는 어두컴컴한 작은 방이었다. 삐쩍 마른 남자가 원피스 같은 하얀 환자복을 입고 침대에 몸을 둥글게 웅크리고 있었다. 처음 보는 남자였는데 만난 적이 있는 것 같은 낯익은 얼굴이었다. 하얗고 마른 맨발은 사막에 사는 동물의 발가락처럼 길쭉했고 남자는 그것을 무의식적으로 꼼지락대고 있었다. 아무 기척을 느끼지 못했는지 고개를 들지도 꼼짝하지도 않았다. 저 자세로 자고 있는 걸까. 그때 남자의 입에서 무언가 우물거리는 소리가 들렸다. 무얼 먹고 있는 걸까. 남자는 눈 깜짝할 사이, 손에 쥔 작은 갈색 덩어리를 재빨리 입에 넣고 빨아댔다. 달콤한 향기가 나는 듯했다. 나는 그가 경계하며 다급하게 빨아먹고 있는 것을 알았다. 캐러멜 맛 향료와 착색료의 중독적인 맛, 밀크캐러멜이었다.

남자는 백태가 낀 것 같은 뿌연 눈으로 돌아보며 기괴하게 웃었다.

“먹을래?”

남자는 캐러멜 하나를 내밀었다. 나는 그것을 받아들고 금지된 약인 양 멍하니 바라보았다. 갑자기 가슴이 울렁거리며 불쾌한 기분이 몰려왔다.

“넌 누구지?”

“그걸 먹어봐. 머릿속이 하얘져. 그래서 멈출 수가 없지.”

나도 모르게 그것을 입에 넣고 우물거렸다. 남자는 뺨에 난 털을 잡아당기며 노래를 하듯 말을 하기 시작했다.

“하얀 토끼를 키워본 적 있어? 작고 귀여운 토끼가 얼마나 빨리 무섭게 자라 자이언트 토끼가 되는지. 토끼의 새빨간 눈을 들여다본 적 있어? 토끼가 아니라 내 눈이 새빨간 게 아닐까 무서워서 매일 거울을 들여다봤어. 내 눈동자가 토끼처럼 새빨개진지도 모르고 태연히 회사에 가고 밥을 먹고 사람들과 웃고 떠든 건 아닐까. 나도 모르는 사이, 머리에 토끼처럼 하얗고 길쭉한 귀가 자라날까봐 두려웠어. 아니, 나는 미치게 토끼가 되고 싶었는지도 몰라. 그날 밤, 무슨 일이 일어났는지 알아? 자정이 넘은 열두시 십이분, 바라던 은밀한 꿈이 현실로 이루어졌어.”

남자는 말하는 동안에도 뺨에서 벌레라도 끄집어내려는 듯 집요하게 털을 잡아 뜯었다. 어디선가 토끼의 보드라운 하얀 털과 울고 난 것 같은 새빨간 눈동자가 보이는 듯했다. 나는 남자의 이상한 행동과 토끼 이야기에 진저리가 쳐졌다. 남자는 자이언트 토끼가 보이는 듯 어깨를 흠칫흠칫 떨며 말을 멈추지 않았다.

"그 시각, 눈을 떴는데 온몸이 하얀 털에 뒤덮여 있는 게 아니겠어. 귀도 길쭉해졌고. 너무 기뻐 두 발로 서서 탭댄스를 쳤어. 자, 이제 토끼가 됐으니 뭘 하면 좋을까. 일단 깡충깡충 뛰어볼까. 앞 이빨로 당근이나 갉아 먹어볼까. 심심한데 인간들이나 놀려줄까. 아니, 뭘 하나 죽여볼까."

나는 더 듣고 싶지 않았지만 그는 입을 닥칠 생각은 않고 나를 쏘아보았다.

"이리 가까이 와서 내 새빨간 눈을 한번 들여다봐. 뭐가 보여? 네 얼굴이 보이나? 어때? 견딜 만해? 당신 눈에 비친 내 모습은 정말이지 견딜 수 없을 만큼 끔찍하군. 역겨워. 토할 것 같아. 이제 네가 한 짓이 떠오르나? 아니 네가 누군지 기억나? 끔찍하게 두렵고 하기 싫은 일이 뭔지 알아? 자기를 기억하는 거야."

나는 남자의 눈동자에 비친 검은 그림자를 보고 화들짝 뒷걸음질 쳤다. 그의 눈동자에 비친 내 눈동자를 보았다. 그것은 지독하게 어둡고 차가운 무생물처럼 보였다. 어느 틈에 내 눈동자가 저렇게 변해버린 걸까.

저렇게 메마른 눈동자를 가진 누군가가 떠올랐다. 그는 우울증과 알코올에 미쳐가더니 어느 날 저런 눈동자로 부엌에서 음식을 하던 아내를 수십 차례 와인 오프너로 찔러 죽였다. 그는 와인 오프너로 찌른 것이 아내가 아니라 하얀 늑대라고 믿었다. 늑대가 자신을 해치고 그의 아들을 물고 멀리 달아날 거라는 환상에 매일 시달렸다. 현실과 환상을 구분하지 못하는 알코올중독 환자, 그는 나의 아버지였다.

아니, 이건 아니야……. 이것은 내가 아니라 침대에 웅크리고 있는 짐승 눈빛을 가진 저 남자의 상상 속 이야기였다. 그 순간 비로소 남자의 이름이 떠올랐다. 마태수. 저자의 상상을 내 이야기로 착각하다니. 모두 마태수가 준 밀크캐러멜 때문이었다. 그것 때문에 내가 정신착란을 일으킨 것이다. 마태수는 정상이 아니었고 붉은 방도 내 정신을 흐트러뜨렸다. 나는 기분 나쁜 이 방에서 나가기 위해 돌아섰다. 그때 마태수가 슬픈 표정으로 히죽 웃어 보였다.

"아직도 도망치고 싶어? 정말 당신이 누군지 모르겠어? 토끼 눈이 왜 새빨간지 알아…… 레몽뚜 장?"

그대로 방을 뛰쳐나와 다음 말은 귀에 들려오지 않았다. 레몽뚜 장이라니. 그는 왜 그런 기괴한 이름으로 나를 부르는 걸까. 다행스럽게도 그곳을 빠져나오자 조금 전의 모든 일이 기억나지 않았다. 알 수 없는 안도감에 가슴을 쓸어내렸다. 붉은 성은 헐떡거리며 힘겹게 살아 있었다. 그곳엔 아직 세 개의 붉은 방이 남았다. 나는 죄책감도 없이 두번째 방을 칼로 활짝 열어젖혔다.

자동차 경적 소리가 시끄럽게 울려댔다. 정신없이 달리는 차들과 고층 빌딩으로 둘러싸인 도시 한복판이었다. 나는 맥주병이 나뒹구는 쓰레기통 옆에서 신문을 뒤집어쓴 채 화들짝 놀라 잠에서 깨어났다. 샐러리맨들과 젊은 여자들은 쓰레기통 옆에서 깨어난 나 같은 건 신경도 안 쓰고 바쁘게 걸어갔다. 몸에서 풍기는 퀴퀴한 냄새와 지난밤 마신 싸구려 알코올 때문에 두통과 매스꺼움이 밀려와 인상을 찌푸렸다. 도대체 술을 얼마나 마셔댄 것일까. 전두엽과 후두엽에 커다란 나사 두 개가 깊이 박힌 듯 눈을 깜빡일 때마다 머리에 굉장한 통증이 느껴졌다. 몸을 일으키려다 힘없이 고꾸라지듯 바닥에 넘어졌다. 젠장, 불량배들에게 밤새 두들겨 맞기라도 한 걸까. 온몸 마다마디가 간신히 붙어 있는 듯 아프지 않은 곳이 없었다. 으윽, 입에서 저절로 죽을 것 같은 신음 소리가 새어 나왔다.

"엄살 그만 부리고 얼른 일어나."

비꼬는 듯한 사내의 굵은 목소리가 들려왔다. 나는 어정쩡하게 쓰러진 채 고개만 삐딱하게 들고 목소리의 주인을 올려다봤다. 사십 대 초반에 흰머리가 듬성듬성 난 체격이 비대한 사내가 빤히 내려다보았다. 사내는 반갑다는 듯 입술을 실룩이며 웃더니 손을 내밀었다. 나는 그의 손을 잡고 쓰레기가 뒹구는 그곳에서 겨우 일어났다. 수상한 냄새가 풍겼지만 손을 내밀어준 그가 싫지 않았다.

주위를 둘러보며 고층 빌딩, 은행, 상가가 밀집된 도시 한복판 호프집 앞에서 지난밤 잠을 잤다는 것을 알았다. 내가 왜 길바닥에서 깨어났는지 아무것도 떠오르는 게 없었다.

“날 아세요?”

“시간 없으니까 일단 여길 뜨자고.”

내 멍청한 물음에 사내는 옷깃을 잡아끌며 서둘러 걷기 시작했다. 바닥에 쓰러져 자던 처지라도 무작정 그를 따라갈 수는 없었다. 나는 그의 손을 가볍게 뿌리치며 걸음을 멈췄다.

“어디 가는데요?”

“길게 설명할 시간 없고. 얼른 가자니까.”

사내는 막무가내였다. 나는 처음 보는 남자를 따라갈 만큼 그렇게 어수룩하진 않았다. 화가 나진 않았지만 목소리를 높였다.

“그러니까, 어딜 가느냐고요?”

“제길, 저기 따라오는 남자들 안 보여? 일단 도망치고 봐야 돼. 빨리!”

사내가 돌아본 곳에는 정말 검은 양복을 입은 남자들 대여섯 명이 우리를 향해 뛰어오고 있었다. 나는 그들 중 아는 얼굴이 없었지만 남자들이 나와 사내를 잡을 듯 달려오고 있는 건 분명했다. 직감적으로 저들에게 잡히면 지금보다 안 좋은 일이 일어날 가능성이 높다는 것을 알았다. 검은 양복과 나무토막 같은 굳은 얼굴과 짧은 헤어스타일 때문에 남자들 인상은 모두 좋지 않았고 어두운 조직의 일원일지 모른다는 강렬한 믿음까지 품게 되었다. 나는 손을 잡아준 사내의 말대로 일단 뛰고 나서 다음 일을 생각하기로 했다.

사내를 따라 사람들 사이를 헤치며 달리다 누군가와 부딪쳤고 또 밀치기도 했다. 그들이 손에 들고 있던 테이크아웃 커피가 쏟아졌고, 아이의 과자가 떨어졌고, 아줌마의 쇼핑 봉지가 찢어져 오렌지가 굴러다녔다. 그들은 화를 내며 욕을 했지만 사과를 할 시간도 오렌지나 과자를 주워줄 시간도 없이 쉬지 않고 달려야 했다. 오로지 검은 양복 남자들에게 잡히지 않기 위해서였다. 영문도 모른 채 검은 양복 남자들에게 쫓기며 영문을 모르는 많은 사람들에게 피해를 입혔다. 상황이 기가 막히고 억울했지만 일단 달리고 달렸다. 숨이 턱까지 차오르자 언젠가 지금처럼 떠밀려 어쩔 수 없이 달렸던 기억이 희미하게 떠올랐다.

광장같이 넓은 사무실에 수백 명 직원들의 쥐같이 새카만 머리만 보였다. 똑같은 책상, 똑같은 컴퓨터, 똑같은 전화기가 놓인 칸막이 뒤에 햇빛을 보지 못한 창백하고 피로와 스트레스에 찌든 얼굴들이 고개가 부러진 듯 컴퓨터와 서류에 머리를 파묻고 있었다. 웃음기 없는 얼굴은 비슷비슷해서 자리를 바꿔 앉아도 누군지 알 수 없을 정도였다. 그들은 눈을 보지 않고 컴퓨터 작은 창으로만 대화했고 굳은 얼굴로 이모티콘으로 울고 웃었다. 블랙커피를 하루 다섯 잔 이상 마시고 밤늦도록 불안한 미래를 경계하며 책상 앞을 떠나지 않았다. 나는 똑같은 그들 중 하나였다.

그들 중 한 남자는 그날이 아내의 생일이었다. 그들 중 한 남자는 딸아이의 생일이었다. 그들 중 한 남자는 결혼기념일이었다. 그들은 똑같이 공평하게 누구도 일찍 퇴근하지 못했다. 그들 중 한 남자는 새벽 한시가 넘은 시각, 갑자기 몰려오는 허기에 돈가스가 미치게 먹고 싶다고 생각했다. 그 시각 돈가스 가게는 벌써 문을 닫았고 밖으로 나가 돈가스 가게를 찾아다닐 기력도 없었다. 손가락으로 키보드를 두드릴 힘조차 남아 있지 않았다. 그는 하루 종일 붙어 있던 자신의 좁은 책상에 엎드리며 피곤하다고 낮게 중얼거렸다. 주위에는 그 말을 듣고 그를 걱정스럽게 바라보며 비타민 음료를 건네주는 사람이 없었다. 그는 불 꺼진 텅 빈 사무실에서 다시 한 번 돈가스가 먹고 싶다고 중얼거렸다. 그리고 그대로 잠이 들었다. 그는 다시 깨어나지 못했다.

나는 죽은 동료가 왼쪽에 앉았던 남자였는지 오른쪽에 앉았던 남자였는지 떠오르지 않았다. 죽은 동료의 얼굴은 남아 있는 동료들의 얼굴과 비슷해 누가 죽었는지조차 까먹을 정도였다. 어쩌면 그날 밤, 텅 빈 사무실에서 돈가스를 먹고 싶다고 중얼거렸던 것은 나였는지도 모른다. 나는 때때로 죽은 동료 대신 돈가스를 먹고 체한 듯 가슴이 옥죄어들며 찌르는 듯한 격렬한 통증을 느꼈다.

사내는 좁고 악취 나는 골목으로 나를 끌고 가더니 모퉁이에 재빨리 몸을 숨겼다. 잠시 후 검은 양복 남자들이 우리를 못 보고 지나쳐 달려가는 것이 보였다. 나와 사내는 바닥에 털썩 주저앉아 서로를 보며 거친 숨을 몰아쉬었다.

"저 남자들 왜 쫓아와요?"

사내는 재킷 안주머니에서 은빛 휴대용 술병을 꺼내더니 한 모금 들이켜고 살겠다는 듯 길게 한숨을 내쉬었다.

"한 모금 할래?"

진한 위스키 향이 코끝에 끼쳐오자 지난밤 마신 싸구려 술이 목구멍으로 넘어오는 것 같아 고개를 돌렸다.

"다행이군, 아까웠는데. 나도 누군지 잘 몰라."

천연덕스럽게 말하며 취기로 얼굴이 벌게진 사내를 보고 어이가 없었다.

"그럼 왜 도망친 거예요?"

사내는 은빛 술병을 한 모금 더 들이켜고는 아쉽다는 듯 입맛을 쩝쩝 다시더니 뚜껑을 닫아 안주머니에 깊숙이 넣었다.

"봤잖아. 죽일 듯 쫓아오는데 안 도망칠 수 있어? 안 그럼 잡힐 텐데."

사내의 흐리멍덩한 눈빛과 손톱에 낀 때와 오랜 거리 생활을 한 듯 낡아빠진 옷과 구두를 보고 허탈해졌다. 누가 봐도 사내는 알코올중독에 빠진 거리의 부랑자였다. 그의 말만 믿고 도망친 내가 한심스러워 추궁하듯 다그쳤다.

"당신 사채업자들한테 쫓기는 거 아냐? 괜히 나까지 끌고 도망쳐 한패처럼 보이게 하려는 수작이지?"

"씨발, 누가 나 같은 거렁뱅이한테 사채를 빌려준다고 말도 안 되는 소리를 지껄여? 자다 깨서 잡힐 뻔한 걸 기껏 도와줬더니……"

쳇, 잡히게 놔둘걸 그랬군."

사내가 진심으로 서운한 표정을 지어 당황스러웠다. 그의 말대로 저 행색, 저 몰골이라면 사채업자들에게도 분명히 쫓겨났을 것이다. 사채도 안 된다면 삶의 구렁텅이에 빠진 사내에게 남은 마지막 선택이 뭐가 있을까. 장기 매매……. 저런 알코올중독자의 장기도 사갈 사람이 있을까. 가족은 없나. 왜 저 나이에 남루한 행색으로 쫓기는 신세까지 됐을까. 나는 그에게 동정심과 연민을 느끼며 삼십 분 전에 만난 사내의 인생에 깊이 관여된 것 같아 복잡하고 착잡한 기분이 들었다. 누군가 우리 둘의 행색을 보고 오랫동안 함께 지내온 같은 부류라고 생각해도 변명할 말이 없었다.

사내는 갑자기 멀리 떠날 사람처럼 자리를 털고 일어나 심각한 얼굴로 돌아보았다.

"아까 누워 있던 그 자리에서 잠자던 남자가 며칠 전 감쪽같이 사라졌어. 그자들이 납치해 간 게 분명해. 혹시나 해서 알아봤는데 뉴스에 변사체가 발견되었다는 기사는 나오지 않더군. 그런 식으로 사라진 사람들이 이 도시에 꽤 되지. 죽이진 않는 것 같은데 느낌이 안 좋아. 끝까지 잡히지 말고 몸조심하라고."

나는 사내의 말을 되새기다 정신이 번쩍 든 듯 일어나 그를 뒤쫓아 갔다. 사내의 팔을 덥석 붙들었다. 그의 팔은 밀가루 반죽처럼 물컹했다.

"그들이 왜 하필 당신과 나를 잡으러 다니는 거죠?"

사내는 우리가 서 있는 지린내와 시궁창 냄새가 나는 뒷골목과 저 밖의 화려한 고층 빌딩을 멍하니 보며 담담한 얼굴이었다.

"그걸 몰라? 자네와 나 같은 사람은 조용히 사라져도 아무도 찾지 않으니까. 이 도시에선 저 시궁창에 사는 쥐새끼처럼 있어도 쓸모없는 인간들이니까."

사내가 내려다보는 구석에는 손바닥만 한 쥐새끼가 쓰레기봉투를 갉아 먹으며 우리를 빤히 쳐다보았다. 쥐새끼는 도망칠 생각도 않고 도시에서 인간들보다 오래 살아남겠다는 듯 필사적으로 쓰레기를 뒤지는 데 몰두했다. 왜 하루아침에 부랑자가 되어 길거리에서 깨어났는지, 왜 정체 모를 검은 양복 남자들에게 쫓기게 되었는지, 왜 알코올중독 사내에게 이상한 협박을 듣고 쥐새끼 취급을 받아야 하는지 나는 아무것도 알 수 없었다. 혼란 속에서 할 수 있는 일은 사내의 뒤를 좇아가는 것뿐이었다.

사내와 함께 바쁘게 걷는 사람들 사이를 걸으니까 어딘가로 바쁘게 가고 있는 것 같았고, 삶을 열심히 살고 있는 듯한 뿌듯한 착각에 빠졌다. 사내는 아까부터 줄곧 궁금했다는 듯 기대에 찬 눈빛으로 돌아보았다.

"혹시 돈 가진 거 있어?"

나는 바지 주머니며 외투 주머니 여기저기를 뒤졌다. 역시나 지갑이나 휴대전화 따위는 없었고 백 원짜리 하나가 달랑 손에 만져졌다. 나는 백 원짜리 하나뿐이라 정말 사내에게 미안했다.

“이거뿐이네요.”

“됐어. 별로 기대하지도 않았어. 배고픈데 뭐 좀 먹으러 가볼까?”

사내의 말이 끝나기 무섭게 갑자기 허기가 몰려오는 것을 느꼈다. 사내도 돈이 없기는 마찬가지 같았지만 그를 따라가면 배를 채울 수 있으리라는 기대감에 바짝 붙어서 걸어갔다. 아는 사람 하나 없는 이 도시에서 사내라도 만나 다행이었다. 차가운 빌딩 사이에서 서서히 태양이 떠올랐다. 태양은 인자롭게도 오래 감지 않아 냄새나는 사내와 내 머리 위에도 공평하게 내리쬐었다. 갑자기 사내가 친한 척 어깨를 툭 치더니 물었다.

“난 조라고 불러, 자네 이름은 뭐야?”

나는 머릿속에 거대한 회오리가 생크림처럼 돌고 있을 뿐 아무것도 떠오르지 않았다.

*

둔중한 철문이 열리는 소리가 났고 반사적으로 눈을 번쩍 떴다. 절망적이게도 상황은 아까와 조금도 달라지지 않았다. 나는 비닐 속에 발가벗겨진 채 무기력한 실험체처럼 누워 있었다. 머릿속은 뿌연 액체가 이리저리 출렁이는 듯 혼탁했다. 조금 전, 꿈을 꾸고 있던 건지 멍하니 누워 있던 건지도 기억나지 않았다. 시간이 십 초쯤 지난 것 같기도, 수십 년쯤 흘러버린 것 같기도 해서 막막했다. 그때 멀리서 여러 명의 구두 소리가 들렸다. 발걸음 소리는 점점 내가 있는 비닐을 향해 다가오고 있었다.

그들은 내가 깨어난 걸 알고 있을까. 눈을 감고 잠든 척할까. 어느 쪽이든 지금보다 나쁜 상황을 불러오진 않을 것이다. 자기들끼리 뭐라고 떠드는 소리가 들렸지만 비닐 때문에 정확히 알아들을 수 없었다. 두려움에 심장이 터질 것 같았다. 그들은 내가 누워 있는 침대 앞에 걸음을 멈추고 관찰하려는 듯 주위를 빙 둘러쌌다. 나는 그들을 똑똑히 쳐다보았다.

다행히 커다랗고 뾰족한 머리에 팔다리가 해파리처럼 기다랗고 흐느적거리는, 다른 행성에서 온 외계인처럼 생기진 않았다. 이곳은 지구 어딘가일 것이었다. 그들은 우주복을 연상케 하는 가슴과 다리가 붙은 핑크색 작업복에 핑크색 캡에 얇은 고무 재질의 핑크색 장갑을 끼고 있었다. 다리 아래까지는 보이지 않았지만 핑크색 장화까지 신고 있을지 모를 일이었다. 얼굴에는 코와 입을 다 가릴 정도로 커다란 마스크를 쓰고 있었다. 그것은 핑크색에 검은색 엑스 자가 그려져 있었다. 말을 해선 안 된다는 건가? 의사인지 생체 실험자인지 복장만으로 추측하기 힘들었지만 우스꽝스러운 핑크색 우주복과 엑스 자 마스크 때문에 개그맨이 아닐까 하는 의심이 들 정도로 경계심이 누그러졌다. 저런 귀여운 복장을 하고 나를 여섯 토막으로 절단해서 단면을 하나하나 구경하며 웃고 떠들지는 않을 것이다.

신기하게도 눈동자만 보였는데도 나는 그들이 여자인지 남자인지 늙은이인지 젊은이인지 구별해낼 수 있었다. 그들 중 몇몇은 손에 오렌지색 차트를 들었다. 가장 나이가 많고 가장 키가 작은 리더처럼 보이는 남자가 엑스 자 마스크를 쓴 채 무슨 말을 웅얼거렸다. 말을 못 한다는 거 아니었나? 나는 그의 핑크색 캡을 벗기면 분명 반짝거리는 대머리일 거라는 엉뚱한 상상을 했다. 그는 내 눈을 내려다보며 또 뭐라고 말했다. 그제야 그가 동료가 아닌 나에게 말을 하고 있다는 걸 알았다. 엑스 자 마스크를 쓴 채 고집스럽게 말하고 있는 그가 이해되지 않았고 짜증이 치밀었다.

"마스크 좀 벗고 얘기해요."

그는 내가 말을 할 수 있다는 것이 충격적이라는 듯 동공이 커지며 내키지 않는 얼굴로 마스크를 입술 아래로 살짝 끌어내렸다. 나를 바이러스 균에 감염된 병원체로 대하는 태도가 기분 나빴지만 정말 그럴지도 모르는 일이었으므로 잠자코 있었다.

"정신이 드나?"

"내가 왜 여기 있어요? 당신들은 누구예요?"

"음……."

그는 짧게 탄식 같은 신음을 내뱉더니 난처한 표정을 짓다가 입을 다물었다. 옆 동료에게서 오렌지색 차트를 건네받고 심각한 얼굴로 고개를 갸웃거리며 훑어보았다. 나는 입에도 담지 못할 몹쓸

바이러스 균에 감염된 걸까. 그의 눈빛은 내게 좋지 않은 일이 일어났음을 이미 말하고 있었다. 그는 차트에서 시선을 옮겨 동면에서 너무 일찍 깨어난 북극곰을 보는 듯한 이해할 수 없다는 눈빛으로 내려다보았다.

"혹시, 기억나는 게 있나?"

나는 그가 던진 질문에 어떻게 대답하느냐에 내 미래가 달려 있다는 것을 직감했다. 아까 떠오른 도시의 밤 풍경, 고층 빌딩, 담배를 피우던 검은 코트의 남자에 대해 말할 것인가 혼란스러웠다. 남자가 나와 닮았다는 것, 어쩌면 그가 나일지도 모른다는 사실이 불안감을 증폭시켰다. 남자의 정체도 모른 채 입에 올리는 것은 경솔한 일이었다.

"아무거나, 아주 사소한 거라도 좋아. 응?"

그는 내 눈빛에서 주저하는 망설임을 보고 부추겼다.

"없어요."

그는 몹시 실망한 얼굴로 또 한 번 낮게 신음을 내뱉으며 무언가 고민하는 듯 고개를 끄덕였다. 그리고 동료들과 미묘한 눈빛을 주고받았는데 나에게 별로 좋지 않은 일이라는 것을 알아차렸다. 다급한 마음에 몸을 뒤틀어 저항하려고 했지만 몸은 꼼짝하지 않았다. 나는 화가 났으며 이런 상황을 더 참을 수 없다는 것을 어떻게든 알리려고 발악했다.

"당신들 누구야? 도대체 나한테 무슨 짓을 한 거야?"

"그러니까, 당신은 깨어나지 말았어야 해."

대머리일 것이 분명한 리더는 나를 조롱하듯 말하더니 더 할 말이 없다는 듯 미련 없이 엑스 자 마스크를 코까지 끌어올렸다. 동료들에게 무슨 말을 했는데 누군가는 차트에 므언가를 적어 내려가고 누군가는 눈빛을 맞추며 고개를 끄덕이는 게 나에 대해 불길한 명령을 내린 것이 틀림없었다. 시간이 별로 없었다. 남은 에너지를 쥐어짜 저항하듯 괴성을 질렀다. 비닐에 짐승처럼 갇힌 내가 할 수 있는 일은 그것뿐이었다.

"이 자식들, 나를 어떻게 하려는 거야? 날 여기서 꺼내줘!"

그들 중 가장 인간미 없어 보이는 일직선 눈매를 가진 남자가 벽에 붙은 기계장치에서 빨간 스위치에 손을 얹고 나를 무생물 보듯 바라보았다. 빨간 스위치에서 뻗어 나온 전선은 믿기 싫었지만 내 몸과 연결되어 있었다. 잘 가, 라고 말하는 듯한 매정한 눈빛으로 나를 힐끗 보고 그는 빨간 스위치를 눌렀다. 나를 둘러싸고 있던 핑크색 우주복을 입은 사람들은 뭐가 즐거운지 낄낄거리며 웃어댔다.

그 순간 머리에 붙어 있는 전선에서 한 번도 경험하지 못한 초강력 전류가 흘러나와 수많은 신경들이 요동치듯 무섭게 떨렸다. 나는 눈을 뜬 채 발작하듯 온몸을 격렬하게 떨었다. 머릿속에서 붉고 푸르고 노란 광선들이 고속 열차처럼 빠르게 지나가며 빛과 함께 수많은 이미지가 스쳐갔다. 보라색 꽃망울이 터지며 꽃이 기괴하게 피어나고, 흰색 요람의 아기가 울음을 터트리고, 검은 까마귀 떼가 하늘로 날아오르고, 파란색과 붉은색 액체가 회오리를 일으키며 섞이고, 부엌 타일에 피가 스며들고, 하얀 원피스를 입은 여자가 뒤를 돌아보고, 검은 강물이 흐르고, 도시의 밤, 차갑게 빛나는 고층 빌딩, 옥상에서 도시를 내려다보는 검은 코트의 남자…….

어디로 사라지는 걸까. 눈을 뜨고 있었지만 보이는 건 까마득한 어둠 속으로 흩어지는 수억 개의 외로운 빛이었다. 나는 우주를 떠도는 먼지가 되었다. 하나의 빛을 따라 하염없이 흘러갔다.

두려운 마음으로 세번째 붉은 방을 찢었다. 달은 어둠 속에 숨어 있었다. 나는 낯선 도시를 혼자 여행 중이었다. 기억나는 것은 어둠 속 도로, 불 꺼진 집들, 문을 닫은 가게, 홀로 켜져 있는 가로등뿐이었다. 배가 고팠고 졸음이 몰려왔다. 시계를 차고 있지 않아 얼마나 늦은 시각인지 알 수 없었다. 커튼 사이로 희미한 불빛이 새어 나오는 집 앞에서 걸음을 멈추고 인기척이 들리나 숨죽이고 기다렸다. 대부분 아무 소리도 들리지 않았고 실망해서 다시 터덜터덜 길을 걸었다. 밤은 아직 길었다. 중고 책방과 부동산과 카페와 맥도날드를 지나쳤다. 어둠 속에 누군가 서 있을 것 같은 기대감에 가게 안을 들여다보았다. 먼지 쌓인 책들, 팔려고 내놓은 주택의 사진들, 깨끗이 닦아놓은 커피 잔, 햄버거를 만들던 주방, 아무도 없는 빨간 테이블, 아무도 앉지 않은 의자들뿐이었다. 나는 돌을 던져 닫힌 가게 유리를 깨뜨리고 싶었지만 잠든 누군가를 깨울까 봐 그만두었다.

주말이면 사람들로 들끓는 광장과 벤치를 지나쳤다. 저 광장에서 주말에는 소시지와 치즈를 파는 장이 열리고, 누군가는 바이올린을 켜고, 누군가는 술에 취해 술병을 안고 잠이 들고, 누군가는 연인과 키스를 나누었다. 그러나 어둠에 휩싸인 아무도 없는 광장이 가장 아름다웠다. 쓰레기통에서 떨어진 맥주 캔이 고요를 깨고 요란하게 굴러갔다. 나는 그 소리에 깜짝 놀라 도망치듯 광장을 빠져나왔다.

멀리 공장처럼 보이는 커다랗고 을씨년스러운 건물에서 차가운 불빛이 새어 나왔다. 반가움과 두려움이 섞인 떨리는 마음으로 서둘러 걸음을 옮겼다. 그곳은 내 예상처럼 공장은 아니었다. '세이프 웨이'라는 붉은 간판을 내건 대형 마트였다. 모두 잠든 어두운 도시에서 그곳만 환하게 불을 밝히고 누군가를 기다렸다. 냉동실을 연상케 하는 창백한 불빛에 이끌려 나는 자동문을 통과해 마트 안으로 들어갔다. 서늘한 에어컨 바람이 뺨에 스치자 나도 모르게 어깨를 흠칫 떨었다. '세이프 웨이'라고 쓰인 초록색 티셔츠를 입은 몇몇 직원들 외에 사람들이 거의 눈에 띄지 않았다. 파프리카, 양상추, 오렌지, 초록색 사과를 지나쳐 계속해서 마트 안으로 들어갔다.

불빛 아래 붉은 소고기와 돼지고기가 하나하나 포장되어 있는 육류 코너에서 걸음을 멈추었다. 머리카락이 하얗게 센 노인이 그 앞에서 신중하게 무언가를 고르고 있었다. 노인은 보풀이 심하게 일어난 스웨터를 여러 개 겹쳐 입고 사냥할 때나 신는 가죽 부츠를 신었다. 노인에게 가까이 갈수록 미묘한 악취가 난다는 것을 깨달았다. 나는 노인 옆으로 다가가 고기를 고르는 척하며 그의 행동을 훔쳐보았다. 노인은 한 손에 양고기를 들고 탐욕스럽고 예리한 눈빛으로 그것을 바라보았다.

"이 동네 사람이 아닌 거 같은데 어디서 왔어?"

그곳에는 노인과 나 둘뿐이었으므로 그것은 나에게 한 말이 분명했다. 그런데도 나는 그 말을 듣고 내 존재를 들킨 것처럼 부끄럽고 당황스러웠다. 노인의 말대로 나는 이 동네 사람이 아니었다. 그럼 나는 어디서 온 거지…… 여기는 어디지……. 노인에게 아무 대답도 못 하고 우물거렸다. 노인은 갑자기 고개를 돌리며 양고기를 눈앞에 쑥 내밀었다.

"이게 얼마쯤 자란 새끼 양 고기 같아?"

손바닥만 한 연한 분홍빛 살코기가 눈앞에서 어지럽게 흔들거렸다. 현기증이 나는 것처럼 울렁거렸다. 하얀 털을 지닌 순한 눈망울의 새끼 양이 내 앞에서 희미하게 울음을 울고 있었다. 새끼 양은 자신이 죽을 거라는 걸 알고 있는 듯 나를 향해 애처롭게 계속 울어댔다. 나는 해줄 수 있는 게 아무것도 없었다. 어디선가 나타난 노인이 한 손에 커다란 도끼를 들고 새끼 양의 목을 단숨에 내리쳤다. 새끼 양의 머리와 몸통이 두 동강 나며 선연한 피가 분수처럼 사방으로 솟구쳤다. 나는 그 장면을 보고 끔찍함에 진저리 치면서도 가슴 깊은 곳에서 알 수 없는 통쾌함을 느꼈다. 새끼 양은 머리가 바닥에 나동그라졌는데도 네발로 힘겹게 서서 목구멍으로 피를 흘렸다. 새끼 양의 머리는 몸에서 분리된 채 계속해서 살려달라는 듯 울음을 울었다. 노인은 얼굴에 피가 튄 채 뭐가 좋은지 잘린 새 끼 양의 머리와 몸통을 내려다보며 소리 내서 웃었다.

정신을 차리고 돌아보자 노인은 여전히 내 앞에 서서 새끼 양 고 기를 흔들었다. 나도 모르게 참을 수 없어 소리쳤다.

"저리 치워요."

노인은 그제야 새끼 양 고기를 치우고는 눈치를 보며 입술을 실 룩거렸다. 그는 비닐 팩에 싸인 살코기를 손가락으로 꾹꾹 눌러보 며 또다시 집요하게 물었다.

"그럼, 얼마 만에 도살된 새끼 양 고기가 제일 부드럽고 살살 녹 는지 아나?"

"난 양고기 안 먹어요."

나는 노인과 이런 이야기 따위는 나누고 싶지 않았다. 그가 한 마 디만 더 하면 나도 내가 무슨 짓을 할지 알 수 없었다. 노인은 눈까 지 반쯤 감은 채 한 손으로 새끼 양 고기를 주무르며 중얼거렸다.

"육 주 된 새끼 양 고기가 제일 야들야들하고 살살 녹지. 아, 이건 얼마나 됐을까? 자네 눈에 이게 얼마쯤 된 양고기 같아? 실은 양고 기를 안 먹은 지 두 달도 넘었어. 자네 돈 좀 있어? 나 이거 하나만 사줄 수 있나?"

잠시 후 나는 노인을 육류 코너 앞에 혼자 남겨두고 다른 칸으로 걸어갔다. 노인은 지금쯤 내가 입속에 쑤셔 넣어준 날것의 새끼 양 고기를 먹으며 행복감에 젖어 있을까. 노인은 왜 모두가 잠든 늦은 시각, 혼자 '세이프 웨이'를 서성이며 새끼 양 고기를 찾아 헤맨 것 일까. 노인도 나처럼 이 동네 사람이 아닌지도 모른다. 어쩌면 또 다른 누군가가 나와 노인처럼 '세이프 웨이'를 헤매고 있을 것이 다. 늦은 밤, 길을 잃은 외로운 사람들은 '세이프 웨이'에 모여든다. 저 앞에 혼자 마트 안을 걷고 있는 여자처럼. 나는 여자의 뒤를 천 천히 뒤따라갔다.

여자는 검은색 슬리퍼에 잠옷 같은 하얀색 원피스를 입고 주방 코너 앞을 서성거렸다. 여자가 관심을 가지고 유심히 보고 있는 것 은 부엌 가위였다. 부엌 가위는 칼보다 차갑고 단단하고 예리해 보 였다. 닭 뼈나 생선 대가리, 혹은 그보다 두껍고 질긴 것까지 단번 에 잘라낼 것 같은 신뢰감을 주었다. 여자가 고른 부엌 가위는 손잡 이가 검은 플라스틱으로 감싸인 채 날렵하게 갈린 두 개의 날이 하 나처럼 맞닿아 끝이 송곳보다 날카롭고 칼보다 강해 보였다. 나는 여자가 노란색 바구니에 가위를 담는 것을 숨죽이고 지켜보았다. 바구니에는 화이트 와인 한 병과 치즈와 오렌지 몇 개도 담겨 있었 다. 여자가 저 가위로 오렌지를 자르는 광경을 떠올려보았다. 여자 는 고작 오렌지를 자르기엔 지나치게 좋은 가위를 골랐다.

그날 밤, 나는 낯선 동네의 '세이프 웨이'에서 빨간 손잡이의 과 도를 훔쳤다. 피로와 야근에 지친 '세이프 웨이' 점원들은 내가 계산대를 그냥 통과해도 아무 말도 하지 않았다. 생각해보니 그들은 땡큐라거나 굿바이라는 인사조차 하지 않았다. 나는 수치심을 느끼며 하얀 원피스를 입은 여자를 따라 마트를 빠져나왔다.

거리의 집들은 모두 불이 꺼졌고 펍도 문을 닫았다. 나는 여자와 10미터쯤 떨어져 걸었다. 돌아갈 집도 늦은 밤까지 나를 기다리는 파티도 없었다. 나는 여자가 멀어질까 봐 다급해졌다. 길 왼편에 무성하게 자란 잡풀 속에 폐공장이 보였다. 바닥에 떨어진 안내판을 미처 못 보고 밟았다. 그 소리가 어둠을 날카롭게 찢으며 울렸지만 여자는 돌아보지 않았다. 안내판에는 이 근처에서 살인 사건이 일어났다는 경고 문구가 씌어 있었다.

시간이 별로 없었다. 여자가 금방이라도 어느 집으로 사라져버릴 것 같아 초조했다. 나는 여자를 붙잡고 싶었다. 그다음에 무엇을 하면 좋을지 알지 못했다. 여자가 산 화이트 와인을 함께 마셔도 좋을 것이다. 여자의 걸음이 빨라졌다. 주머니 속 과도를 꼭 쥐었다. 여자가 산 오렌지를 깎아줄까. 나는 뛰다시피 걸었다. 여자도 덩달아 뛰었다. 여자와 나의 거리는 3미터도 되지 않았다. 숨소리가 거칠어졌다. 손을 뻗어 여자의 어깨를 붙잡았다. 어둠 속에서 튀어나온 내 목소리는 어색할 정도로 떨렸다.

"어딜 가……?"

여자는 아무 대꾸 없이 어깨를 떨었다. 나는 이상한 사람이 아니었지만 자꾸 땀을 흘렸다. 여자는 고개를 돌려 하얗게 질린 얼굴로 나를 바라보았다. 머릿속에는 아무것도 떠오르지 않았고 주머니 속에 칼을 만지작거렸다. 이 칼로 뭘 할까. 나는 여자를 향해 웃었다.

"몇 주 된 새끼 양 고기가 제일 맛있는지 알고 싶지 않아?"

흐린 아침, 해는 보이지 않았다. 나는 또다시 길을 걸었다. 거리는 낯설었고 아무도 나를 알지 못했다. 길옆으로 수풀이 우거져 있고 개천이 흘렀다. 개천에는 쓰레기 같은 것들이 떠내려갔다. 빈 와인병, 빨간색 손잡이 과도가 박힌 오렌지가 둥둥 떠내려왔다. 나는 혹시 물고기가 떠내려오지 않을까 하는 기대감에 개천을 따라 계속 걸었다. 갑자기 물소리가 커져 깜짝 놀라 걸음을 멈추었다. 개천 위에 또 다른 커다란 하수구에서 물이 콸콸 쏟아져 나왔다. 철망이 쳐진 하수구에 하얀 원피스를 입은 여자가 물살에 떠내려와 끼여 있었다. 긴 머리카락과 하얀 팔뚝이 철망 밖으로 빠져나와 물살이 떨어질 때마다 달랑달랑 흔들거렸다. 여자의 몸은 얼마나 오랫동안 떠내려왔는지 퉁퉁 불어 있었다. 여자는 얼굴이 반대편으로 꺾여 제대로 보이지 않았다.

나는 어쩐지 여자를 알고 있는 것 같아 몸이 떨렸다. 철망을 떼어내 여자가 멀리 물살을 타고 떠내려가 눈에 띄지 않기를 바랐다. 그러나 개천을 건너기엔 물이 너무 더러웠고 발을 담그고 싶지 않아 못 본 척 지나가기로 했다. 누군가 여자를 발견하고 철망을 뜯어내줄지도 모를 일이었다. 나는 또다시 길의 여행자가 되었다.

아치형의 W기차역 광장은 들뜨고 어수선한 공기로 가득 차 있었다. 사람들은 조급하고 참을성 없는 얼굴로 커다란 가방을 끌고 기차에 오르거나 지치고 피곤한 얼굴로 내리는 사람들이 무심하게 스쳐갔다. 나는 그들을 붙잡고 어디로 떠났다가 어디에서 돌아오는지 정말이지 묻고 싶었다.

"레몽뚜 장 어때?"

"뭐가요?"

"자네 이름 말이야."

"마음대로 하세요."

조는 이름을 기억하지 못하는 나를 이상하게 여기지 않고 아무렇지 않게 이름을 지어주었다. 나는 뭐라고 불리던 상관없었다. 빵 부스러기를 쪼아대는 더러운 비둘기 떼를 바라보며 배가 너무 고파 저 비둘기라도 구워 먹고 싶은 생각뿐이었다. 조는 나를 광장 구석에 사람들이 모여 있는 하얀 트럭으로 데려갔다. 그곳엔 우리처럼 행색이 후줄근하고 낯빛이 좋지 않은 움츠러든 사람들이 트럭 앞에 길게 줄을 서 있었다. 얼굴이 반질반질 빛나는 하얀 유니폼을 입은 사람들이 돈도 안 받고 햄버그스테이크 도시락을 나눠주었다. 나는 줄을 서서 받은 도시락을 트럭 앞 간이 플라스틱 식탁에 앉아 허겁지겁 먹으며 주위를 흘끔거렸다.

"저 사람들 누군데 공짜로 도시락을 줘요?"

조는 고기를 우물거리며 신경 쓰지 말라는 투로 말했다.

"무슨 기관에서 나온 사람들인데 잘 몰라. 이거 공짜 아니야."

공짜가 아니라는 말에 나는 사레가 들려 기침을 했다. 빈털터리인 나와 조 같은 부랑자에게 저들은 무엇을 원한단 말인가.

아까부터 누군가 지켜보는 것 같은 기분 나쁜 느낌에 시달렸는데 그 순간 오래된 은행나무 아래 벤치에서 나를 뚫어지게 보고 있는 여자와 눈이 마주쳤다. 여자는 한눈에도 여기저기 떠돌아다니다 미쳐버린 집시 같았다. 수세미처럼 엉켜버린 긴 머리카락, 눈이 어지럽게 알록달록한 블라우스와 조끼와 스웨터를 겹겹이 껴입고 있었다. 양말도 분홍색과 초록색으로 짝짝이였다. 조와 나처럼 길 위의 떠돌이가 분명했다. 비슷한 처지의 사람들끼리는 직감적으로 서로를 알아챘다. 여자는 줄을 서서 도시락을 받지도 않고 무언가 경고하는 눈빛으로 나를 쏘아보았다. 여자의 시선은 집요했다.

"나무 밑에 있는 여자가 우릴 계속 노려보는데요?"

"신경 쓰지 마. 쟤는 항상 저러구 있으니까."

조는 은행나무 쪽을 돌아보며 알은체를 하듯 손을 흔들었지만 여자는 아무 반응 없이 우리를 쳐다볼 뿐이었다.

"햄버거에 약을 탔다고 떠들고 다녀. 정신이 좀 이상한 애야."

친절한 얼굴로 도시락을 나눠주는 하얀 유니폼의 사람들과 무서운 눈빛의 여자를 번갈아 보자 햄버그스테이크 맛이 이상한 것 같아 더 먹을 수 없었다. 조는 내가 남긴 햄버거 조각을 날름 집어 먹으며 알 수 없는 미소를 지었다.

그제야 사람들이 순한 양처럼 하얀 유니폼이 이끄는 대로 하얀색 미니버스 안으로 들어가는 것을 깨달았다. 잠시 후 버스에서 내린 사람들은 들어갈 때와 달리 핏기 없이 창백하고 나른한 얼굴이었다. 조는 내키지 않는 얼굴로 하얀 버스 안으로 들어갔고 나도 그를 따라 버스에 올랐다. 버스 안에는 하얀색 가운을 입은 의료진들이 환한 미소로 맞아주었다. 그곳에는 사람들이 간이침대에 누워 노르스름해진 얼굴로 팔뚝에 튜브를 꽂고 피를 수혈하고 있었다.

투명한 비닐 팩에 출렁이는 붉은 피를 보자 느끼한 햄버그스테이크가 목구멍으로 다시 넘어오는 것 같았다. 조는 이 방법밖에 없었다는 듯 미안한 얼굴로 나를 보며 간호사에게 팔뚝을 내밀었다. 나도 햄버거를 먹은 이상 피를 뽑지 않을 다른 방법이 없다는 것을 알았다. 나는 간이침대에 누워 포기하듯 간호사에게 팔을 내밀었다. 빨대만 한 굵은 바늘이 혈관을 뚫고 들어올 때는 저절로 신음 소리가 새어 나왔다. 투명한 튜브를 타고 피가 몸에서 빠져나가는 기분 나쁜 어지러움을 느끼며 눈을 감으려는 순간, 유리창을 새가 부리로 두드리는 소리가 들렸다. 은행나무 벤치의 여자가 나를 쏘아보고 있었다. 여자는 입을 벌려 뭐라고 말을 했지만 유리 때문에 잘 들리지 않았다. 나는 곧 여자의 입 모양이 하는 말을 들었다.

도, 망, 쳐! 도, 망, 쳐!

그 말은 거대한 톱니바퀴가 되어 귓속을 커다랗게 울리며 돌았다. 나는 제정신이 아닌 채 팔에 꽂힌 바늘을 뽑고 버스 밖으로 뛰어내렸다. 당황한 얼굴로 붙잡는 간호사의 손도 뿌리치고 희멀건 얼굴로, 어디 가, 레몽뚜 장!을 외치는 조도 남겨둔 채 버스에서 멀리 도망쳤다. 팔뚝에서는 찌를 듯한 통증과 함께 피가 흘러내렸고 광장의 비둘기들은 일제히 하늘로 날아올랐다. 나는 정신이 이상한 집시 여자와 달리며 떨리는 해방감과 희열에 가슴이 미치게 뛰었다.

하늘엔 잔뜩 찌푸린 먹구름이 몰려왔다. 도시를 가로지르는 시커먼 강물이 흐르는 강가에서 여자와 나는 거친 숨을 헐떡거렸다. 맞은편에서 검은 양복을 입은 남자 둘이 내 쪽으로 걸어오는 것을 보며 나도 모르게 어깨를 움츠렸다. 그들은 스니커즈 초코바를 하나씩 쥐고 업무 이야기를 하며 아무렇지 않게 지나갔다. 점심시간에 잠시 강가로 산책을 나온 샐러리맨이었다. 집시 여자는 누의 가죽으로 만든 것 같은 갈색 가방에서 손수건을 꺼내 피가 흐르는 팔을 동여매주었다. 하얀 손수건이 서서히 붉게 물들었다. 여자는 놀란 얼굴로 내 눈을 바라보았다.

"그 사람들, 햄버거에 무슨 약을 탔는지 알아요?"

여자는 주위를 둘러보고 목소리를 낮췄다.

"신경안정제. 중독성이 심하고 사람을 멍청한 바보로 만드는 약이에요. 다 피를 뽑아가기 위해서예요."

조는 여자가 정신이 좀 이상하다고 했는데 내 눈엔 멀쩡해 보였다. 그러고 보니 햄버거를 먹은 뒤로 머리가 띵하고 온몸이 나른해진 것 같았다. 아니면 피를 많이 흘려 현기증이 나는 것인지도 모른다. 아직도 왼쪽 팔은 빨대가 꽂혀 있는 것처럼 기분 나쁘게 욱신거렸다.

"근데 피는 왜 뽑아 가요?"

"비밀 실험에 쓰려구요. 쉿, 그들은 벌써 당신 얼굴과 신장이 똑같은 클론을 만들었어요."

클론이라니. 이 여자 정말 정상이 아닌가. 여자는 목소리를 낮춰 태연하게 계속 말했다.

"클론은 지퍼백 같은 커다란 비닐 속에 들어 있는데 얼굴은 당신과 똑같지만 아직 기계에 불과해요. 그래서 당신 피를 뽑아 클론 몸속에 주입시키려는 거예요. 햄버거를 먹여서 당신은 바보로 만들고 클론 몸속엔 뜨거운 당신 피가 흐르게 되는 거예요. 그럼 그건 더 이상 클론이 아니에요. 진짜 당신보다 더 진짜가 되는 거죠. 그리고 진짜 당신은 아무도 모르게 이 세계에서 펑, 사라지는 거죠. 어때요, 끔찍하죠?"

나와 똑같은 복제 인간이 캡슐도 아닌 비닐 팩에 들어 있다니. 여자의 표정이 너무 진지해 웃을 수도 없었다. 조의 말이 맞는지도 몰랐다. 여자는 진심 어린 얼굴로 비밀을 털어놓듯 이야기하지 않았나. 머리가 조금 많이 이상한지도 모른다. 만들 거라면 판사나 의사 같은 우월한 유전자로 클론을 만들지 부랑자나 다름없는 나 같은 열등한 쓰레기를 똑같이 만들어서 무엇에 쓴단 말인가. 아무 기억도, 아무 쓸모도 없는 나 같은 클론을.

강변에는 사람들이 모두 떠나고 나와 여자 둘뿐이었다. 하늘은 금방이라도 빗방울이 떨어질 것처럼 어두컴컴했다. 내 목소리가 떨렸다.

"그래서 내 클론 가지고 뭘 하려는 수작이죠?"

멀리서 강바람이 거세게 불어오자 여자의 지푸라기 같은 머리카락이 흩날렸다.

"거대하고 무시무시한 발전소를 가동시키려는 거예요. 당신 클론은 발전소에 쓰일 충전 가스 같은 거예요."

그 순간, 검은 하늘에서 요란한 천둥소리가 나며 하늘이 두 조각 날 것 같은 무시무시한 번개가 번쩍번쩍 내리쳤다.

하, 발전소라고? 게다가 나를 충전 가스로 쓰다니? 여자는 정말 단단히 미쳤는지도 모른다. 이제껏 미친 여자의 장단에 맞춰 춤을 췄다고 생각하니 저기 흐르는 시커먼 강물처럼 가슴이 답답해졌다. 여자의 눈빛이 플라스틱 안구처럼 초점 없이 탁하게 느껴졌고 여자의 정체가 의심스러웠다. 여자는 두려움 때문인지 어깨를 가늘게 떨었다.

"당신 누구야? 어떻게 이런 이야기를 알지?"

그때 하늘에서 굵은 빗줄기가 무섭게 쏟아지기 시작했다. 여자의 머리카락과 얼굴에도 빗물이 흘러내렸다. 여자는 비에 젖은 얼굴로 몸을 떨며 무서운 진실을 깨달았다는 듯 아이처럼 말했다.

"내 이름은 홍마리예요. 그들이 그렇게 불렀어요. 당신은 누구세요?"

*

나는 레몽뚜 장…….

어디선가 그런 목소리가 들려와 눈을 번쩍 뜨며 깨어났다. 내가 중얼거린 것 같기도 누군가 귓가에 속삭인 것 같기도 했다. 머릿속은 청량한 물이 찰랑거리는 것처럼 맑고 시원했다. 다행인지 불행인지 나는 여전히 비닐 속에서 아직 살아 있었다. 레몽뚜 장…… 왜 그 이름이 떠오른 걸까. 차가운 밤의 도시, 고층 빌딩 옥상, 검은 코트를 휘날리며 담배를 피우던 자가 혹시 레몽뚜 장일까. 아니면 내가 레몽뚜 장인가. 내가 레몽뚜 장이라고 허서 지독하게 답답한 현실이 달라질 게 있을까. 언제까지 갑갑한 비닐 속에 누워 의식을 잃고 깨어나길 지겹게 반복해야 할까. 차라리 영원히 비닐 속에서 다시 깨어나지 않는 편이 좋을지 모른다. 만약, 기적적으로 탈출한다고 해도 무엇을 할 수 있을까. 내가 누구인지, 이름도, 나이도, 아무것도 모른다.

그때 징, 하는 울림과 함께 문이 열리는 소리가 들렸고 또각또각 경쾌한 하이힐 소리가 가까워졌다. 하얀 가운을 입은 여자가 엑스자 마스크도 쓰지 않고 내가 누워 있는 비닐 앞에 서 있었다. 여자의 얼굴은 만져보지 않아도 얼음장처럼 차가워 보였다. 우스꽝스런 핑크색 우주복을 입은 사람들과 어쩐지 다른 세계 사람 같았다. 나는 언젠가 여자를 만난 듯 얼굴이 낯익었다. 여자는 깨어난 나를 차갑게 내려다보더니 기계장치의 초록색 버튼을 눌렀다. 그리고 지퍼백을 열듯 비닐 한쪽을 위에서 아래로 쭉 잡아당기며 열어젖혔다. 이렇게 쉽게 열리는 거였나. 갑자기 들이닥친 한기와 예기치 못한 상황에 몸이 떨렸다. 여자는 감정이 없는 얼굴로 나에게 무슨 짓을 하려는 걸까. 핑크색 우주복을 입은 사람들이 나에게 하려던 실험을 중단하고 그보다 위험한 일을 하려는 게 아닐까. 여자는 볼펜 모양의 플래시로 내 동공을 비춰보더니 건조한 목소리로 말했다.

"기분이 어때요?"

"추워요."

"자신이 누군지 떠올랐나요?"

나는 여자의 질문에 어떻게 대답해야 할 지 몰라 입을 다물었다. 나는 레몽뚜 장…… 그때 그 이름이 다시 머리에 맴돌았다. 내가 레몽뚜 장이란 말인가. 검푸른 밤 빌딩 옥상에서 차가운 도시를 내려다보던 남자가 바로 나였다는 말인가. 나는 남자의 지독하게 어두운 검은 눈빛이 떠올라 혼란스러웠다.

"내가 레몽뚜 장인가요?"

여자는 시종일관 표정 없는 얼굴로 차갑게 대꾸했다.

"그건 당신이 상상한 인물이에요."

레몽뚜 장…… 그가 내가 상상한 인물이라니. 나는 여자의 대답에 갑자기 숨이 답답해지며 두려움이 밀려왔다.

"그럼, 여기 누워 있는 것들은 전부 뭐죠? 진짜 나는 누구예요?"

내 격렬한 감정과 달리 여자는 담담히 내 돋에 붙은 전선과 튜브를 하나씩 제거하고 있었다.

"저것들은 모두 상상 속에서 살고 있어요. 저 차가운 비닐 속과는 완전히 다른 착란의 찰나의 삶을 살고 있죠. 그것이 상상인지도 모른 채."

"그럼 나는 왜 깨어난 거예요……?"

"당신 의식은 계속 상상에서 튕겨져 나와 현실로 돌아오려고 하고 있어요. 현실로 돌아와봐야 아무것도 없어요. 차가운 비닐과 벌거벗은 몸, 아무 기억도 없는 게 당신의 비정한 현실이죠. 그런데도 당신 의식은 상상 속에서 살아가길 거부하고 있네요."

내가 누군지도 모르는 차가운 비닐 속 이것이 내 현실이라고? 나도 모르게 목소리가 갈라져 나왔다.

"그럼, 나는 이제 어떻게 되는 거죠?"

여자가 내 몸에 붙은 전선을 모두 제거하고 일으켜 세울 때까지 어떤 수치심이나 부끄러움도 느끼지 못했다. 전선이 전부 사라지자 자유롭게 몸을 움직일 수 있었다. 여자는 눈썹을 살짝 찡그리며 입을 옷과 구두를 건넸다.

"상상 속에서 살 수 없는 한 당신은 더 이상 여기 있을 수 없어

요. 그들은 현실을 인식한 당신을 그냥 두지 않을 거예요. 상상도
현실도 아닌 깊은 암흑 속으로 당신 의식을 미아처럼 떠나보낼 거
예요. 당신 의식은 컴컴한 암흑뿐인 우주 속에서 쓰레기처럼 영원
히 떠돌게 되겠죠. 난 저들이 그런 무모한 짓을 하는 걸 두고 볼 수
없어요."

나는 마지막으로 여자가 건넨 검은 바바리코트를 걸치고 여자를
따라 비닐 속 벌거벗은 것들이 가득한 실험실을 빠져나왔다. 죽음
같은 잠을 자는 듯 창백하고 평화로운 얼굴로 누워 상상 속에서 살
아가는 저것들은 뭘까. 그들이 헤매고 있는 상상 속의 풍경을 떠올
리자 목이 조여드는 두려움에 몸서리가 쳐졌다. 나는 서둘러 비상
계단으로 도망쳤고 어디선가 나타난 남색 유니폼을 입은 남자들이
여자와 나를 뒤쫓아 왔다. 여자는 전자 카드로 실험실 밖으로 나가
는 문을 열어주고 여기까지라는 듯 걸음을 멈추었다.

"저 밖 세계가 당신을 기다리고 있어요. 잡히지 않으면 또 만나
게 될 거예요, 레몽뚜 장."

여자는 나를 레몽뚜 장이라고 부르며 알듯 모를 듯한 차가운 미
소를 지었다. 그때 여자의 왼쪽 눈 밑에서 암호 같은 기묘한 상처
가 꿈틀거렸다. 나는 그 상처를 언젠가 보았던 기억이 희미하게 떠
올랐다. 나는 이 여자와 만난 적이 있었던가. 여자는 왜 실험실에서
나를 꺼내주고 다른 세계로 도망치게 하는 걸까. 이대로 낯선 세계
로 달아나는 것이 더 위험한 일이 아닐까. 그러나 나는 이미 실험실

과 여자로부터 멀어져 암흑뿐인 거리로 도망치고 있었다.

어둠뿐인 도시에는 전염병이 휩쓴 듯 사람이나 어떤 짐승도 보이지 않았다. 은행, 레스토랑, 카페도 텅 빈 채 아무도 없었다. 사람들은 도시를 버리고 어디로 간 걸까. 내가 실험실 비닐 속에 누워 있는 동안 이 세계에는 끔찍한 재앙과 전쟁이 휩쓸고 간 것인지도 모른다. 건물 곳곳의 벽면은 군데군데 부서지고 허물어져 흉물스런 모습이었다. 나는 유리문이 깨지고 진열대가 쓰러져 아수라장이 된 슈퍼마켓으로 들어갔다. 바닥에 뒹굴던 옥수수 통조림 캔이 구두에 와서 부딪쳤다. 먼지투성이의 통조림 캔을 집어 연도를 확인했다. 유통기한은 2144년 10월로 찍혀 있었다. 폐허가 된 도시를 거닐며 나는 어떤 슬픔도 느끼지 못했다.

그때 어둠 속 골목에서 부스럭거리는 소리가 나서 돌아보았다. 열 살쯤 된 여자아이와 검은 개가 쓰레기통을 뒤지다 나를 발견하고 놀란 듯 동작을 멈추었다. 자세히 보니 여자아이가 아니라 남자아이인 것 같기도 했고 검은 개가 아니라 늑대나 여우인지도 몰랐다. 개는 다쳤는지 뒷다리 하나를 절룩거리며 아이 곁에 바짝 몸을 붙였다. 저들은 어떻게 아직까지 살아남은 걸까.

"개랑 너 혼자니?"

아이는 아무 대답도 하지 않고 멍한 눈빛으로 나를 보았다. 이 도시에서 처음으로 사람을 만나 당황하고 놀란 얼굴이었다. 배가 고파 넋이 나간 것일 수도 있다. 아니, 엄마 아빠가 끔찍하게 죽어간 모습을 보고 머리가 이상해진 것 같았다. 나는 아이에게 동정심이나 어떤 감정도 느끼지 못했다.

"여기 다른 사람은 없니?"

아이는 그제야 잠에서 깨어난 듯 눈동자가 커지더니 내 눈을 쏘아보며 고개를 끄덕였다. 어둠 속에서 아이의 손이 파르르 떨렸다. 아이의 손가락은 썩어 뭉그러진 것처럼 네 개가 한 뭉텅이가 되어 서로 붙어 있었다.

"다 도망쳤어. 유독 물질이 퍼졌어. 새, 쥐새끼, 바퀴벌레가 전부 죽어버렸어."

아이는 말을 하면서도 참을 수 없는지 엉겨 붙은 손으로 귀를 사납게 긁었다. 아이의 귀도 수포와 고름으로 녹아내려 허물어졌는지도 모른다.

"넌 왜 안 도망쳤어?"

"도망쳐봐야 어차피 죽어. 난 곧 죽을 거야. 내 개랑 같이."

아이는 순간 늙은이 같은 무심한 표정을 지으며 뭉개진 손으로 절름발이 개의 머리를 쓰다듬었다. 개는 아이의 말에 대답이라도 하는 듯 하얀 이빨을 드러내며 어둠 속에서 으르렁거렸다. 저 검은 개는 주인 몸에서 나는 죽음의 악취를 맡았을 것이다. 아이가 먼저 죽고 나면 검은 개는 죽은 아이를 어떻게 할까. 난 죽음뿐인 폐허가 된 도시에서 어디로 갈까. 이 스산하고 잔혹한 풍경은 어디일까.

"얘, 어디 가?"

어둠 속에서 내 목소리가 공허하게 흩어졌다. 아이와 검은 개는 이미 어둠 속으로 사라진 뒤였다. 나는 아직 실험실 비닐 속에 누워 꿈을 꾸고 있는 건 아닐까. 좀 더 깊은 수면 속으로 빠지면 다른 따뜻하고 환한 세계로 들어갈지 모른다. 깨어나지 말아야 해. 눈을 뜨지 말고 더 깊은 무의식 속으로 들어가야 해…….

결국 마지막 붉은 방까지 와버렸다. 나는 이미 지칠 대로 지쳐 있었다. 떨리는 손으로 문을 찢자 내 몸 어딘가 찢겨 나가는 고통을 느꼈다. 그곳은 온통 새하얀 세상이었다. 눈보라가 무섭게 몰아쳐 한 치 앞도 보이지 않았다. 하얀 세상이 그토록 아름답고 무서운지 알지 못했다. 나는 하얀 벌판을 힘겹게 한 걸음씩 내딛었다. 눈은 허벅지까지 쌓여 있을 뿐 아니라 눈썹에까지 쌓여갔다. 힘겹게 눈발을 헤치며 어디로 가고 있는지 모른 채 묵묵히 걸었다. 저 하얀 세상 끝에서 누군가와 만날 약속을 했는지도 모른다. 왜 하필 눈보라가 몰아치는 날을 택한 걸까. 심장은 긴장과 설렘으로 희미하게 떨렸다. 손에 들고 있는 긴 장총 때문이었다. 장총에는 누군가의 심장에 박힐 단단하고 차가운 세 개의 총알이 들어 있었다.

눈 덮인 설원, 결국 오랫동안 한 남자를 찾아 헤매며 여기까지 오고야 말았다. 레몽뚜 장…… 이것이 그의 이름이었다. 그것은 어쩌면 그의 진짜 이름이 아니라 풍문으로만 떠도는 유령 같은 이름일지도 모른다. 누구도 그의 진짜 이름을 알지 못했지만 사람들은 그를 레몽뚜 장이라고 불렀다. 어둠 속에서 불어오는 한 줄기 바람에 실려, 보름달이 뜬 밤 검은 까마귀 울음에 섞여 그의 이름은 사람들 사이로 퍼져 나갔다. 모두가 잠든 새벽, 어둠 속에서 그 이름을 세 번 부르면 유령처럼 당신 뒤에 나타난다는 소문이 떠돌았다. 그러나 아무도 어둠 속에서 그의 이름을 부르지 않았다. 소문으로만 떠도는 실체가 없는 남자가 정말 등 뒤에 나타날까 봐 사람들은 두려웠다. 그를 한국만이 아니라 영국 북부 지방이나 도쿄에서 보았다는 사람들도 나타났다. 어떤 사람들은 그를 낡은 줄무늬 스웨터에 중절모를 쓴 나이트메어의 프레디와 혼동하고 연쇄 살인마라고 믿었다. 잘못된 믿음은 두려움이 되어 사람들 가슴속에서 은밀하게 부풀었다. 그는 자신이 두려운 존재가 되었다는 것을 알면 외로움을 느낄지도 모른다.

레몽뚜 장은 사람들에게 다가가 귓가에 대고 바람처럼 속삭였다. 무엇이든 상상해봐…… 현실로 만들어줄게……. 그 유혹은 너무 달콤하고 두려운 것이라 어린 새를 손아귀에 쥔 것처럼 가슴이 설레고 두근거렸다. 사람들은 손에 쥔 새가 작고 연약해 나쁜 상상을 했다. 손아귀로 새의 몸통을 으스러뜨리는 상상, 상상만으로 그들은 피 냄새를 맡고 피범벅이 된 손을 보았다.

나는 수년을 한 남자, 레몽뚜 장을 찾아 여기저기 떠돌았다. 수년이 아니라 수십 년이 삶에서 휴지 조각처럼 버려졌다. 나는 어느새 마흔을 훌쩍 넘긴 중년의 남자가 되어버렸다. 아니, 쉰을 훌쩍 넘겨

피부 여기저기 탄력을 잃어버리고 페로몬이 아닌 쾨쾨한 노인 냄새를 풍기고 있는지도 알 수 없었다. 카페나 식당에서 스치는 여자들은 나에게 눈길을 던지는 법이 없었다. 레몽뚜 장을 찾아 헤매는 동안 서서히 늙어 쓸모없는 인간이 되어버렸다. 이제 남겨진 일은 하나뿐이었다. 수십 년간 찾아 헤맨 그를 만나 심장에 총구를 겨누는 것이다. 나는 그를 사냥하기 위해 백색 나라의 새하얀 눈밭을 홀로 거닐고 있었다.

약속 장소로 아무도 없는 새하얀 눈밭뿐인 이곳을 택한 것은 잘한 일이었다. 그는 이곳에서 이름처럼 아름다운 최후를 맞이할 것이다. 그의 심장을 관통한 청아한 총소리는 끔찍하게 아름다운 선율로 메아리칠 것이다. 눈 덮인 자작나무 속에 숨어 있던 새들이 일제히 깜짝 놀라 하늘로 날아오를지 모른다. 솜털 같은 차가운 눈 위에 그의 심장에서 흘러나온 뜨거운 피가 흩뿌려질 것이다. 이제 누구도 무모하고 잔인한 상상을 하는 대신 고단하고 남루한 현실 속에서 하루하루 순하게 살다가 박제처럼 권태롭게 늙어갈 것이다. 세상은 더 단순하고 무미건조하고 지루하게 반복될 것이다. 나는 그것이 세계를 지탱하는 오랫동안 유지될 아름다운 질서라고 믿는다.

내 아내 리는 오랜 시간 동안 무섭고 긴 잠에서 깨어나지 못했다. 리는 지금 더비 카운티 메디컬센터에 조형물처럼 잠들어 있다. 우리는 다른 부부들처럼 평범한 인생을 살 수 없었다. 리의 영혼은 현실 너머의 세계에 있는 듯 껍데기만 이곳에 있었고 나는 현실에서 혼자 허덕이며 외롭게 살아야 했다. 그녀는 어느 순간 현실의 모든 것을 인식하지 못했다. 자신이 누구인지, 몇 살인지, 우리 집이 어딘지, 함께 키우던 갈색 푸들과 남편인 나조차도 기억하지 못했다. 그녀가 그런 끔찍한 병에 걸린 것은 현실을 바라보지 않고 꿈을 꾸는 듯한 나른한 눈빛 때문이었다. 아니, 내가 모르는 사이 나 몰래 레몽뚜 장을 만났기 때문이었다. 레몽뚜 장은 나약하고 여린 리를 현실 너머의 세계로 데려가버렸다. 그를 죽여야 하는 이유는 단순하고 명확했다. 덫과 같은 꿈속에 갇힌 아내를 깨어나게 하기 위해서였다. 나는 아내가 내 눈을 똑바로 보고 나를 향해 웃어주기만을 바랄 뿐이었다.

저 멀리 하얀 눈발 사이로 검은 바바리코트 자락이 음험하게 휘날리는 게 보였다. 하얀 눈밭에 한 남자가 검은 까마귀 같은 모습으로 서 있었다. 그의 곁에는 눈보다 하얀 털을 가진 하얀 늑대가 풍성한 꼬리를 흔들며 위엄 있게 지키고 있었다. 꿈속에서나 볼 것 같은 비현실적이고 기이한 풍경이었다. 저 남자가 그토록 내가 찾던 레몽뚜 장인 것이다. 장총을 쥔 감각이 마비된 차가운 손에서 뜨거운 피가 흐르는 것 같았다. 심장이 빠르게 뛰기 시작했다. 그 순간 무생물처럼 변해버린 핏기 없이 창백한 아내의 얼굴이 떠올랐다. 아내가 눈을 뜨고 생기 있는 얼굴로 나를 알아볼 수 있다면 나는 무슨 일이든 할 수 있었다.

레몽뚜 장과 나는 5미터쯤 거리를 두고 전사처럼 서로 마주보고 있었다. 비밀스런 이야기 속에서나 떠도는 그를 가까이서 보게 되다니 꿈을 꾸고 있는 것 같았다. 그는 상상보다 젊은 청년인 것 같기도 했고 내 또래같이 세월의 그림자가 언뜻 보여 나이를 짐작하기 힘들었다. 눈에 비친 그의 얼굴은 아무 감정을 읽어낼 수 없을 만큼 무표정이었지만 몹시 피로에 지친 것만은 분명히 알 수 있었다. 그도 나처럼 평생 외로운 여행자로 떠돌아 다녔을 것이다. 그의 얼굴은 아무 희망이나 절망도 보이지 않은 채 차갑게 굳어버린 듯했다. 그 또한 나를 오랫동안 기다려왔다는 듯 내 눈을 정면으로 바라보았다. 그의 지친 눈빛에서 반가운 기색을 보았다면 착각일까.

그와 나 사이에는 고요 속에 눈부신 하얀 눈발만 흩날렸다. 어디선가 한 줄기 슬픈 휘파람 소리 같은 바람이 불었다. 바람을 가르고 그의 마른 목소리가 들려왔다.

"왜 그렇게 오래 걸렸어? 기다리다 죽는 줄 알았어."

나를 반기는 듯한 그의 반응이 믿어지지 않아 말문이 막혔다. 내가 그를 찾아 헤매는 동안 그도 나를 기다렸다고 생각하니 충격에 등줄기가 서늘해졌다. 하얀 늑대는 그의 곁에서 꼼짝하지 않고 꼬리만 살랑살랑 흔들어댔다. 마치 실체가 아닌 것처럼. 늑대를 한참 바라보다 나는 간신히 물었다.

"나를 알아?"

"응."

그는 껌을 씹듯 짧게 대답하더니 불량스런 표정으로 피식 웃었

다. 이런 심각한 상황에 저런 기분 나쁘고 장난스러운 태도를 보이
다니. 나는 그것에 기가 막히고 화가 치밀었다.

"웃기지 마, 네가 나를 어떻게 알아?"

"너도 날 알잖아. 그러니까 나도 널 아는 게 공평하지 않아?"

그는 그렇게 말하더니 발작처럼 허공에 대고 깔깔거리며 웃는
것이었다. 나는 그 순간 그가 미쳤다고 생각했다. 순진한 사람에게
헛된 상상을 부추기더니 결국 상상과 현실 속에서 헤어나지 못하
고 미쳐버린 건지도 몰랐다. 그런 생각을 하니 엉뚱하게도 그에게
동정심이 일었다. 아내를 망쳐버린 자식을 동정하다니 나도 제정
신이 아닌 모양이었다. 그와 쓸데없이 말장난을 하는 것은 시간 낭
비였다. 나는 그가 레몽뚜 장이라는 것만 확인하고 그의 심장을 총
으로 쏘아버리면 끝나는 일인 것이다. 그의 손에는 아무것도 들려
있지 않으니 그를 두려워할 필요는 없었다. 나는 언제라도 총을 쏠
것처럼 오른손에 든 총을 만지작거렸다. 하얀 늑대는 우리의 대화
를 엿듣기라도 하듯 나를 노려보았다.

"넌 누구냐? 레몽뚜 장 맞지?"

그는 또다시 히스테릭하게 웃더니 나를 쏘아보았다.

"그러는 넌 누구냐?"

"이런 미친 새끼."

더 길게 떠들 필요도 없이 나는 그에게 총구를 겨누었다.

"그런 구닥다리 총으로 나를 죽이기라도 하시게?"

그는 총구가 자신의 심장을 향하고 있는데도 여유 만만한 표정으로 나를 조롱했다.

"겁쟁이 주제에 폼만 잡기는. 넌 아무것도 못해."

나보다 나를 잘 알고 있다는 듯한 그의 눈빛과 이죽거리는 목소리를 더 이상 참을 수가 없었다. 아내 리의 창백한 얼굴이 떠올랐고 하얀 늑대의 눈빛이 반짝이는 것을 보며 나는 이미 방아쇠를 당겼다. 청아한 총소리가 하얀 세상을 뒤흔들듯 울려 퍼졌다. 그 순간 나는 똑똑히 보았다. 정물처럼 꼼짝하지 않고 있던 하얀 늑대가 한 순간 몸을 날려 그를 대신해 총을 맞는 광경을. 하얀 늑대는 허공에서 힘없이 추락하듯 떨어졌고 눈밭에는 빠르게 추상화처럼 붉은 선혈이 번져나갔다. 이건 미처 생각하지 못한 시나리오였다. 나는 당혹감과 알 수 없는 두려움에 어깨를 부들부들 떨었다.

순간 눈밭에 쓰러져 죽어가고 있는 하얀 늑대의 커다란 눈망울을 보았다. 늑대의 눈에는 눈물이 고여 있었다. 늑대는 심장을 쏜 나를 원망하지도 않고 자신에게 무슨 일이 일어났는지 모르는 순하고 멍한 눈빛으로 가슴을 헐떡거리며 고통스럽게 죽어갔다. 늑대의 눈빛이 아내의 눈빛을 닮아 당황스럽고 무서웠다. 가슴에 내가 총을 맞은 것처럼 갈기갈기 찢어지는 통증이 일었다. 눈처럼 순결한 늑대를 쏘다니. 사람을 죽인 것보다 기분 나쁘고 끔찍한 두려움이 밀려왔다. 그때, 그가 나를 불렀다.

"레몽뚜 장…… 결국 죽이고야 말았군."

"뭐라고……?"

그는 나를 레몽뚜 장이라고 부르고 있었다. 나는 믿을 수가 없어 온몸을 떨며 고개를 저었다.

"네가 바로 레몽뚜 장이야."

"웃기지 마."

나는 헛소리를 지껄이는 그를 향해 총을 겨누었다. 총구가 흔들렸다.

"그럼 넌 누구야?"

"난 네가 상상해낸 상상 속 인물이지. 그러니까 레몽뚜 장, 내가 바로 너야."

더 이상 미친 자식의 말을 듣고 있을 수가 없었다. 내가 레몽뚜 장이라면 나는 그 길고 지난한 세월, 누구를 찾아 헤맨 것일까. 한 순간 허공을 찢듯 날카로운 총소리가 울려 퍼졌다. 나는 내 앞에 있는 남자를 향해 총을 쏘았다. 그는 눈밭에 붉은 베고니아 꽃잎 같은 피를 뚝뚝 흘리면서 비틀거리며 다가오더니 풀썩 쓰러졌다. 그토록 찾아 헤맨 레몽뚜 장을 내 손으로 죽이고야 말았다. 아니, 나를 레몽뚜 장이라고 부르는 미친 자식을 죽인 것이다. 그리고 하얀 늑대를 죽였다.

눈이 그친 듯 사방이 고요해졌다. 눈밭에서 죽어버린 하얀 늑대와 그의 시신이 싸늘하게 식어갔다. 나에게는 하나의 총알이 남아 있었다. 이제 더 이상 갈 곳이 없었다. 내가 정말 레몽뚜 장이든 아니든 상관없었다. 그저 몹시 피곤하고 지쳐버렸다. 따스한 이불 같은 하얀 눈 위에 누워 그만 쉬고 싶었다. 나는 머리에 총을 겨우었다. 탕! 총소리가 아득하게 울려 퍼지는 것을 들으며 하얀 하늘을 보며 쓰러졌다. 하얀 세계는 조용해졌고 더없이 평화로웠다.

*

지금은 2144년, 지구의 이름 모를 도시, 한 남자가 검은 바바리 코트를 입고 거리를 걸었다. 주위는 깊은 밤이나 밝아오는 새벽처럼 푸르스름한 어둠이 깔려 있었다. 모든 것은 불확실했다. 시간도 장소도 그의 정체도 명확한 것은 아무것도 없었다. 뺨을 덮고 있는 머리카락과 어둠 때문에 남자의 얼굴이 잘 보이지 않았다. 그의 뒷모습은 멸망한 지구에 남은 최후의 일인처럼 고독하고 비장해 보였다. 걸음걸이는 누군가의 뒤를 쫓고 있는 듯 조급함과 허무감에 무거웠다. 그는 누군가를 찾고 있는 사냥꾼과 오랜 시간 누군가를 기다려온 성직자의 모습이었다. 멀리서 오랫동안 굶주린, 유전자 변형을 일으킨 짐승의 울음소리가 들렸다.

당신은 그 이름 모를 도시를 걷고 있었다. 도시가 안개와 먼지에 싸인 듯 희뿌옇고 흐릿해 현실 너머의 세계에 온 듯한 착각이 들었다. 진짜 당신은 한낮의 카페에서 잠깐 졸고 있는지도 몰랐다. 이 낯설고 신기한 도시를 걷고 있는 당신은 진짜 당신이 어디에 있든 상관하지 않았다.

갑자기 골목 곳곳에서 발이 지네처럼 많은 은빛 로봇 벌레가 수백 마리 튀어나와도 놀라거나 당황하지 않을 것이다. 당신은 똑같은 궤도를 벗어나 새로운 세계에 들어온 것이 즐거웠고 야릇한 흥분감에 빠져 있었다.

누군가 당신을 이 낯선 세계로 불러들였다는 것을 어렴풋이 느꼈다. 그를 찾아 그가 이끄는 대로 두려움을 잊고 도시를 걸었다. 대성당과 미술관과 다리를 지나쳐 도시 한복판에 있는 에펠탑을 연상케 하는 까마득히 높은 철탑에 도착했다. 단순한 타워가 아니라 도시 전체를 지탱하는 전력을 공급하는 발전소의 모습이었다. 당신은 타워 옆 철조망으로 막힌 곳에서 위험 구역이라는 붉은 경고 글자를 발견했다. 그곳에 LPG 가스통 같은 쇠통이 줄을 맞춰 수백 개 놓여 있는 것을 보았다. 칠이 벗겨지고 군데군데 녹슨 그것들은 낡고 위험해 보였다. 낡은 쇠통과 연결된 몇 개의 전압기에서 모인 전력이 아찔한 높이의 타워를 가동하고 있었다. 당신은 고개를 들어 타워 꼭대기를 올려다보았다. 검은 옷깃이 날리는 것을 보며 누군가 당신을 기다리는 걸 알았다. 망설임 없이 1층에 있는 엘리베이터에 올라탔다. 타워 꼭대기 층인 109층을 눌렀다. 초고속 엘리베이터는 무서운 속도로 하늘로 올라갔다. 당신은 몸이 지하로 추락하는 것 같은 어지럼증을 느꼈다.

　마침내 엘리베이터가 덜컹거리며 멈췄고 문이 활짝 열렸다. 당신은 네 사람이 각각 철탑 가장자리에 위태롭게 서서 도시를 내려다보는 것을 보았다. 미라처럼 삐쩍 마른 마태수가 하얀 환자복을 입고 청포도를 하나씩 따 먹으며 당신에게 손을 흔들었다. 그 옆 모서리에는 덩치가 큰 부랑자 차림의 조가 신문을 펼쳐보다 고개를 들어 당신을 알아보았다. 그 옆엔 집시처럼 옷을 겹겹이 껴입은 홍마리가 와인을 들고 허공에 건배를 했다. 그들은 당신을 알아보았지만 당신은 그들이 기억나지 않았다.

　저 앞에 검은 바바리코트가 날리는 영혼을 나르는 사자 같은 남자를 발견했다. 당신은 흥분과 두려움이 섞인 채 가슴을 떨며 다가갔다. 바람에 남자의 검은 코트 자락이 펄럭이자 그가 하늘 높이 날아오를 것 같아 눈을 감았다. 남자는 침울한 얼굴로 여전히 도시 아래를 내려다보며 당신을 기다렸다. 당신은 위태로운 철탑을 천천히 가로질러 남자에게 다가갔다.

　109층에서 내려다본 도시는 거대한 회색 잿더미처럼 스산하고 쓸쓸했다. 남자는 담배를 물고 라이터를 켜 작고 푸른 불꽃을 일으켰다. 당신은 남자의 입에서 하얀 연기가 유령처럼 빠져나와 어둠 속으로 흩어지는 것을 멍하니 바라보았다. 남자는 말없이 한 대 피우겠냐는 눈빛으로 담배를 건넸다. 몇 년째 금연 중인 당신은 갈등하다 담배를 받아들고 성급히 한 모금 빨아들였다. 죽은 몸의 세포가 일제히 깨어나는 것 같은 상쾌한 기분이 되었다.

"저 사람들은 누구예요?"

남자는 당신 말을 비웃듯 기분 나쁘게 웃더니 담배 연기를 내뱉었다.

"당신이 알겠죠."

당신은 남자의 건방진 태도가 마음에 들지 않았지만 입을 다물었다. 당신은 서두를 필요가 없었다. 중요한 것은 그들이 아니었다. 이 잿빛 도시가 마음에 들었고 당신을 초대한 검은 바바리코트를 입은 남자도 만나지 않았는가.

"내가 꿈을 꾸는 건가요? 설마 죽은 건 아니죠?"

남자는 냉랭한 얼굴로 다 피운 담배를 허공으로 미련 없이 날려버렸다.

"여기는 당신이 상상한 세계와 현실의 경계선입니다."

"경계선?"

당신은 당황했지만 남자는 아무 일도 아니라는 듯 검은 옷깃을 휘날리며 철탑 중앙으로 걸음을 옮겼다. 한 마리 자유로운 까마귀처럼.

"놀랄 것 없어요. 당신 말대로 죽은 건 아니니까."

남자가 당신을 속이고 있을지도 모른다는 생각에 경계의 눈빛으로 쏘아보았다.

"당신이 날 여기로 납치한 건가?"

"보다시피 스스로 찾아왔어요. 여긴 당신에게서 빨아들인 상상

가스로 가동되는 상상발전소, 바로 당신이 상상한 세계니까.”

상상발전소? 아까 철탑 옆 위험 구역에 놓여 있던 무시무시한 가스통이 내게서 빨아들인 상상 가스라니. 당신은 충격에 휘청거리다 109층 아래로 떨어질 뻔했다. 그 순간 도시의 대성당, 미술관, 골목골목의 풍경과 철탑까지 모든 게 익숙했던 것이 떠올랐다. 이 세계가 상상이라면 현실의 나는 어디에 있는 걸까. 당신은 갑자기 그것이 궁금하고 초조해졌다. 검은 새 같은 남자는 당신 생각을 읽어내기라도 한 듯 메마른 목소리로 대꾸했다.

“그건 당신이 기억해내야 해요. 현실의 당신이 어디에 있는지는 오직 당신만 알고 있으니까.”

당신은 혼돈 속에 한순간 세계가 핑, 도는 현기증을 느꼈다. 머릿속이 캄캄했다. 이 상상의 도시가 익숙한 것과 달리 현실의 당신에 대해서는 아무것도 떠오르지 않았다. 현실 속 당신은 한밤에 뺑소니차에 치여 차가운 아스팔트에서 서서히 죽어가는지도 모른다. 골목에서 강도를 만나 복부를 칼에 찔려 피를 흘리며 의식을 잃고 있는지도 알 수 없었다. 아니면 식물인간으로 누워 오늘이 며칠인지, 자신이 누구인지도 모른 채 기계에 의지해 하루하루 죽지 않고 끈질기게 살아 있는지도 모른다. 그렇게 끔찍한 게 아니라면 하루 네 시간 자고 마지막 지하철을 타고 퇴근하며 서서 졸고 있거나, 췌장암으로 뼈만 남아 죽은 아버지를 묻고 돌아오는 길이거나, 종일 우는 갓난아이를 돌보다 지쳐 거울 속 낯선 자신의 얼굴을 물끄러미 바라보고 있을 것이다. 당신은 아무리 떠올려도 자신이 누구인지 무엇을 하고 있는지 아무것도 기억나지 않았다.

현실이라는 단어는 당신 목구멍에 유리 조각처럼 단단히 박혀 날카로운 통증을 일으키며 가슴으로 퍼져 나갔다. 당신의 현실은 백사장이 펼쳐진 해안가, 파인애플 나무 그물 침대에 누워 낮잠을 즐기고 있는 건 아닌 게 분명했다. 끔찍할지 모를 현실을 기억하고 싶지 않았다. 아무도 없는 이 잿빛 도시를 영원히 떠돌고 싶었다.

그때 남자는 아까보다 창백해진 얼굴로 당신을 돌아보며 무서운 진실을 알려주었다. 남자의 이마와 뺨의 푸른 혈관이 꿈틀거리며 도드라져 보였다.

"당신이 현실과 상상 사이를 무수히 오고 가서 두 경계가 섞이고 모호해져버렸습니다. 이 경계에 도달한 건 당신 영혼이 지쳐버렸기 때문이에요. 안타깝지만 이 경계에서 영원히 머물 수 없습니다."

남자의 말이 끝나자마자 철탑 아래서 불꽃이 치지직, 튀기며 휘청거렸다. 연달아 불꽃이 튀기더니 철탑이 하나씩 끊어지고 있었다. 남자는 얼굴에서 목까지 푸른 혈관이 튀어나올 듯 요동쳤다. 그때 모서리 끝에서 도자기 갈라지는 소리가 들려 당신은 놀라 고개를 돌렸다. 마태수의 얼굴에 수십 개의 금이 생겨 온몸으로 퍼져나가더니 한순간 퍽, 소리를 내며 몸이 깨져버렸다. 순간, 당신은 마태수를 어디서 보았는지 떠올랐다. 그러나 마태수의 몸은 무수한 작은 조각이 되어 철탑 아래로 맥없이 떨어졌다. 곧이어 조 얼굴에 빠르게 금이 가며 부서졌다. 조는 손을 들어 당신에게 인사를 하려고 했지만 손까지 산산조각이 나 철탑 아래로 떨어졌다. 홍마리의 아름다운 얼굴도 수십 개의 금이 가며 부서졌고 그녀는 추락하는 마지막 순간까지 웃고 있었다. 당신은 가장 가까웠던 세 사람이 눈앞에서 무참히 박살이 나서 사라지는데도 아무 고통을 느끼지 못했다.

검은 코트의 남자는 무사한가. 당신은 남자를 돌아보았다. 붉으락푸르락하던 남자 얼굴의 푸른 혈관이 버티지 못하고 툭, 터졌다. 남자는 얼굴이 끔찍한 검푸른 빛으로 변해 괴로운 듯 거칠게 숨을 몰아쉬었다. 당신은 그를 위해 무언가를 해주고 싶었지만 그것이 무엇인지 알지 못했다. 저 아래 위험 구역에서 무시무시한 굉음이 들려왔다. 수백 개의 가스통이 하나둘 엄청난 폭발음을 내며 터지고 있었다. 푸른 불길이 거세게 하늘로 치솟았다. 당신은 흔들리는 난간을 붙잡으며 엉뚱하게도 푸른 불꽃이 찬란하다고 생각했다. 남자는 사라질 것처럼 다급하게 말했다.

"이 세계에 머물 시간도 다 되었네요. 현실과 상상을 떠돌던 당신 의식이 사라지기 전에, 하나를 선택해야 해요."

그 말이 끝나자마자 쇠통이 한꺼번에 수십 개가 터지는 소리가 울리며 세계를 뒤흔들었다. 허공으로 태양 같은 뜨거운 불길이 치솟았다. 철탑이 심하게 흔들리며 불길이 옮겨 붙었다. 당신은 남자를 잡기 위해 손을 뻗었지만 그는 차가운 얼굴로 뒤로 물러났다. 당신은 두려움에 질려 외쳤다.

"당신은 누구죠?"

남자는 검은 바바리코트를 거대한 깃털처럼 펄럭이며 검게 변한 잿빛 얼굴로 서늘하게 웃었다.

"나는 레몽뚜 장, 현실과 상상을 헤매는 지친 영혼에게만 보이는 존재예요."

레몽뚜 장. 당신은 그 이름이 어렴풋이 떠올랐다. 당신은 그 이름을 알고 있었다. 남자의 얼굴은 어딘가 당신을 닮았다. 레몽뚜 장의 목소리가 떨렸다.

"나는 현실과 상상 어디에도 존재하지 않아요. 현실과 상상이 뒤섞인 모호하고 불투명한 찰나의 순간, 그 세계에만 존재하죠. 이 세계가 거의 무너지고 있어요. 당신, 어디로 떠날 건가요……?"

그 순간, 어마어마한 굉음과 함께 에펠탑 모양의 철탑이 폭발하고 있었다. 저 멀리 대성당과 미술관과 다리가 불길에 휩싸여 차례차례 무너지며 땅속으로 꺼져 들어갔다. 당신은 붕괴되는 도시를 바라보며 참혹함과 알 수 없는 후련함을 느꼈다. 뜨거운 불길이 레몽뚜 장의 검은 코트에 옮겨 붙는 것을 잔인한 심정으로 바라보았다. 당신은 그를 향해 환하게 웃었다.

"나는 너와 같이……."

다음 말은 무서운 불길이 삼켜버렸다. 당신은 레몽뚜 장의 손을 잡고 철탑에서 뜨거운 화염 속으로 뛰어내렸다. 레몽뚜 장이 불길

속에서 고통의 비명을 지르는 것을 들었다. 당신을 닮은 레몽뚜 장의 얼굴과 두 팔과 심장이 아름답게 타들어가는 것을 보았다. 당신은 끝까지 레몽뚜 장의 손을 놓지 않았다. 나는 너와 같이 지옥 끝까지 가지. 당신은 화염 속에서 다시 한 번 속삭인다. 당신 입도 불길에 녹아내리며 붉은 살점이 뚝뚝 흘러내렸다. 당신은 고통스럽지 않았다. 불길과 당신과 레몽뚜 장이 하나로 타오르며 한 번도 보지 못한 치명적이고 눈부신 착란의 순간을 이루었다. 당신 눈은 녹아내렸지만 모든 것을 보았다. 당신은 지겹게 타올라 마침내 암흑과 고요에 도달했다. 그 세계에는 아무것도 없었다. 당신은 아무것도 두렵지 않았다. 당신도 없었다.

반짝, 빛 하나가 빛났다.

작가의 말

작년 여름, 새집으로 이사하자마자 갇혀 지내게 되는 행운까지 덮쳐왔다. 창밖에는 자작나무가 한 그루도 아니고 열 그루나 심어져 있었다. 때마침 장마가 찾아왔다. 지루한 나를 위로하겠다는 듯 매일 지독한 비바람이 불었다. 어린아이 다리만 한 나무줄기가 비바람에 꺾일 듯 휘어졌다. 싱싱한 초록 이파리들이 비명을 지르며 몸부림쳤다. 정말 격렬하고 무서운 광경이었다. 나는 자꾸 창밖을 내다봤다. 그리고 무슨 일이 일어나기를 기다렸다. 자작나무가 눈앞에서 두 동강 나는 순간을, 아니면 통째로 뽑혀 멀리 날아가기를. 그런 비밀스러운 열망이 이 소설 어딘가에 감춰져 있을 것이다.

나는 그 비바람과 자작나무와 함께 이 소설을 쓸 수 있었다. 햇빛이 비친 날은, 실망했고 소설을 잘 쓰지 못했다. 그 여름, 다시 찾아오지 않을 특별하고 스산했던 시간들에게 감사한다.

비바람을 뚫고 마음 놓고 레몽뚜 장을 찾아 헤맬 수 있었던 것은 온전히 가족들의 희생 덕분이다. 이 소설은 그들의 소중한 삶을 빼앗아 겨우 쓰여졌다.

'상상발전소'가 지어지기까지 힘과 따뜻한 용기를 주신 심진경 선생님과 복도훈 선생님께 다시 한 번 깊은 감사를 전하고 싶다. 책이 나올 때까지 도와주신 모든 분들께 감사를 전한다.

저기, 검은 바바리코트를 입은 신경증적인 그가 보이는가. 그가 망설이며 천천히 당신에게 걸어간다.

이제 당신 차례다.

2012년 6월

김하서

Y씨의 거세에 관한 잡스러운 기록지

강병융 장편소설

독립적인 60여 개의 기사와 9개의 만평이 하나의 이야기로 귀결되는 독특한 형식의 소설. 끝없이 갈라지는 패러디의 향연. 아이러니와 풍자를 넘어 가슴을 움직이는 강렬한 페이소스!

조드(전 2권) 김형수 장편소설

테무진이 광활한 몽골 초원을 누비며 칸이 되기까지 겪었던 유목민의 생활과 삶에 대한 이야기. 칭기즈칸이라는 인물의 영웅서사가 아닌, 칭기즈칸을 중심으로 한 유목민들의 삶에 초점을 맞추어 아시아의 중세를 새롭게 그려냈다.

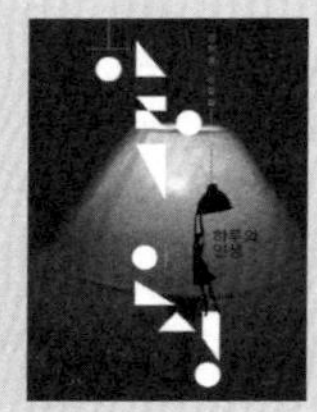

하루의 인생 김현영 소설집

서로가 서로를 연기하는 '나'와 '그'의 평행 우주적 현실, '삶'과 '죽음'이 교차되는 악몽과 태몽을 동시에 보여준다. 그리고 그 연결되는 '악몽'들의 가장 높은 곳에 위치한 작품이 바로 타이틀작 '하루의 인생'이다.

제저벨 듀나 장편소설

기발한 상상력으로 무장한 SF소설의 대표, 듀나. 「브로콜리 평원의 혈투」에 이은 링커 우주의 또 다른 변주! 링커 우주의 구석에 박힌 크루소 행성에서 죽음과 멸망의 공포로 두려움에 떨던 종족들이 진화하고 살아남기 위해 벌이는 처절한 혈투.

콩고, 콩고　배상민 장편소설

제1회 자음과모음 신인문학상 수상작가, 배상민. 걸출한 입담, 무서운 이야기꾼의 탄생을 알리는 첫 장편소설. 세상과 맞짱 뜨는 불순한 진화 인류의 고군분투기! 인류의 진화론을 바탕으로 SF와 신화적 요소를 절묘하게 버무린 최고의 기대작.

반인간선언-증오하는 인간　주원규 장편소설

한겨레문학상 수상작가 주원규의 새 장편소설! 너희가 정말 인간인가. 한번이라도 인간인 적이 있었는가? 인간의 존엄성을 무시하고 이윤을 추구하려는 기업과 이를 비호하는 정치, 종교의 부조리를 보여준다.

오릭맨스티　최윤 장편소설

이상문학상·동인문학상 수상작가 최윤, 8년 만의 신작 장편. 작가 특유의 냉정하고 지적인 문장 속에 파국을 향해 치닫는 지리멸렬한 인간군상의 모습을 긴 호흡으로 느낄 수 있다.

서울의 낮은 언덕들　배수아 장편소설

낭송극 전문 무대 배우 '경희'가 고향을 떠나 먼 나라 낯선 도시와 낯선 사람들을 차례로 방문하는 혼란과 매혹의 여정. 소설과 에세이의 경계를 무너뜨리는 배수아 특유의 작품세계를 만날 수 있다.

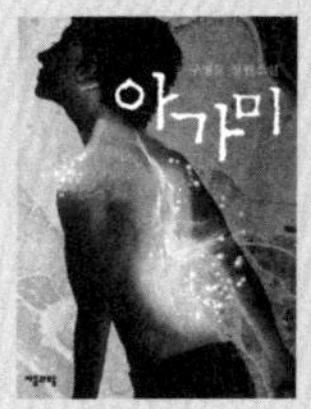

아가미 구병모 장편소설

죽음과 맞닥뜨린 순간, 생을 향한 몸부림으로 아가미를 갖게 된 남자와 그를 사랑한 이들의 가혹한 운명을 그린 소설. 작가 특유의 상상력과 개성 넘치는 서사로 절망적인 현실을 판타지적 요소로 반전시킨 참혹하면서도 아름답기 그지없는 작품이다.

환영 김이설 장편소설

불공평한 현대사회의 이면을, 자의든 타의든 삶의 벼랑 끝에 내몰려 기본적인 인간 윤리마저 말소된 듯한 인간들을 상대하며 삶을 이끌어나가야 하는 주인공을 통해 우리가 눈감고 싶은 불편한 현실에 직면하게 한다.

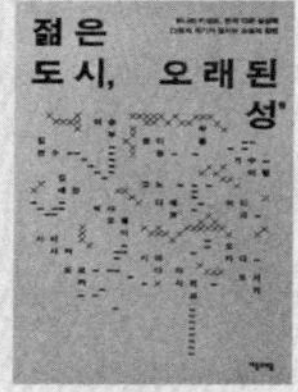

젊은 도시, 오래된 성(性) 이승우, 김연수, 정이현, 김애란 외

같은 시간, 다른 공간에서 탄생한 '도시'와 '성(性)'에 관한 이야기! 국내 최초로 시도되는 한중일 문학 교류 프로젝트의 첫번째 결실로, 3국의 작가들이 각각 다른 소재와 서사와 문체로 공통의 주제인 '도시'와 '성'을 말한다.

일곱 개의 고양이 눈 최제훈 장편소설

무한대로 뻗어가지만 결코 반복되지 않는, 단 한 편의 마법 같은 완벽한 미스터리! 작품 간의 연결고리들이 매우 치밀해서 단 한순간도 긴장의 끈을 놓을 수 없다.

그녀의 집은 어디인가 장은진 장편소설

온몸에 전기가 흐르는 여자 제이와 상처를 간직한 채 살아가는 불우한 두 남자 와이와 케이가 제이의 집을 찾아다니는 두 달간의 여정을 보여준다. '고립'과 '소통'에 대한 고민을 따뜻한 어조로 깊고 풍부하게 담아냈다.

옷의 시간들 김희진 장편소설

시대에 소외받고 상처받은 현대들이 모여 시름을 나누는 곳, 빨래방. 그곳에서 지금 막 이별한 여자와 이별을 준비하는 남자가 만났다. 누구나 겪을 수밖에 없는 '관계'의 문제를 톡톡 튀는 문장과 무겁지 않은 서사로 경쾌하게 그려냈다.

라이팅 클럽 강영숙 장편소설

글쓰기를 빼놓고는 그 삶을 상상조차 할 수 없는 두 여자, 평생 '작가 지망생'으로 살아온 싱글맘 김 작가와 그녀의 딸 영인. 글쓰기란 삶 전체를 대가로 하는 모험일 수밖에 없다는 것을 온몸으로 증명하는 이 두 여자의 이야기다.

비즈니스 박범신 장편소설

국내 최초 한·중 동시 연재, 등시 출간! 천민자본주의의 비정한 생리에 일상과 내면이 파괴되어가는 사람들의 풍경을 서늘한 만큼 날카로우면서도 가슴 저리지 그려낸 박범신의 새 장편소설.

레몽뚜 장의 상상발전소

© 김하서, 2012

초판 1쇄 인쇄 2012년 5월 30일
초판 1쇄 발행 2012년 6월 15일

지은이   김하서
펴낸이   강병철
주간   정은영
책임편집   신주식
편집   황여정 박소이 장지희
제작   고성은 김우진
마케팅   조광진 장성준 박제연 이도은 전소연 김우리
E-콘텐츠사업   정의범 조미숙 이혜미

펴낸곳   자음과모음
출판등록   1997년 10월 30일 제313-1997-129호
주소   121-840 서울시 마포구 서교동 396-33번지
전화   편집부 02) 324-2347 경영지원부 02) 325-6047
팩스   편집부 02) 324-2348 경영지원부 02) 2648-1311
이메일   munhak@jamobook.com
홈페이지   www.jamo21.net

ISBN 978-89-5707-665-1 (03810)

잘못된 책은 교환해드립니다.
저자와의 협의하에 인지는 붙이지 않습니다.